HEYNE BÜCHER

Fantasy

Herausgegeben von Friedel Wahren

Das Schwarze Auge

1. Band: Ulrich Kiesow, *Der Scharlatan* · 06/6001
2. Band: Uschi Zietsch, *Túan der Wanderer* · 06/6002
3. Band: Björn Jagnow, *Die Zeit der Gräber* · 06/6003
4. Band: Ina Kramer, *Die Löwin von Neetha* · 06/6004
5. Band: Ina Kramer, *Thalionmels Opfer* · 06/6005
6. Band: Pamela Rumpel, *Feuerodem* · 06/6006
7. Band: Christel Scheja, *Katzenspuren* · 06/6007
8. Band: Uschi Zietsch, *Der Drachenkönig* · 06/6008
9. Band: Ulrich Kiesow (Hrsg.), *Der Göttergleiche* · 06/6009
10. Band: Jörg Raddatz, *Die Legende von Assarbad* · 06/6010
11. Band: Karl-Heinz Witzko, *Treibgut* · 06/6011
12. Band: Bernhard Hennen, *Der Tanz der Rose* · 06/6012
13. Band: Bernhard Hennen, *Die Ränke des Raben* · 06/6013
14. Band: Bernhard Hennen, *Das Reich der Rache* · 06/6014
15. Band: Hans Joachim Alpers, *Hinter der eisernen Maske* · 06/6015
16. Band: Ina Kramer, *Im Farindelwald* · 06/6016
17. Band: Ina Kramer, *Die Suche* · 06/6017
18. Band: Ulrich Kiesow, *Die Gabe der Amazonen* · 06/6018
19. Band: Hans Joachim Alpers, *Flucht aus Ghurenia* · 06/6019
20. Band: Karl-Heinz Witzko, *Spuren im Schnee* · 06/6020
21. Band: Lena Falkenhagen, *Schlange und Schwert* · 06/6021
22. Band: Christian Jentzsch, *Der Spieler* · 06/6022
23. Band: Hans Joachim Alpers, *Das letzte Duell* · 06/6023 (in Vorb.)
24. Band: Bernhard Hennen, *Das Gesicht am Fenster* · 06/6024
25. Band: Niels Gaul, *Steppenwind* · 06/6025
26. Band: Hadmar von Wieser, *Der Lichtvogel* · 06/6026
27. Band: Lena Falkenhagen, *Die Boroninsel* · 06/6027
28. Band: Barbara Büchner, *Aus dunkler Tiefe* · 06/6028
29. Band: Lena Falkenhagen, *Kinder der Nacht* · 06/6029
30. Band: Ina Kramer (Hrsg.), *Von Menschen und Monstern* · 06/6030 (in Vorb.)
31. Band: Johan Kerk, *Heldenschwur* · 06/6031 (in Vorb.)

Das Schwarze Auge

LENA FALKENHAGEN

KINDER DER NACHT

Rabenchronik
Teil 2

Neunundzwanzigster Roman aus der aventurischen Spielewelt

begründet von
ULRICH KIESOW

Originalausgabe

WILHELM HEYNE VERLAG
MÜNCHEN

HEYNE SCIENCE FICTION & FANTASY
Band 06/6029

Umwelthinweis:
Dieses Buch wurde auf
chlor- und säurefreiem Papier gedruckt.

Redaktion: Anna Lenz

Printed in Germany 1997
Umschlagbild: Dieter Rottermund
Kartenentwurf (Seite 6/7): Ralf Hlawatsch
Umschlaggestaltung: Atelier Ingrid Schütz, München
Technische Betreuung: M. Spinola
Satz: Schaber Satz- und Datentechnik, Wels
Druck und Bindung: Presse-Druck, Augsburg

ISBN 3-453-12699-8

INHALT

Yeti-Land
Ifirns Ozean
Riva
Norburg
Bornland
Orkland
Thorwal
Lowangen
Baliho
Festum
Warunk
Mittelreich
Beilunk
Nostria
Havena
Gareth

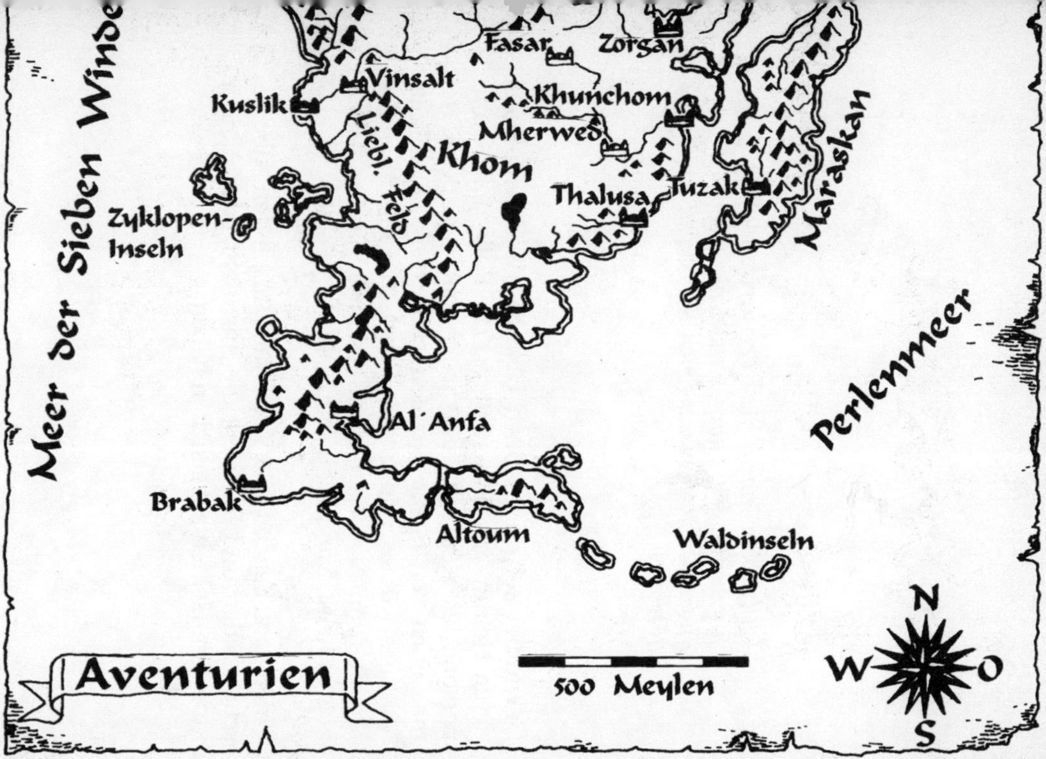
Meer der Sieben Winde
Fasar
Zorgan
Vinsalt
Kuslik
Khunchom
Mherwed
Liebl.
Khom
Feld
Thalusa
Tuzak
Maraskan
Zyklopen-
Inseln
Perlenmeer
Al´Anfa
Brabak
Altoum
Waldinseln
Aventurien
500 Meylen
N
W
O
S

»Ich treibe in einem Meer der Verwunderung. Ich zweifle; ich bange; ich denke seltsame Dinge, die ich meiner eigenen Seele nicht einzugestehen wage.«

BRAM STOKER

Gewidmet sei dieses Buch Claudia Weißmann-Stahl, deren Heldin sich hinterlistig in die Rolle der Hauptperson des Romans geschlichen hat (was erwartet man auch von Phexgeweihten), und Heiko Buchholz, Matthias Köhler und Oliver Baeck, die mit mir über Monate von Nacht zu Nacht herausgefunden haben, was es heißt, Vampir zu sein.

Einen ganz lieben Dank sagen möchte ich den Albernischen Edlen und Baronen, die mir mehr oder minder kurz ihre Helden ausgeliehen haben.

Prolog

Ratten gegen Ratten

Die Ratten kamen.

Wie ein pelziges Heer wogender Körper, wie eine Armee, geleitet durch *einen* Geist, wie ein Fluch strömten sie aus den schmutzigen Gassen des Orkendorfes, aus den stinkenden Löchern der alten Kanalisation, aus jedem Schatten, jedem Schlupfwinkel. Auf kurzen Beinen hasteten sie übereinander, kletterten über ihre Artgenossen und begruben sie unter sich. Manche blieben dabei auf der Strecke, von den Krallen und scharfen Zähnen ihrer Brüder und Schwestern verletzt. Doch die lebende Lawine, die noch immer viele Körper zählte, wälzte sich näher auf zwei dunkle, nächtliche Gestalten zu, die miteinander rangen und heftige Schläge gegeneinander führten und doch das Schweigen der Nacht mit kaum einem Laut durchbrachen.

Das Heer der kleinen Krieger kam fiepend und kratzend näher.

»So stehst du nun auf *ihrer* Seite, du Tor?« höhnte eine Stimme. »Sie ist allein. Ihr seid allein! *Ihr* seid jene Kreaturen, die die Menschen fürchten! Warum also ihnen helfen, ihnen vertrauen? Sie vernichten euch ebenso wie uns, wenn sie eurer habhaft werden! Es gibt keinen Unterschied, du Narr!«

Sein Gegner schwieg verbissen und versetzte dem Sprechenden einen Hieb mit dem Dolch. Nur wenig Blut floß aus der Wunde.

Ein hartes Lachen hallte durch die Gasse, Spott und Niedertracht klangen in der Stimme mit, als der Verwundete zischte: »Du bist nicht anders als ich, Narr, du bist ein ebenso abscheuliches Ungeheuer, geboren zum Töten! Daß du dich deinem Rabengott und seinem täubchengleichen Töchterchen zu Füßen wirfst, tilgt nicht deine Schuld!« Der Sprechende lächelte breit und entblößte dabei ein perlweißes Gebiß, dessen Eckzähne sich lang und spitz von den anderen abhoben. Dann sprang er vorwärts, um sie dem Gegner in den Hals zu schlagen.

Ebenso schnell, wie der Angriff ausgeführt wurde, wich der kleinere der beiden zur Seite, was den verwundbaren Hals schützte, doch die spitzen Fänge seines Feindes schlugen ihm nun in die Schulter. Als der Verwundete sich zurückwarf und vor Schmerz keuchte, rutschte die Kapuze von dem weißblonden Schopf eines gerade einmal zwanzig Winter zählenden jungen Mannes. Der Bursche versuchte einige Augenblicke lang vergeblich, den Feind abzuschütteln, dann wurden auch seine Eckzähne zu wahren Raubtierfängen, mit denen er sich in der Schulter des Dunklen verbiß.

Die pelzige Flut strömte in die Gasse.

Keuchend rangen die Kämpfenden miteinander, als sich das Trippeln und Kratzen Hunderter Rattenkrallen näherte. Der Blonde löste sich hastig von seinem siegessicheren Gegner und sprang zurück. Er sicherte seinen Rücken an der Hauswand und hob den langen Dolch, an dessen Parierstange kleine Rubinsplitter im matten Mondlicht glitzerten.

»Komm und hilf mir, diese Stadt in Angst und Schrecken zu versetzen, Fion«, lachte der Dunkelhaarige, als die wogenden Rattenleiber um seine Beine herumstrichen. Er stand mitten unter ihnen, und sie versuchten nicht ihn anzugreifen. »Sonst werden meine kleinen garstigen Freunde hier deinem jungen Unleben schnell ein Ende bereiten!«

Die widerlichen Nager sammelten sich quiekend und zähnebleckend in einem engen Halbkreis um den Blonden, der sich hastig umsah. Die Gasse staute sich vor Ratten, die sich drängten und auf die Rücken ihrer vorderen Artgenossen kletterten, um näher zu kommen, näher zu ihm. Noch machte die vorderste Reihe keine Anstalten, auf ihn einzudringen. Noch nicht. Er schob den Dolch langsam in die schlichte lederne Gürtelscheide zurück und suchte mit den Augen den Nachthimmel ab.

»Nun?« wollte sein Gegner wissen. »Dieses pelzige Pack vergeht vor Gier nach deinem Blut, *Rabenbrut!*«

Derjenige, der Fion genannt wurde, entdeckte, was er suchte, spuckte abfällig in die brodelnde Rattenmeute und antwortete mit gefährlich leiser Stimme: »Dhaman, die Nacht wird kommen, in der ich dir dein verfluchtes Rattenfell über die Ohren ziehen werde!« Gleichzeitig sprang er senkrecht in die Höhe, ergriff die Dachkante des kleinen Häuschens und schwang sich auf das Dach, während die Rattenflut auf den wütenden Schrei ihres Meisters hin dort zusammenschlug, wo Fion noch einen Wimpernschlag zuvor gestanden hatte. Von Dhamans Willen angetrieben, versuchten die Tiere die Wand zu erklimmen. Andere folgten und begruben ihre Brüder und Schwestern unter sich, bis wieder andere kamen und so an der Steinwand eine Treppe aus zuckenden und fiependen Leibern emporwuchs.

Dhaman griff sich eines der Tiere, biß ihm den Kopf ab, legte das Haupt in den Nacken und ließ sich das hervorspritzende Blut aus dem kleinen Körper in den weit geöffneten Rachen sprudeln. Dann warf er den Kadaver fort.

Die lebende Rampe kroch inzwischen immer näher an die niedrige Dachkante. Fion, der oben kauerte, wich weiter zum First zurück. Immer wieder blickte er beunruhigt zum Himmel. Endlich hörte er aus der

Ferne ein vielstimmiges Krächzen. Er konnte Dhaman heute *wieder* nicht vernichten, doch die Nacht würde kommen, in der nur noch einer von ihnen den Kampfplatz verlassen würde. Nun aber kauerte er sich auf dem Dach zusammen und breitete die Falten des schwarzen Mantels über sich. Er verdrängte die Geräusche der blutgierigen Ratten, der zur Rettung nahenden Raben und sogar das Lachen Dhamans aus seinem Kopf.

Gerade als die Schar der Vögel auf die Rattenmeute niederging und die ersten Nager mit scharfen Schnäbeln und Krallen zerfleischt wurden, erhob sich vom Dach ein großer Rabe, stieß ein drohendes Krächzen aus und schoß gen Boroninsel davon. Ihm folgte der wutentbrannte Schrei seines Widersachers.

Auf Dhaman stieß ein halbes Dutzend der Boronsvögel hinab. Er zerfleischte sie mit Klauen und Zähnen. Seine Kräfte waren durch den Zorn über die gelungene Flucht seines Feindes verzehnfacht.

Als einige Zeit später das ehrwürdige Glockenspiel vom Praiostempel hinüberhallte, erhob sich eine zitternde Gestalt aus einem dunklen Türeingang. Die ersten Strahlen des neuen Morgens tauchten Havenas Gassen in zartes Rosa, doch der noch zuckende Berg aus Rattenleibern an der Hauswand bewies, daß die Erinnerungen an die Nacht nicht vom Premer Feuer kamen. Der Boden war knöchelhoch mit Kadavern, Blut und Federn bedeckt. Durch diesen weichen Grund bahnte sich die alte Frau, die nach Art der Krakeninseler Fischer gekleidet war, ihren Weg.

»Der Bursche hat nicht gehört auf die alte Tuar«, hätte ein spitzohriger Lauscher die Alte in ihre erloschene Pfeife murmeln hören können. »Hat nicht gehört! Aber Tuar hat ihn gewarnt: Laß dir nicht mehr nehmen, als du geben kannst, der Alte ist gierig, hat sie gesagt, wird dich verschlingen!« Kopfschüttelnd ließ sie die blutgetränkte Gasse hinter sich, doch vergessen würde sie die Schrecken der nächtlichen Schlacht, Ratten gegen Raben, nie.

KAPITEL 1

Monolog – Gnade und Gier

Die Gier jagte niederhöllische Schmerzen durch meinen toten Körper und tauchte mein Bewußtsein in rote Träume. Ich wußte, daß ich Hunger hatte und daß ich diesen Hunger stillen mußte, um zu leben.

»Leben« – nun, das ist vielleicht nicht das richtige Wort. Passender wäre vielleicht »um vorhanden sein zu können«, denn mein Leib war so tot wie die Leichen der auf der Boroninsel Begrabenen, und doch konnte ich handeln, denken, Schmerz empfinden, denn ich war ein *Kind der Nacht,* ein Vampir.

Sagarta hatte mich dazu gemacht, die Dienerin des Raben, oberste Geweihte des Havener Borontempels und selbst ein *Kind der Nacht.* Es sollte die Sühne für meine Taten sein, die so vielen geliebten Menschen das Leben und – vielleicht – die Seligkeit ihrer unsterblichen Seelen gekostet hatte. Ich hatte Antiarna getötet – unwissend, daß sie als einzige Dhaman ui Mharfad, das bösartige *Kind der Finsternis* und Werkzeug des Namenlosen, hätte vernichten können. Nun war es an *mir,* dies zu tun.

Doch der Hunger hatte die Gedanken an Pflicht und Buße fortgewischt, als ich damals, in der ersten Nacht nach meinem Tod, die Boroninsel durch den unterirdischen Gang verließ, den Sagarta mir gewiesen hatte. Allein ihre Warnung hallte noch durch meinen Geist: »Du mußt das Blut der Menschen trinken, um vorhanden sein zu können, doch höre! Zügle deine Gier! Berausche dich nicht zu sehr an ihrem Blut und deiner Lust, achte das Leben! Denn Borons Fluch ist es, das Leben zu schauen, sich danach zu vergehen und es doch nie wieder zu erhalten. Wir sind nur der Schatten, die Kehrseite des Lebens, dazu verdammt, uns in ewiger Erinnerung an das Menschsein zu verzehren. Doch Marbo gewährte uns die Fähigkeit, Liebe zu empfinden und Gnade zu üben. Nutze sie wohl, denn so allein bewahrst du dir den Schatten der Menschlichkeit, die du einst besaßest!«

Schatten – sie waren nun meine Heimat. Der Dunkelheit gleich schlüpfte ich aus dem nach feuchter Erde riechenden Gangende, das sich zu einem Seitenarm des Großen Flusses hin öffnete, und kletterte die Böschung empor.

Es war noch nicht spät, vielleicht eine Stunde nach Sonnenuntergang, so daß die Straßen voller Menschen waren. Die Gier und der Duft ihres Blutes sandten mir Schauer den Rücken hinab, der Hunger rief quälende Schmerzen hervor. Und doch zögerte ich, denn in jedem Menschen, den ich beobachtete, entdeckte ich ungeahnte Schönheit. Die Schönheit des Seins, des Lebens, dieses größten aller Geschenke, das die ewigjunge Tsa den lebenden Wesen täglich aufs neue macht. Nun, da das Leben mich verlassen hatte, entdeckte ich sein wahres Wunder und beugte die Knie vor so viel Vollkommenheit.

Wie erschrak ich bei dem Gedanken, diese Vollkommenheit zu zerstören, Leben zu nehmen! Und doch erinnerte mich gleichzeitig der rasende Schmerz in meinem Innern an den Hunger, der in mir tobte.

Schritte auf festgetretenem Grund: Ein junger Bursche in den aufreizenden Gewändern des Rahjagewerbes näherte sich mir, ein romantisches Liedchen pfeifend. Meine Augen sahen in der Dunkelheit nun ebensogut wie vor meinem Tod im Licht, der Geruch seiner

Haut mit zartem Rosenseifenduft erregte mich. Versuchsweise ließ ich die Eckzähne aus ihren Höhlen im Oberkiefer gleiten – sie waren in der Tat lang und spitz –, zog sie jedoch sofort wieder ein. Als er an mir vorbeigehen wollte, trat ich aus den Schatten.

»Huch! Oh, Herr, habt Ihr mich aber erschreckt! Ich habe Euch gar nicht wahrgenommen!« Als sein Blick nun über mich glitt, dankte ich Sagarta still dafür, daß sie meinen blutverkrusteten Stallburschenkittel gegen saubere, feinere Gewänder aus schwarzer Seide eingetauscht hatte. Der Stallbursche Fion war tot, es gab nun nur noch ein *Kind der Nacht* gleichen Namens.

»Entschuldige!« hörte ich mich sagen. »Das lag nicht in meiner Absicht.« Der Hunger regte sich in mir, als ich seine langsam abebbende Angst roch und sah, wie die Ader an seinem Hals die helle Haut darüber im Rhythmus seines Herzschlages wölbte.

Der Bursche bemerkte meinen gierigen Blick, setzte ein einladendes Lächeln auf und fragte: »Ist Euch nach einem angenehmen Abend in trauter Zweisamkeit, junger Herr? Der Boronmond ist ungemütlich, Euch muß kalt sein! Bei Rahja, Ihr tragt ja nicht einmal einen Umhang!«

Ich nickte, unfähig zu einer Antwort. Das zarte Pochen an seinem Hals hatte mich in den Bann freudiger Erwartung versetzt.

»Mein Name ist Cairbre, Herr«, plauderte der junge Gesellschafter. »Ich kenne ein hübsches, sauberes Domizil ganz hier in der Nähe, wo Ihr auch Euren Hunger stillen könnt, wenn Euch danach ist.« Wieder nickte ich stumm. Cairbre hakte sich bei mir ein und führte mich die Straße hinab, offensichtlich durch mein Erscheinungsbild davon überzeugt, daß ich seine Dienste würde bezahlen können. Er schüttelte sein halblanges rotbraunes Haar, das ihm im Pagenschnitt in die Stirn hing, und blinzelte mir fröhlich zu. In einer dunkleren Ecke hielt er noch einmal inne, offensichtlich, um mir einen Vorgeschmack auf seine Künste zu geben, denn er drängte sich näher an mich heran und küßte mich. Sein köstlicher Geruch raubte mir fast die Besinnung. Ich fuhr mit den Lippen seinen Hals entlang, der von einer Gänsehaut überzogen war und kostete mit der Zunge seinen Geschmack, während meine Eckzähne ohne mein Zutun hervorglitten. Schließlich biß ich fast zärtlich in die verlockend pulsierende Ader.

Cairbre stöhnte leise auf, mehr vor Erregung denn vor Schmerz, doch als ich die ersten hervorsprudelnden Tropfen seines Lebensquells auf meinen Lippen und meiner Zunge spürte, war es um meine Beherrschung geschehen. Ich drängte den Burschen tiefer in die Schatten, hielt seinen nachgiebigen, anschmiegsamen Körper fest in den Armen und sank langsam mit ihm zu Boden. Die rote Flut seines süßen Blutes überschwemmte meinen Geist. Ich trank gierig, denn jeder Tropfen bereitete mir lustvolle Erregung, die sich, der Rahjaekstase gleich, bis ins Unerträgliche steigerte. Und so saugte ich den herrlichen Quell begierig in mich hinein. Schließlich erschlaffte der Körper in meinen Armen, und ich sank gesättigt und trunken vor Wärme und Wohlgefühl über ihm zusammen.

Einige Augenblicke lang lag ich dort, auf einer Welle des Glücks und der Zufriedenheit treibend, bis ich langsam auftauchte und mir meiner Umgebung bewußt wurde.

Entsetzen wischte die abklingende Erregung mit einem Streich fort, als ich des bleichen, toten Körpers Cairbres gewahr wurde, dessen Gesicht immer noch genießerisch verzückt schien. Er war tot – von mir ermordet! Einem hirnlosen Raubtier gleich, das seinen Hunger nicht anders zu stillen vermag als durch das Töten, hatte ich sein Leben genommen. Ich fürchtete mich vor mir selbst, vor dem Ungeheuer in Menschengestalt, zu dem ich geworden war.

Ich wollte weinen, fühlte alle Traurigkeit der Welt schwer auf meiner Brust lasten – doch keine Tränen verließen meine Augen, es gab keine Erleichterung für mein Herz.

Schuldbewußt mußte ich an Rhuad denken, den Prinzen Albernias, der vielleicht in diesem Moment im Fürstenpalast an den Stallknecht dachte, dem er einst seine Zuneigung geschenkt hatte und den er aufgrund von Dhamans schwarzer Magie für eine mörderische Kreatur der Nacht hielt, die hemmungslos und grausam getötet hatte. Ein trockenes, bitteres Lachen stieg in meiner zugeschnürten Kehle auf und schüttelte mich, denn war ich nicht genau das geworden, was Rhuad in mir sah? Was unterschied mich noch von Dhaman, dem *Kind der Finsternis?* Hatte *ich* denn ein größeres Recht darauf vorhanden sein zu können und zu töten als er?

Zorn und Trauer regierten mein kaltes Herz.

Ich hob Cairbres Oberkörper an, um ihn aufzunehmen und leckte dabei wie selbstverständlich die kleinen Wunden an seinem Hals. Wie staunte ich, als die Haut daraufhin makellos und unverletzt zurückblieb! Keine Spur des Bisses war mehr zu sehen, so als sei der Bursche friedlich entschlafen.

Ich trug den Toten zu dem unterirdischen Gang zurück, schmiegte sein bleiches, langsam erkaltendes Gesicht an meine Wange. Bald hatte ich die finstere Rabenhalle erreicht, doch auch hier konnte ich so gut wie noch vorgestern in der Mittagssonne sehen.

Langsam schritt ich zur Sagarta, die vor der Rabenstatue kniete und legte den schlaffen Körper auf den Altarstein.

»Du sagtest, Priesterin, ich könnte das verursachte Unglück wiedergutmachen! Statt dessen lastet ein weiteres Leben auf meinem Gewissen. Wie viele Menschen werde ich noch töten, Sagarta?«

Sie schwieg, hob aber den Kopf und sah mich an. Sie

war schön: die rabenschwarzen Augen unergründlich, die roten Lippen ernst – so stellte ich mir Marbo, Borons gnadenreiche Tochter, vor. Der Ausdruck in ihren Augen war schwer zu deuten, als sie mich und den Toten musterte, sich von den Knien erhob und mit ihren langen Fingern fast liebevoll über Cairbres Wangen strich. Nach einem schier ewigen Schweigen wandte sie sich von ihm ab.

»Du bist der Todesbote, der Arm Borons. Du lebst vom Töten, wie eine Löwin oder ein Wolf. Erschreckt es dich?«

Ich konnte nicht glauben, daß dies ihre einzige Antwort sein sollte, und fragte zornig: »Was aber unterscheidet mich dann von Dhaman? Warum *ihn* töten, wenn ich ebenso willkürlich und unerbittlich töte wie er? Das macht keinen Sinn, Sagarta!«

Sie kam näher, bis sie direkt vor mir stand, und sah zu mir auf. Ihre Lippen berührten dabei fast die meinen. »Hast du nicht die Gnade Marbos gespürt, die Ehrfurcht vor Tsas Schöpfung? Hat dich nicht Liebe zu diesem Jungen erfaßt, der dich nähren würde? Hast du nicht bereut, was du getan hast, bitterlich bereut und Marbo um Tränen für deine einsame Trauer angefleht?«

Ich nickte stumm und traurig.

Da lächelte die Priesterin sanft, der milden Marbo nun noch ähnlicher als jemals zuvor. »Siehst du, all diese Gaben unterscheiden dich von Dhaman. Er achtet die Lebenden nicht, er haßt sie, von ewigem Neid auf ihre unsterblichen Seelen zerfressen. Er liebt den Quell seiner Nahrung nicht, er quält ihn und spielt grausame Spiele mit ihm. Er bedauert den Tod seines Opfers nicht, denn er kennt keine Reue, nur seine Gier und seinen Haß. Und er trinkt und tötet zuallerletzt, um den Namenlosen zu stärken und ihm ein Diener zu sein, du aber trinkst und tötest, um Boron zu dienen. Wie viele du noch töten wirst?« Sie wandte sich wieder

Cairbres Leichnam zu. »Ich weiß es nicht. Es liegt allein an dir. Doch bewahre dir die Achtung vor dem Leben, sie ist es, der du dein Gewissen verdankst.«

Mit einem Blick zu den schwarzkristallenen glitzernden Augen der Rabenstatue nahm sie meine Hand und führte mich vor den Altar. »Glaubst du wirklich, du könntest jemanden töten, wenn es Ihm nicht gefiele? Du bist Sein Geschöpf, Sein Werkzeug. Der Hammer gehorcht dem Schmied, die Sense dem Bauern. Du gehorchst Boron.«

Ich sah zu den harten Augen des Raben auf, bei deren Anblick mir noch immer kalte Schauer den Rükken hinabliefen, und meine Zweifel zerflossen. Boron, der Alte, der Ewige, der Dunkle. War der Tod nicht Seine Gabe, Sein Geschenk an die Menschen?

»Und könnte dieses Geschenk nicht schöner überbracht werden, als durch den Kuß eines *Kindes der Nacht?*« Sagarta mußte wieder einmal meine Gedanken gelesen haben. »Sieh ihn dir an, Fion, sein Gesicht – ist es nicht voll der rahjaischen Erregung, voller Freude, voller Friedlichkeit? Wäre er nicht freudenvoll in deinen Armen gestorben, vielleicht hätte ihn in zwei Wochen ein grausames, schmerzhaftes Fieber dahingerafft. Borons Wille ist unergründlich.«

»Aber ist unser Dasein nicht unheilig, so wie Dhamans? Wir tragen Praios' Fluch genau wie seinesgleichen, denn die Sonne verletzt uns. Der Götterfürst schleudert uns Seinen Zorn entgegen! Was sind wir dann anderes als unheilig?«

Sagarta nahm meine Hand und führte sie an ihre Lippen. Mit spitzen Zähnen biß sie hinein: Ein kurzer Schmerz durchzuckte mich, so daß zwei einzelne Blutstropfen aus kleinen Wunden auf dem Handrücken hervorquollen. Dann leckte sie mit der Zunge darüber, und wie zuvor bei dem toten Cairbre schlossen sich die Risse in der Haut sofort. Sie lächelte hintergründig.

»Und was sagst du dazu? Bevor ich ein *Kind der Nacht* wurde, war ich so magisch wie ein Stück Holz im Großen Fluß. Nun aber vermag ich Wunden zu schließen, des Nachts zu sehen, anderer Leute Gedanken zu lesen, meine Sinne zu schärfen, meine körperlichen Kräfte zu stärken und vieles mehr. Die Götter mögen nicht immer Praios' Meinung sein, denn Hesinde segnet uns eher mit ihren Gaben, als daß sie uns verflucht. Auch Phex hat sich auf Borons Seite geschlagen und schenkt uns die Kraft, mit den Schatten zu verschmelzen und die Nacht zu regieren. Die Tempel der Tsa und der Peraine allerdings solltest du fürchten, denn diese Göttinnen lieben sowohl Leben als auch Wachstum, und wir verkörpern Tod und Stillstand. Die anderen der Heiligen Zwölf neigen dazu, uns zu ignorieren – doch wirklich willkommen heißen dich nur die Diener Borons, Phexens und Hesindes in ihren Heiligtümern. So tragen wir Fluch *und* Segen der Zwölf.«

Ich traute meinen Ohren kaum und fragte deshalb vorsichtig nach: »Und … ich kann jetzt … zaubern?«

Zu meinem Schrecken und Entzücken zugleich nickte die Priesterin.

»Ja. In den nächsten Monden werde ich dich lehren, was du wissen mußt, was deine neuen Kräfte dir gestatten und wie du sie am besten nutzen kannst. Dann erst bist du bereit, gegen Dhaman zu kämpfen.«

»Warum tust du es nicht? Warum vernichtest du Dhaman nicht? Du bist viel älter, viel machtvoller als ich, dir wäre der Erfolg sicher!«

Der Blick der Priesterin wurde hart, als sie mich nun ansah. »Nein, Fion. Dies ist dein Kampf. Niemand anders kann ihn für dich kämpfen, denn es ist auch der Kampf um deine Seligkeit, den Marbo dir gestattet. Bedenke das immer! Gibst du auf oder versagst du, bleibt dir der Platz in Borons Hallen verwehrt. Zudem«, sie richtete ihre Blicke nun wieder auf den Altar und den Toten darauf, »ist mein Platz ein anderer. Das Leben der Sterblichen dieses Zeitalters ist mir fremd geworden, ich verstehe sie nicht mehr und finde mich kaum noch unter ihnen zurecht. Du aber weißt um ihre Bedürfnisse und Vorlieben, du bist ein Kind dieser Zeit. Du kennst den Feind und den Platz, an dem er mit Vorliebe haust: den neuen Palast. Und dort hast du noch immer Verbündete.«

Traurig schüttelte ich den Kopf. »Nein, Sagarta, darin irrst du. Niemand dort liebt mich mehr, ich habe ihnen allen Schmerz zugefügt – oder sie glauben, ich hätte es getan. Dort ist kein Platz mehr für mich.« Wieder wünschte ich mir heftig, daß Tränen meine Trauer hätten lindern können. Doch Tote weinen nicht.

In den nächsten Tagen begann Sagarta, meine Fähigkeiten zu schulen. Zwei oder drei Nächte lang war ich auf der Boroninsel umhergewandert, grübelnd, ob ich über meinen neuen Zustand glücklich oder eher entsetzt sein sollte. Ich kam zu keinem Schluß. Sicher, Boron und Hesinde, vielleicht auch Phex, gaben meinem Dasein ihren Segen. Doch für die anderen Zwölf war sie ähnlich unheilig und widernatürlich wie die Dhamans, der dem Namenlosen diente.

Ich gewöhnte mich langsam daran, daß mein Herz nicht mehr schlug, daß ich nur zum Sprechen Atem holen mußte (am Anfang bemerkte ich mit großem Schrecken, daß das Luftholen nun nicht mehr wie von selbst ging, sondern ich mich um jeden Atemzug bewußt kümmern mußte – bis mir auffiel, daß ich die Luft nicht mehr benötigte) und daß meine Sinne raubvogelgleich geschärft waren.

Auf diesen Spaziergängen mieden mich die drei anderen Diener Borons, die sterblich waren. Vermutlich hatte Sagarta sie angewiesen, sich von mir fern zu halten. Ich war froh darüber, da ich doch nicht wußte, wann und mit welcher Heftigkeit der Hunger wieder über mich käme.

Sagartas Worte wogen schwer. Ich lernte aus ihnen, daß ich nicht töten *mußte,* um vorhanden sein zu können, und daß ich das auch möglichst vermeiden sollte. Sie hatte gesagt, ich müßte mir die Achtung vor dem Leben bewahren, und dazu war ich fest entschlossen. Doch ich vermied, an den hübschen Cairbre und meine Gier zurückzudenken und gestand mir nicht ein, daß es vielleicht wieder genauso kommen könnte, daß ich wieder die Beherrschung verlieren könnte.

In der vierten Nacht stand Sagarta hinter mir. Nicht einmal mit meinen neuerdings so scharfen Sinnen hatte ich sie kommen hören. Sie reichte mir die Hand und sagte: »Folge mir!«

Sie führte mich durch den unterirdischen Gang, den ich in der Nacht meiner ersten Jagd genommen hatte, in das dunkle Havena, mitten unter Menschen. Zuerst hatte ich Angst und sträubte mich, mir war, als müsse mich jeder Sterbliche als das erkennen, was ich geworden war. Doch bald ergriff mich wieder jene Ehrfurcht, die mich wie ein staunendes Neugeborenes in diese neue, fremde und faszinierende Welt blicken ließ.

»Verbirg den Hall deiner Schritte!« befahl mir die Priesterin manches Mal, oder: »Verschmilz mit den Schatten!« Ich bemühte mich, ihren Anweisungen zu gehorchen, und tauchte in die wunderbare Welt der Magie ein. Endlich spürte ich am eigenen Leib dieses Kribbeln, das Verweben der Kräfte um mich herum, von denen ich schon immer gewußt hatte, daß sie vorhanden waren. Welch ein Geschenk, welch Gabe der weisen Göttin! Wie mein Vater es mich gelehrt hatte, flüsterte ich ein Dankgebet an Hesinde.

Bald hatte Sagarta mich ins tiefste Orkendorf geleitet, zum Alten Hangplatz mit den beiden hohen und knorrigen Eichen.

»Hier ist guter Jagdgrund«, sagte sie und wies mit einer spärlichen Geste auf die betrunkenen Schiffer und Streunerinnen, Freudenmädchen und -burschen, Bettlerinnen und andere dunkle Gestalten.

»Wen würdest du wählen?«

Ein rothaariges junges Mädchen half ihrer stockbetrunkenen Mutter auf die Beine, die kaum allein stehen konnte. Ein halbes Dutzend Liebesdienerinnen und -diener flatterte – wie Schmetterlinge um duftende Disteln – um eine Gruppe Thorwal-Piraten herum, die anscheinend eine Taverne zum Verprassen der Heuer suchten. Eine schlicht gekleidete Frau mit einem Bauchladen pries Muscheln und Treibgut aus der Unterstadt an, während unter den Galgenbäumen, die unter dem Fürsten Toras traurige Berühmtheit erlangt hatten, eine hübsche blonde Bardin saß und zum Leierspiel den *Liebesgruß* sang. Ihre Stimme klang von vielen Premer Feuern und dem Grölen von Trinkliedern rauh, besaß jedoch einen Zauber, dem man sich schwer entziehen konnte. Eine kleine Zuhörerschaft, die trotz des Boronwetters an dieser merkwürdigen Szenerie ausharrte, um ihr zu lauschen, hatte sie bereits in ihren Bann gezogen.

Ich zuckte mit den Schultern. »Ich weiß nicht. Irgend jemanden … Ist es nicht gleich?«

Mit einem Blick über den Platz begann Sagarta ihre Lektion. »Thorwaler sind niemals gut, sie wissen sich zu wehren und lösen sich selten von ihren Freunden. Zudem schmeckt ihr Blut meist nur nach Premer Feuer – furchtbar. Du könntest dir jemanden aus der Menge dort wählen und beobachten, ob er mit Freunden hier ist oder allein. Deine Beute sollte *immer* allein sein, denn auch wenn deine Kräfte gestiegen sind, verursacht ein Kampf meist mehr Ärger als Nutzen, er würde unnötiges Aufsehen erregen. Auch die Bardin dort wäre sicherlich passend, denn wenn sie allein nach Hause geht, ist sie ein leichtes Opfer: Sie sieht nicht sehr kräftig aus. Vielleicht hält sie auch Ausschau nach Gesellschaft für die Nacht. Du könntest ihre Bekanntschaft machen. Sie wird nicht unterscheiden können, ob ihre Lust vom Liebesspiel oder deinem Kuß herrührt. Trinke so viel von ihrem Blut, daß es dich sättigt, sie aber nur matt und geschwächt ist. Du *mußt* nicht töten.«

Mit meinen neuen Sinnen musterte ich die Bardin näher: Sie hatte ein feines und hübsches Gesicht mit porzellangleicher Haut und einer zierlichen Nase, die Lippen waren verlockend üppig. Das glatte hellblonde Haar verlieh ihr ein zerbrechliches, geradezu edles Aussehen, und der schelmische, unschuldig-kokette Blick unter den geschwungenen Brauen mochte sicherlich von vielen der Umstehenden als Einladung verstanden werden.

Sie beendete das wehmütige Lied mit einem leise ausklingenden Akkord und schloß kurz die Augen, als müsse sie selbst erst daraus auftauchen. Auch die Zuhörer verhielten noch einen Augenblick den Atem, dann regneten Kupferstücke in das bereitgelegte Leierfutteral. Viel war es nicht, und ich wunderte mich darüber, daß jemand wie sie nicht am Königshofe vorsprach, um sich mit einer Darbietung vielleicht etwas Silber und dadurch ein gemütliches Dach über dem Kopf zu verdienen.

»Ich sehe, du hast dein Opfer gewählt«, stellte Sagarta, ohne eine Miene zu verziehen, fest.

»Ja. Sie interessiert mich.« Innerlich jedoch zitterte ich vor Angst, daß ich auch sie töten könnte. Es würde noch lange dauern, bis ich die Rolle als Todesbote annahm.

»Wirst du auf mich achtgeben?« fragte ich leise, doch als ich keine Antwort bekam und zu den Schatten zu meiner Rechten spähte, war Sagarta nirgendwo zu sehen.

Mit flinken Fingern sammelte die Frau die Kupferstücke zusammen und ließ sie in das Lederbeutelchen an ihrem Gürtel gleiten. Ich näherte mich leise und unauffällig, wie Sagarta es mich gelehrt hatte, und warf einen Heller zu den letzten Kreuzern, die die Bardin gerade aufhob.

»Das war wunderschön«, meinte ich ehrlich. Die junge Frau sah auf, nachdem auch diese Münzen in ihrem Beutel verstaut waren, doch das keimende Lächeln auf ihren Lippen erstarrte, als sie meiner gewahr wurde. Ihre Augen verengten sich zu mißtrauischen Schlitzen, das Blut wich aus ihrem Gesicht, und sie musterte mich wachsam. Wie früher das Brevier der Zwölfgöttlichen Unterweisungen, aus dem Vater mich das Lesen gelehrt hatte, lagen die Gefühle der Sängerin plötzlich offen vor mir, und ebenso einfach konnte ich in ihnen Angst, Abneigung und Mißtrauen lesen.

Wußte sie, was ich war? Kannte sie mich gar aus dem Fürstenpalast? Oder besaß sie ebenfalls magische Kräfte?

»Wer bist du?« fragte sie mich nun schroff. Ihre Stimme war ein dunkler Alt mit rauhem Unterton. Wie beiläufig griff sie nach ihrem Gepäck, unter dem sich auch ein reichbeschnitzter Kampfstab befand.

»Fion«, antwortete ich wahrheitsgemäß, auch wenn ich mich im gleichen Moment fragte, ob nicht eine Lüge besser gewesen wäre.

»Was willst du, Fion?« war ihre abweisende Reaktion, das elfengleiche Gesicht noch immer zur mißtrauischen Maske erstarrt.

Ich zwang mich zu einem Lächeln – diese Reaktion hatte ich nun wahrlich nicht erwartet! Um das Eis zu brechen, sprach ich mein Kompliment ein zweites Mal aus: »Ich wollte Euch meine Anerkennung aussprechen. Ich habe den *Liebesgruß* noch nie so schön gehört.« Als die Bardin sich etwas entspannte, fuhr ich, wieder mutiger, fort: »Ich dachte, daß Eure Kehle trocken sein müßte und Euch ein Bier nun sicher gut täte.«

»Und Ihr seid gewiß kein Schwarzmagier?« fragte die Frau vernehmlich besorgt. »Sehe ich denn so aus?« lächelte ich, doch die Antwort war ein Nicken. »Da wo ich herkomme, sehen die Schwarzmagier so aus wie Ihr: bleiche Haut, schwarze Seidenkleidung und so ein seltsam intensiver Blick. Aber ich sehe schon: Ihr tragt gar keinen Stab bei Euch, da könnt Ihr ja kein Magus sein!« Nun schien sie etwas beruhigt. »Ich heiße Idra!« Ich ergriff die ausgestreckte Hand und schüttelte sie, wunderte mich allerdings ein wenig über den unerwartet festen Händedruck.

»Wo kommt Ihr her, daß Ihr solche Gestalten kennt?« fragte ich mit echter Neugierde, denn ihr Akzent sprach dafür, daß sie keine Albernierin war.

»Aus Brabak!« war die einfache Antwort, und tatsächlich hatte selbst ich schon von den finsteren Brabakern gehört, obwohl ich in meinem bisherigen Leben als Stallknecht am Fürstenpalast des magiefeindlichen Havena (und obwohl mein Vater ein Hesindegeweihter gewesen war) nur wenig über Zauberei erfahren hatte. Man sagte, die Magier dort riefen Dämonen und Geister und paktierten mit namenlosen schwarzen Mächten.

Idra hängte die verpackte Leier über die Schulter, musterte mich noch einmal prüfend. Ich wurde den Eindruck nicht los, daß ihr Mißtrauen nicht gänzlich beseitigt war.

»Nun gut, Fion. ›Im Bauch ein Bier / ist ein Pläsier / auch für den Ma – gier!‹ sagen wir unten in Brabak. Gehen wir in die *Fanfare*?«

Ich nickte, auch wenn ich nicht wußte, welche Schenke Idra meinte, doch sie steuerte schnurstracks auf ein großes Gebäude am Hangplatz zu, das schon recht heruntergekommen aussah.

Von drinnen drang Lärm und heller Lichtschein. Ich zögerte kurz – der Gedanke an ein Feuer beunruhigte mich etwas.

»Kommst du nun, oder ist dir plötzlich eingefallen, daß du kein Geld mehr hast?« »Nein«, sagte ich, schalt mich einen Narren und ging mit Idra hinein.

Der Schankraum war groß und gut gefüllt. Die Holzdielen am Eingang knarrten, als Idra darüberschritt. Die Raumdecke war niedrig wie in einer Wohnstube, und an der dem Eingang direkt gegenüberliegenden langen Seite des Raumes prasselte ein Feuer in einem offenen Kamin, über dem ein Kessel hing. An dem Rauchabzug über dem Kamin hing ein Travienbildnis zur Sicherung und Heiligung der göttlichen Gastfreundschaft.

Die Bardin wollte schon auf die Feuerstelle zusteuern, doch ich hielt sie am Arm zurück und wies auf einen Tisch am Fenster, das zum Hangplatz hinauswies und dessen Läden gegen die Boronskälte fest verriegelt waren. Wieder glomm Mißtrauen in ihren Augen, doch dann zuckte sie mit den Schultern und folgte mir. »Du bist der Gastgeber!«

Als der Blick des Wirtes aufmerksam über seine Gäste schweifte, hob ich eine Hand und rief: »Zwei Havenabräu!« und wandte mich wieder der Spielfrau zu. Hatte ich jemals beabsichtigt, ihr Blut hier in der Taverne zu trinken, wußte ich nun, daß mir das unmöglich sein würde: Nicht nur, daß zu viele zufällige Beobachter anwesend waren, nein, ich fühlte das Bild Travias auch fast in meinem Rücken brennen bei dem Gedanken daran, das Ihr heilige Gastrecht hier in Ihrem Angesicht zu brechen.

»Du bist ein seltsamer Vogel, weißt du das«? brach Idra das anfängliche Schweigen. Ihr Ton verriet dabei Wachsamkeit, doch auch ein wenig Neugier.

»Ein Nachtvogel«, erwiderte ich, denn langsam begann mir dieses Spiel zu gefallen. »Wie kommt eine Spielfrau aus Brabak dazu, hier in Havena unter den Galgenbäumen Lieder aus Nostria zu singen?«

Endlich lachte sie und entspannte sich. Sie blickte

aus hellblauen Augen unschuldig zu mir auf, klimperte mit den Wimpern und neckte mich: »Und wie kommt ein Nachtvogel wie du dazu, Bardinnen aus Brabak, die in Havena unter Galgenbäumen nostrische Lieder trällern, auf ein Bier einzuladen? Bist du von hier?«

»Ja. Ich bin gebürtiger Havener. Aber du hast meine Frage nicht beantwortet.«

»Bist du ein Phexensjünger?« Idra deutete auf meine Mantelfibel – den silbernen Halbmond, den ich von Antiarna ›geerbt‹ hatte.

»Nein. Das ist ein Erbstück.«

»Ach so«, sagte die Bardin, sah zu dem Wirt auf und nickte dankend, als er das Bier vor uns stellte. Ich zahlte die Zeche sofort.

»Heda, Wirt, warum hat dein Lokal einen solch seltsamen Namen?« fragte Idra. »*Havena Fanfare* klingt eher nach einer Postille oder Gazette!« »Da hast du recht, Süße. Ist ja auch das alte Haus von der *Fanfare*. Die sitzen jetzt irgendwo in Unterfluren, glaub' ich. War ihnen wohl nicht fein genug hier.«

Idra nickte ihm zu, als er sich entfernte.

»Du hast meine Frage noch immer nicht beantwortet!« sagte ich leise. »Oh – richtig. Nun, das ist eigentlich nicht so aufregend. Ich bereise die Welt auf der Suche nach neuen Liedern und Texten und Gegenständen für neue Spottverse! Dabei kommt man eben herum.« Idra nahm einen tiefen Zug aus ihrem Humpen, während ich den meinen unangetastet ließ und bisweilen in den Händen drehte.

Dann griff die junge Frau wieder zu ihrer Leier, nahm die schützende Hülle ab und sprach mehr als daß sie sang: »›Die Frau sitzt schief / auf dem Shadif / sie sollte sich strecken! Rief der Kater / einen guten Rat er / ihr zu / und begab sich zur Nacht.‹ Na gut«, gab sie dann zu, »gut ist das nicht, aber die Frau war ganz schön wütend – hab' heftig eine auf die Nase bekommen für den Spruch. Sie ist jetzt übrigens eine gute Freundin … Wir sind gemeinsam ein bißchen durch die Gegend gezogen.«

Dann gähnte sie einmal, streckte sich und verpackte das recht kostbar wirkende Instrument wieder. Sie stürzte den Rest des Bieres hinunter und bedankte sich recht artig: »Nun, Fion, vielen Dank jedenfalls für das Spülen der trockenen Kehle, doch ich bin müde und habe mir eine Mütze Schlaf redlich verdient, denke ich!«

Ich tat noch einmal so, als nippte ich an dem Humpen, stand dann ebenfalls auf und bemühte mich um einen galanten Ton: »Das Orkendorf ist unsicher, ich werde dich nach Hause geleiten.«

Ich erntete einen amüsierten Blick, schließlich zuckte sie mit den Schultern und ergriff ihr Gepäck.

»Gut. Ich wohne im *Lorbeerzweig*, das ist gar nicht weit. Eigentlich nur quer über den Hangplatz! Aber ich werde mich sicher sehr behütet fühlen.« Sie nickte und zwinkerte mir zu, halb scherzend, halb kokett.

Tatsächlich war der *Lorbeerzweig* lächerlich nahe: kaum dreißig Schritt gen Hafen. Der Eingang lag glücklicherweise im Schatten. Hier wollte ich mich von Idra verabschieden.

»Weißt du, daß du genauso heißt wie unsere Königin?« fragte ich ein wenig wehmütig – ich mußte an meine ehemalige Heimat, den Palast, zurückdenken.

»Das scheint euch hübschen Burschen hier wohl nicht zu gefallen, wie? Letzten Mond bin ich auch jemandem begegnet, dem ich sehr gewogen schien – bis ich ihm meinen Namen nannte.« Das schien sie allerdings eher zu belustigen als zu ärgern.

»Nein, ich habe nichts gegen den Namen, wirklich nicht. Zudem ist es eine Ehre, den Namen der Königin zu tragen: Sie ist sehr großzügig und klug!«

»Das klingt ja so, als würdest du sie persönlich kennen!«

»Ich bin ihr mal begegnet«, versuchte ich mich herauszureden. »Sag, schöne Idra, schenkst du mir zum Abschied einen Kuß?«

»Nun, schöner Fion, wenn das alles ist, was du heute von mir verlangst, sollst du ihn haben!«

Ich trat näher an Idra heran, küßte sie sanft, dann führte ich meine Lippen ihren Hals hinunter. Meine Zähne glitten hinaus, und ich wollte eben siegessicher zubeißen, da schob sie mich scherzhaft schimpfend von sich. Die hellen Augen weiteten sich, als sie meiner Zähne gewahr wurde, die ich nicht schnell genug wieder eingezogen hatte.

Die Reaktion der Spielfrau verblüffte mich völlig: Anstatt um Hilfe zu schreien, wegzulaufen oder in Ohnmacht zu fallen, wie manche hohen Damen es so gerne taten, ballte sie die Faust und schmetterte sie mir mit voller Wucht gegen das Kinn, so daß ich nur noch Sterne sah.

Mein auserwähltes Opfer schien nicht nur ein kokettes und selbstbewußtes, sondern auch ein jähzorniges Persönchen zu sein, denn ich erhielt die heftigste Tracht Prügel meines bisherigen Lebens: Idra kratzte, schlug, trat auf mich ein und biß mich. Sie glich eher einer Straßenkatze als der süßen Bardin, als die ich sie kennengelernt hatte.

Vielleicht hätte ich sie überwältigen, zu Boden ringen oder niederschlagen können, wäre ich von dieser heftigen Attacke nicht so vollständig überrascht gewesen.

Sagarta rettete die Situation glücklicherweise, bevor ein Fremder auf uns aufmerksam wurde. Sie bemerkte: »Meine liebe Freundin, ich glaube, das ist genug!« Prompt hielt der Prügelhagel inne, und ich mühte mich auf die Beine, während Idra sagte: »Oh, meine Liebe, wie schön, dich zu sehen!«

»Würdest du uns auf dein Zimmer geleiten?« fragte die Priesterin leise. »Aber … der Kerl da ist ein Ungeheuer, ein …«

»Er wird dir nichts tun, meine Liebe, glaube mir«, war Sagartas schlichte Antwort, die die Bardin zu überzeugen schien. Sie warf mir noch einen düsteren Blick zu und ging hinein.

Als wir das kleine Pensionszimmer erreicht hatten, bat Sagarta Idra, sich auf das Bett zu setzen, was diese auch gerne tat. Die Priesterin legte ihr nun die Hände auf die Schläfen und begann, eine Formel auf Bosparano zu rezitieren, und bald sank der schlanke Körper Idras auf das Bett zurück.

Leise winkte Sagarta mich näher. »Nun kannst du von ihr trinken. Doch vorsichtig und nicht zuviel! Dann lösche ich ihre Erinnerung an deine Ungeschicklichkeit von eben. Du solltest mit mehr Bedacht vorgehen, Fion!«

»Ja, Herrin«, murmelte ich beschämt, beugte mich über Idra und biß in ihren Hals. Ich trank langsam und wenig, obwohl sie köstlich schmeckte. Entgegen meiner Erfahrungen bei der ersten Jagd gelang es mir mühelos, mich zu beherrschen und ihre Wunde wieder zu schließen. Als ich zurücktrat, beendete Sagarta den Zauber, woraufhin wir den *Lorbeerzweig* und das Orkendorf gen Boroninsel verließen. Ich hatte wieder einmal erfahren, daß das Vampirsein gelernt sein wollte.

Kapitel 2

Die sichelförmige Mada

Irgendwo pfiff jemand die ›Efferdnacht‹. Die wehmütigen Töne verhallten in der einsamen Gasse, nur der regelmäßige Takt von Schritten war hörbar. Dann verstummten auch diese letzten Geräusche in der Nacht: Die Gestalt, die sie verursacht hatte, verschmolz mit den Schatten eines Gebäudes. Atemlose Stille hing über diesem Teil Havenas, dem Herzen des Orkendorfes, wo sonst übles Gesindel und Abschaum seinen zwielichtigen Geschäften nachging. Ein leises Keuchen zwischen zwei Häusern brach die Spannung, und die hochgewachsene Gestalt setzte sich lautlos in Bewegung. Flink huschte sie dorthin, wo gerade eben ein weiterer Seufzer zu hören war, zog die Klinge eines schweren Dolches blank und sprang hinter einen Mann, der sich über einen am Boden Liegenden beugte. Der Bursche fuhr herum und blickte dem Neuankömmling entgegen.

Fion sah in die kaltgrauen Augen einer hochgewachsenen Frau, die, den Dolch erhoben, zwischen den beiden Menschen abzuwägen schien.

»Nimm dich in acht, Schurke! Hier läuft nicht nur Gesindel herum, das sich nicht darum schert, was in den Seitengassen für Unrecht geschieht! Geh da weg!« Die Stimme der Frau klang warm und klar, obwohl sie flüsterte. Es war eine befehlsgewohnte Stimme, in deren Ton deutlich mitschwang, daß sie ihre Autorität notfalls mit Taten zu unterstreichen verstand.

Fions Gedanken rasten. Noch hatte die Fremde sein Gesicht nicht gesehen, doch die Wunden am Hals seines Opfers mußten noch getilgt werden, sie boten zu eindeutige Spuren.

Zunächst aber gehorchte er der Frau, deren Ton ihm recht geläufig war; es war der einer Adligen, die Gehorsam erwartet. Er trat von dem Mädchen zurück und schwieg.

Ihn immer im Blick behaltend, näherte sich die schlanke Frau dem Opfer, während sie Fion mit der Waffe bedeutete, weiter zurückzuweichen. Sie schien fest entschlossen, den Dolch, wenn nötig, auch zu benutzen.

Als sie sich über die Frau beugte und sie rasch untersuchte, ergründete Fion ihr Gesicht. Es war schmal, mit einer langen, edlen Nase, ausgeprägten Augenbrauen und vollen Lippen. Die Augen standen etwas weit auseinander, das rötliche Haar hing voll und glatt unter dem Federhut herab. Er kannte sie noch vom Fürstenpalast und von einigen Besuchen in ihrer Baronie Fairnhain. Sie war Pádraigín ni Bennain, eine hohe Adlige und nahe Verwandte der königlichen Familie.

Gerade tastete sie am Hals des Opfers nach dem Puls und zog blutbesudelte Finger zurück. Ihr Blick verhärtete sich, als sie Fion ansah – und auch dieser Ausdruck erinnerte den ehemaligen Stallknecht an die Ereignisse im Fürstenpalast.

»Komm hierher!« befahl sie ruhig und winkte ihn aus dem Schatten der Gasse ins Mondlicht. Fion gehorchte langsam. Es lag auf der Hand, daß er hier keine normale Streunerin vor sich hatte, vielleicht erkannte sie ihn sogar ebenfalls. Während er sich näherte, hielt sie den Dolch noch immer auf ihn gerichtet, die Linke tastete sich zu einem Amulett an ihrem Hals. Kannte sie ihn auch noch? »Du bist Fion«, bestätigte sie diesen Gedanken schließlich, nachdem sie ihn aufmerksam gemustert hatte. »Der Stallknecht vom Königshof, der vor zwei Monden verschwunden ist und von dem alle sagen, er sei ein Vampir.« Sie blickte zu dem noch immer zusammengesunkenen Mädchen hinüber und fuhr fort: »Ich wollte es nicht glauben, aber ich denke, dies ist ein unwiderlegbarer Beweis, oder?« Sie nahm kurz die blutbesudelte Hand vom Amulett und wies auf den reglosen Körper.

Sie zögerte, sprach nicht weiter. Statt dessen durchforschte sie eindringlich Fions Gesicht.

Fion erinnerte sich gut an die Zwillingsbarone aus Fairnhain, Pádraig und Pádraigín, bei denen König Cuanu bisweilen zu Gast war und die offiziell zur Familie Bennain gehörten, auch wenn sich niemand über die genauen Verwandtschaftsverhältnisse im klaren war. Fion erkannte an Pádraigín auch den strengen Blick Cuanus, den hoheitsvollen Gesichtsausdruck, den auch Emer, Invher und Rhuad aufwiesen, und das natürlich edle Gebaren. Waren die Zwillinge uneheliche Kinder Cuanus? Das würde auch die Freundschaft erklären, die sie mit dem König verband.

Die Baronin in Streunerkleidern hielt noch immer Dolch und Amulett fest in den Händen und meinte: »Vielleicht kannst du mir ja eine Erklärung für all das liefern, Fion? Ich bin sehr gespannt. Am meisten jedoch bin ich gespannt zu hören, wie ein angeblich namenloses Monstrum dazu kommt, ein Phexensamulett zu tragen?« Fion tastete nach der madamalförmigen Mantelschließe, die er von Antiarnas Umhang genommen hatte, und zuckte mit den Schultern. »Werdet Ihr mir denn glauben, was ich Euch erzähle? Sonst spare ich mir den Atem lieber für den Kampf.«

Mit strengem Blick erwiderte Pádraigín: »Was ich dir glaube, laß meine Sorge sein. Erzähle!«

Ein Hoffnungsfunke flammte in Fion auf, den er jedoch sofort fast selbst wieder erstickte. Was brachte es schon, ihr die Geschichte zu erzählen? Doch andererseits konnte es auch nicht schaden, das Schlimmste, was passieren konnte, war, daß sie ihn nicht nur für einen namenlosen Vampir, sondern auch noch für einen Lügner hielt. »Wartet noch.« Fion trat wieder zu dem bewußtlosen Mädchen, beugte sich über sie und leckte ihr die Wunde. Schließlich bettete er sie so, daß sie von der Gasse aus nicht zu sehen und vor neugierigen Blicken geschützt war. Dann kehrte er zurück. »Wir sollten uns lieber woanders unterhalten. Ich möchte keine zufälligen Zuhörer.«

»Wird sie zurechtkommen? Sie sieht blaß aus.«

»Sie ist nicht in Gefahr. Nur ein wenig schwach.«

Die Baronin nickte und geleitete ihn zu einem Hinterhof in der Richtung, aus der sie gekommen war. Fion empfand Erleichterung darüber, daß die Adlige ihm ein wenig Vertrauen entgegenbrachte. Doch warum tat sie das? Was für Hintergedanken mochte sie hegen?

»Setz dich«, sagte Pádraigín und deutete mit der Klinge auf einen Hackklotz, der inmitten von alten Holzbohlen, zertrümmerten Stühlen, einem Handkarren mit gebrochener Achse und vielen verbogenen Nägeln und anderem Unrat stand.

Fion tat, wie ihm geheißen, und sammelte seine Gedanken. Was konnte er ihr alles erzählen? Wenn er die Wahrheit berichtete und sie ihm glaubte, konnte sie ihm vielleicht sogar helfen. Allerdings durfte er ihr nichts von Sagarta berichten.

Dann erzählte Fion Pádraigín seine Geschichte. Er begann damit, daß Maegwyn behauptet hatte, von ihm geschändet und geschwängert worden zu sein, und berichtete knapp von der Strafe und dem Haß der anderen Bediensteten, die ihm diese falsche Anschuldigung eingebracht hatte. Darüber, daß Prinz Rhuad das Kind gezeugt hatte und daß Bard Cheannard, der Gardeobrist am Fürstenpalast, seine Mutter mißbraucht hatte, um ihn zu bestrafen, schwieg er.

Fion erinnerte sich noch genau an alle Einzelheiten jener Tage und schilderte Maegwyns Ermordung in der Nacht, die er mit der düsteren Al'Anfanerin Antiarna Paligan verbracht hatte, die erneuten Anschuldigungen, die Bard Cheannard gegen ihn, Fion, vorbrachte und den Freispruch durch Invher ni Bennain, die an seine Unschuld glaubte.

»Ich weiß allerdings nicht, ob sie diese Entscheidung nun bereut«, fügte er leise hinzu. »Nun, als ich mit einem Botengang im Orkendorf unterwegs war, sah ich zwei Gestalten miteinander ringen, von denen ich die eine als Antiarna zu erkennen glaubte, und als sie flohen, blieb ein verwundetes Mädchen zurück, an dessen Hals ich, wie Ihr heute auch, Bißmale von Vampirzähnen fand. Ich brachte sie ins *Esche und Kork*, wo die Elfe Aldare sie heilte, doch ahnte ich nun, daß Antiarna eine Vampirin war. Und ich fürchtete sie. Sie besuchte mich noch in derselben Nacht, um sich an meinem Blut zu stärken, doch sie verlor die Herrschaft über meinen Geist. Ich tötete sie mit diesem Dolch«, er schlug sich an die Seite. »Er ist ein Geschenk Raidri Conchobairs und kann Vampire verletzen. Rhuad sagte, daß nicht jede Waffe dies vermag.« Pádraigín nickte nachdenklich, sagte jedoch nichts, so daß Fion fortfuhr.

»Ich hatte Angst vor Antiarna und vernichtete sie, ohne zu ahnen, daß ich damit alles nur noch schlimmer machte. Ich glaube, es war in der nächsten Nacht, als mein Vater getötet wurde. Seine Kapelle war entweiht worden. Er war Hesindegeweihter und der Berater des Königs, und so durften meine Mutter und ich die Totenwache in der Kapelle halten. Ich bin ein Bastard, denn meine Mutter ist eine Eigenfrau, doch der König gestattete es uns trotzdem, an der Seite des Toten zu wachen. Er ist sehr großzügig.« Wieder verstummte Fion im Schmerz der Erinnerungen und schloß kurz die Augen, so daß er den mitfühlenden Blick Pádraigíns nicht bemerkte.

»Man dachte, wir seien in der Kapelle niedergeschlagen und der Leichnam geraubt worden, doch als Rhuad später sah, wie Berthol Heff-Bennain getötet wurde, ahnten wir, daß es mein Vater Dialann gewesen sein mußte: untot, als namenloser Vampir. Rhuad und ich wollten der Sache auf den Grund gehen, doch bevor es dazu kam, griff mein untoter Vater meine Mutter an. Ich habe ihn getötet, ebenfalls mit diesem Dolch. Ich dachte nicht, daß ich das könnte.« Er fuhr sich mit den Händen über das Gesicht und rieb sie dann aneinander, als müsse er das Blut von ihnen abwischen. »Ich hoffe, Vater ist doch in Hesindes Paradies eingekehrt, das ich ihm durch den Tod Antiarnas verwehrt habe, denn der zweite, namenlose Vampir konnte nur so dreist morden, weil ich seine Gegnerin erlegte! Hätte ich das doch nur eher gewußt!« Pádraigín folgte seinen Ausführungen aufmerksam. Auf ihrem Gesicht war ein Widerstreit der Gefühle zu lesen.

»Ich hatte mich mit Rhuad wieder versöhnt, und wir wollten uns auf die Suche nach dem Vampir machen, doch in derselben Nacht bemerkte ich, daß Fianna, meine beste Freundin, irgendwie von dem Vampir beherrscht sein mußte. Das war die Nacht, in der ich Vater tötete. Dann begegnete ich D… dem Vampir. Dieser hatte Rhuad in seiner Gewalt und Yantur, den Mann Maegwyns, umgebracht. Er drohte, er würde Rhuad töten, wenn ich nicht fliehen würde. Er wollte mir die Schuld in die Schuhe schieben und behaupten, ich hätte all die Menschen ermordet. Ich bin gegangen.«

»Und warum behauptet Prinz Rhuad dann, daß du Yantur und Berthol getötet hast? Er war sich da sehr sicher«, warf die Baronin ein.

»Dhaman hat sein Gedächtnis durch einen Zauber verändert. Er glaubt nun, gesehen zu haben, wie ich die Morde beging. Sonst hätte sich Rhuad niemals gegen mich gewandt.«

»Dhaman? Du meinst, daß Dhaman ui Mharfad der Vampir ist?«

Fion sah zu Boden. »Ich wollte es Euch eigentlich nicht sagen, da Ihr es mir ja sowieso nicht glauben würdet. Aber nun ist es heraus: Ja, Dhaman ui Mharfad ist eine Kreatur des Namenlosen. Er hat die Morde begangen und die Bennains getäuscht. Und er täuscht sie noch.«

»Du weißt ja selbst, daß das Ganze mehr als unglaubwürdig klingt, nicht war? Erkläre mir aber bitte einen kleinen Fehler in deiner Geschichte!«

Mit festem Blick sah Fion der Frau in die Augen, als sie fortfuhr: »Warum treffe ich dann *dich* hier dabei an, wie du das Blut dieses Mädchens trinkst, und nicht Dhaman?«

»Hättet Ihr Dhaman angetroffen, wäret Ihr nicht mehr am Leben, Hochgeboren.«

Pádraigín nickte in Gedanken versunken, sie schien halbwegs überzeugt, daß Fion ihr nichts Böses wollte.

»Wie bist du geworden, was du bist?« fragte sie leise.

Fion antwortete zögernd. »Eine andere Vampirin, die den Zwölf dient, machte mich dazu. Als Buße für meine Fehler, und um Dhaman das Handwerk zu legen. Ich bin keine Kreatur des Namenlosen, versteht Ihr, ich versuche nur, meine Fehler wiedergutzumachen. Doch dafür muß ich Dhaman bekämpfen können, und das kann nur ein Vampir. Ich bin ein *Kind der Nacht*. Dhaman ist ein *Kind der Finsternis*. Er will den Sterblichen Übles, sieht sie als Spielzeuge seiner Gelüste an. Er kennt nicht die Liebe zu allem Lebenden, die Boron mir geschenkt hat.« Er verstummte, denn die Erinnerung an die Geschehnisse wühlt ihn auf. Wieder sah er das haßverzerrte Vampirgesicht seines Vaters vor sich, den ängstlichen, leeren Ausdruck in den Augen seiner Mutter, die der Vater kurz zuvor überfallen hatte.

»Du hast deinen Vater sehr geliebt, nicht wahr?« fragte die Baronin leise.

Fion nickte. Jeder am Fürstenpalast hatte gewußt, daß er der uneheliche Sohn des Hesindegeweihten war, auch wenn dieser ihn niemals offiziell anerkannt hatte. Doch Dialann hatte ihn Lesen, Schreiben und Rechnen gelehrt, ihm die Worte der Götter, das Wesen der Sterne und ein bißchen Alchimie nahegebracht, so daß sie neben ihren Pflichten viel Zeit miteinander verbracht hatten.

»Ich könnte meinen Vater nicht töten, selbst wenn er eine solch namenlose Kreatur sein sollte.« Pádraigín schien nachdenklich zu sein. »Das dachte ich auch, Euer Hochgeboren. Doch mir blieb keine Wahl. Er hätte sonst meine Mutter und mich getötet.« Ein Hoffnungsschimmer glomm in seinen Augen. »Ihr glaubt mir?«

Pádraigín ergründete seinen Gesichtsausdruck. »Mein Kopf sagt mir, daß deine Geschichte haarsträubend ist. Doch mein Herz ruft mir zu, Mitleid zu haben und zumindest zu überprüfen, was du behauptest.« Sie schob den Hut tiefer in den Nacken und steckte den Dolch in die Lederscheide zurück. »Ich bin schon immer mehr meinem Herzen gefolgt«, schloß sie dann mit einem fast entschuldigenden Lächeln.

Pádraigín folgte der Gasse zum Stadtpark, bog dort nach Norden ab und schlich in der Dunkelheit an der großen Mauer des Immanstadions entlang, bis sie zur Fürstenallee gelangte. Huschte sie sonst immer einem Mondschatten gleich durch die Nacht, waren ihre Gedanken heute zu beschäftigt mit dem, was sie gehört hatte. Sie hatte Dhaman ui Mharfad noch nie sonderlich gemocht und stellte an sich selbst eine merkwürdige Bereitschaft fest, Fion zu glauben.

Was wußte sie von dem ehemaligen Stallknecht des Königs? Daß er eine gute Hand für Pferde besaß, hatte sie schon häufiger feststellen können, denn er war einer der wenigen, die ihren eigensinnigen Trallopper Hengst *Glantuban* reiten konnten. Bei ihren Besuchen im Fürstenpalast hatte sie ihn bisweilen gesehen und als aufrechten und anständigen Kerl eingeschätzt. Als Raidri seine Stute durchgegangen war und beinahe die kleine Tochter einer Wachfrau totgetrampelt hätte, war es Fion gewesen, der sie unter Einsatz seines Lebens gerettet hatte – ohne zu zögern, wie Invher erzählte. Gerüchten zufolge hatte Fion mit Rhuad ein Verhältnis gehabt, sich aber mit dem Prinzen zerstritten. Darüber wußte Pádraigín aber nichts Genaues. Alles in allem ergab sich das Bild eines großherzigen und ehrlichen jungen Mannes, der seine Pflichten gut erfüllte und anderen gegenüber immer hilfsbereit schien. Entweder hatte er alle sein Leben lang getäuscht, oder an seiner Geschichte war etwas Wahres.

Pad hatte ihn gehen lassen, trotz der Zweifel, die ihr geblieben waren. Vielleicht hatte er das Mädchen ja nur nicht getötet, weil sie dazwischengegangen war. Was hatte sie dazu gebracht, ihn zu verschonen? Die Geschichte mit seinem Vater? Vermutlich. Pad war selbst ein uneheliches Kind, das niemals ganz von seinem Vater anerkannt werden konnte: Wie könnte König Cuanu das tun, ohne den Thron seiner ehelichen Kinder zu gefährden? Doch die Zwillinge wollten den Thron nicht, im Gegenteil, sie waren froh, daß Invher Königin nach Cuanu werden würde.

Oder hatte sie Mitleid mit Fion gehabt bei dem Gedanken, daß Rhuad, an dem er offensichtlich sehr hing, durch schwarze Magie dazu gezwungen worden war, seinen Freund als Mörder jagen zu lassen? Auch das war furchtbar. Liebe ohne Gegenliebe hatte schon etwas Tragisches, das wußte sie selbst nur zu gut. Doch wenn sie beide einander mochten und Rhuad Fion fälschlicherweise für den Mörder hielt... das klang nach arger, schrecklicher Niedertracht!

Ein Grund war allerdings auch die Madamalbrosche gewesen, die der Bursche trug. Pádraigín verließ sich darauf, daß es Phex war, der ihre Wege hatte sich kreuzen lassen und ihr mit dem Kleinod ein Zeichen gab, daß sie Fion vertrauen konnte. Eine namenlose oder gar dämonische Kreatur wäre sicherlich nicht imstande, das Symbol des Herrn der Nacht auf der Brust zu tragen!

Inzwischen durchquerte Pádraigín Marschen, um von hinten in den Palast zu kommen. Sie dachte an ihren Besuch im verborgenen Phextempel zurück. Das nächste Mal mußte sie unbedingt einen weiteren Rubin für das nun fast vollendete Deckenmosaik mitnehmen, daß Imo Wolters im Heiligtum schuf. Wie prächtig würde es den Heimlichen erst preisen, wenn es fertig war! Die Frau lächelte in sich hinein bei dem Gedanken daran, was der Gott wohl davon halten mochte. Dann holte sie einen mit Edelsteinen besetzten Kamm aus der Tasche, setzte den großen Schlapphut ab und fuhr sich mit den Zinken durch das glatte Haar. Jede Strähne, die sie kämmte, verlor sofort ihren rötlichen Glanz und nahm wieder den haselnußfarbenen Braunton an, um den Pad bei Hofe so beneidet wurde. Sie steckte den Kamm wieder weg, behielt den Hut unter dem Arm und schlenderte zum Hintertor des Fürstenpalastes.

KAPITEL 3

Der Falke und die Schlangenbrut

Mit ratternden Rädern rollte die vierspännige Kutsche durch das Tor des Fürstenpalastes. Bran steckte neugierig seinen Kopf aus dem Fenster des Gefährtes und sah dem prachtvollen Gebäude entgegen, das in Zukunft seine Heimat sein würde. Sein Herz schlug schneller bei dem Gedanken, daß man ausgerechnet *ihn* ausgewählt hatte, an den Hof des Königs von Albernia zu gehen: Sein sehnlichster Wunsch ging dadurch in Erfüllung!

Als gebürtiger Havener hatte Bran Juce den Palast wohl schon von außen gesehen, auch ein- oder zweimal einen Blick hineingeworfen, als er klein war, doch nun kam er mit einer gänzlich neuen Berechtigung: der eines Hesindegeweihten, der als Berater an den Hof eines Königs berufen worden war. Bran wußte, daß dies keine Stellung war, die einen schnellen Aufstieg in der Kirche begünstigte, es verhielt sich vielmehr so: War man erst einmal Berater, blieb man dies meist ein Leben lang, es sei denn, Hesinde wünschte es anders oder man zerstritte sich mit dem König oder seiner Nachfolgerin, der zukünftigen Königin Invher. Bran wollte sowohl seiner Göttin als auch seinem weltlichen Herrn ein treuer und nützlicher Diener sein – den Novizentraum, einmal Magister der Magister zu werden, hatte er schon lange aufgegeben.

Alles in allem war der Aufstieg vom Sohn eines bekannten Havener Heldenmalers (Meister Urcan Juce war bekannt für seine Heroendarstellungen) in die Würde eines Schlangenpriesters gar nicht so übel, da Bran immerhin noch keine dreißig Jahre alt war. Einen Teil davon, nämlich die Berufung nach Havena, hatte der junge Geweihte der Empfehlung Seiner Exzellenz Valnar Yitskok, Hohem und Erstem Schlangenrat der Magisterin der Magister und Tempelleiter zu Gareth, zu verdanken und, so vermutete er, der Tatsache, daß er gebürtiger Havener war und Land und Leute kannte.

Brans Aussehen ließ zwar nicht darauf schließen, daß er aus dem grünen Land am Großen Fluß stammte. Sein Haar war schwarz und seidig, nicht rötlich oder blond, die Augen dunkelbraun und nicht blau oder grün, der Körper nicht groß und kräftig, sondern eher klein und drahtig gebaut: ein Erbe seines Großvaters väterlicherseits, der ein gebürtiger Tulamide gewesen war. Auch Teint und Gesichtsprofil wiesen mit leichtem Dunkelton und den ausgeprägten Wangenknochen auf exotische Ursprünge. Bran hatte seine Familiengeschichte in der Hinterlassenschaft seines Großvaters recherchiert und vermutete inzwischen auch mohisches Blut in dessen Adern, was für Tulamiden nicht ungewöhnlich war.

Stolz blickte Bran auf Cereborn, seinen kleinen, achtjährigen Sohn, der ebenfalls mit großen, wachen Augen aus dem Fenster lugte und alles um sich herum aufnahm. Cereborn hatte Havena erst ein einziges Mal gesehen, und das war Jahre her. Mit dem mittelblonden Haar und den grauen Augen kam er sehr nach seiner Mutter Rondrike, auch wenn der erteilte Unterricht Bran hoffen ließ, daß der Sohn eher in seine hesindianischen Fußstapfen treten als der militärischen Laufbahn der Mutter folgen würde. Schließlich besaß er einen hellen Verstand und ein natürliches Interesse für die Dinge, die um ihn herum vorgingen.

Bran nahm Cereborns Hand und drückte sie kurz, ein Lächeln huschte über das junge Gesicht. Beide dachten in diesem Moment dasselbe: Daß die Gattin und Mutter recht bald nachkommen solle, damit sie wieder vereint wären. Doch dafür mußten die Kaiserin des Horasreiches und der Reichsbehüter Brin Frieden schließen und der Streit an der gemeinsamen Grenze geschlichtet werden.

Nun hielt die Kutsche vor dem Portal des Palastes, wo eine kleine Abordnung und eine Menge Bediensteter auf die Neuankömmlinge warteten. Eine Pagin klappte den Tritt hinunter und half Bran aus dem Gefährt. Draußen angekommen, sah der Geweihte auf die Wartenden auf der Treppe, streckte seine steifen Glieder ein wenig und trat näher. Cereborn hielt sich still und unauffällig hinter seinem Vater.

»Im Namen Travias, seid Uns willkommen am Hofe König Cuanus, Unseres Vaters, Euer Gnaden«, sprach Kronprinzessin Invher. Bran blickte in ein schönes und ernstes Gesicht. Ihr Haar war ebenso wie ihre Augen braun, die ihn unverblümt und abschätzend musterten. Bran mochte Invher sofort. Ihre Körperhaltung und ihr Gebaren zeigte jedem sofort die edle Abstammung der Prinzessin.

Mit einer tiefen Verbeugung bedankte Bran sich für die artigen Worte. »Habt Dank, Allerprinzlichste Hoheit, für Travias Segen. Seid gewiß, daß es mir eine Freude sein wird, dem Haus Eures Vaters zu dienen, wie es mir auch das Herz höher schlagen läßt, endlich wieder in der Heimat zu sein!«

Invhers ernstes Gesicht leuchtete auf, als sie mit einem freundlichen, strahlenden Lächeln und blitzenden Augen sagte: »Das Heimweh zeichnet einen Menschen aus, Euer Gnaden. Seid noch einmal herzlich willkommen geheißen. Zunächst könnt Ihr Eure Zimmer beziehen und Euch frisch machen, Unser Vater wird Euch vor dem Abendessen empfangen und begrüßen!« Damit winkte sie ihn hinein, und Cereborn und die anderen Mitglieder des kleinen Komitees folgten ihnen.

»Bist du neu hier?« Die Kleinmädchenstimme weckte Cereborn aus seinem Tagtraum. Erst seit gestern war er hier in Havena, doch schon hatte er seinen Lieblingsplatz erkoren: die Ecke zwischen dem verwitterten Bergfried und dem Gärtnerhäuschen im Norden der Anlage. Hier konnte er sitzen und alles beobachten, ohne selbst übermäßig gestört zu werden. Er sah sich um und nickte dem Kind mit den langen weißblonden Haaren zu. Auch sie schien diesen Platz zu mögen. Sie kam näher. »Ich heiße Giall.« »Ich bin Cereborn«, erwiderte der Junge, erhob sich und schüttelte die ausgestreckte Hand – eine Geste, die merkwürdig erwachsen wirkte.

»Bist du mit dem Hesindepriester gekommen?« fragte Giall weiter.

»Ja. Er ist mein Vater. Wir wohnen jetzt hier.«

»Meine Mutter ist Maire, die Wachfrau!« sagte Giall stolz, und Cereborn nickte beeindruckt. Seine Mutter war auch eine Soldatin.

»Komm«, Giall nahm Cereborns Hand und führte ihn über den Hof in Richtung Bedienstetenhaus. »Ich führe dich um den Palast. Er ist wirklich wunderschön, der schönste des ganzen Landes!«

Der Junge hatte schon viele Stiche und Bilder von Palästen gesehen und ahnte, daß dies nicht stimmte, doch da er wußte, daß kleine Mädchen diesen Alters so etwas nicht einsahen, nickte er nur. Zudem hatte er einen flüchtigen Blick auf die Neue Residenz des Reichsbehüters in Gareth werfen können, und dagegen wirkte der Palast von Havena bescheiden und unscheinbar.

»Hast du keine Mutter?« löcherte Giall den Jungen, der den Kopf schüttelte und widersprach: »Doch, sie ist auch Soldatin und unten in Almada, an der Grenze. Vater sagt, daß sie vielleicht bald kommt, wenn der Reichsbehüter Frieden macht.«

Giall nickte weise. »Mein Vater ist tot. Er wurde bei dem Aufstand Isoras verwundet und konnte nicht mehr dienen. Er ist gestorben, als ich klein war.«

»Oh, Boron sei seiner Seele gnädig!« murmelte Cereborn.

»Psst!« zischte das Mädchen und sah ihn wütend an. Dann blickte sie vorsichtig nach rechts und links, als ob jemand die Worte gehört haben könnte. »Was ist? Habe ich etwas Falsches gesagt?« Giall nickte. »Man nennt nicht Seinen Namen!« »Wessen? Borons?«

»Psst doch! Er wird dich hören! Er mag das nicht! Sag: ›Efferd steh mir bei‹ und schlage Sein Zeichen!«

»Aber warum denn?« Cereborn war verwirrt.

»Mach schon. Mutter sagt, man muß das machen.« Mit verschränkten Armen und strenger Miene wartete das Mädchen, bis Cereborn ihre Anweisungen genauestens ausgeführt hatte.

Dann sprang Giall fröhlich weiter. »Komm, ich zeige dir den Stall!«

Cereborn stand noch einen Augenblick nachdenklich auf der Stelle und beschloß, seinen Vater später zu fragen, ob Boron hier in Havena besser zuhörte als anderswo, dann folgte er dem Mädchen zu dem Stallgebäude im Ostteil der Palastanlage.

Das Tageslicht des ausgehenden kalten Firunmondes fiel nur spärlich durch Luken und Spalten in den Stallraum. In fast allen Verschlägen mahlten Pferde genüßlich ihren Hafer, ein großer grauer Hengst, den das Namensschild an der Tür als ›Sioctha‹ benannte, stampfte unruhig mit den Hufen auf dem Strohpolster.

Bran genoß diese andächtige Ruhe, nachdem er gestern und heute stets im Mittelpunkt gestanden hatte. Leise schritt er durch die Tür in die Stallgasse und atmete den Geruch der Pferde ein. Er strich mit der Hand über einen der rauhen und von kräftigen Pferdezähnen angefressenen Holzpfeiler, während er den allgegenwärtigen Staubteilchen nachsah, die in der tiefstehenden Abendsonne tanzten. Diese einzelnen Lichtstrahlen durchbrachen das Halbdunkel des Raumes und zeichneten sich scharf auf dem festgestampften Boden ab. Bran schloß die Augen.

Eine leise, melodische Stimme erklang aus einem Verschlag. Fast gegen seinen Willen erstarrte Bran, zu einer Bewegung unfähig.

»Wie konnte er das tun, Galahan? Er ist doch kein Mörder, schon gar keine unheilige Kreatur. Wie konnte er uns nur so täuschen? Ich hätte für ihn meine Hand ins Feuer gelegt, und wir hatten uns gerade wieder versöhnt …« Einen Moment herrschte Schweigen. Bran versuchte die Dinge, die er da unfreiwillig belauscht hatte, zu ordnen: Wer unterhielt sich dort vorne, und über wen sprach er? Das klang wahrhaftig düster.

Obwohl die Neugier ihn fast zerfraß, wollte der Geweihte kein heimlicher Lauscher sein. Er schlurfte hörbar über den Gang, raschelte dabei mit der Robe und sah sich auffällig im Stall um. »Hallo? Gibt es hier einen Stallburschen?« fragte er dabei laut und ging die Stallgasse hinunter.

»Nein«, ertönte die Stimme, die er eben gehört hatte, aus einem der Verschläge. Bran sah sich um und erkannte Prinz Rhuad ui Bennain, den jüngeren Bruder der Kronprinzessin, dem er beim Abendessen gestern schon vorgestellt worden war.

Der Prinz hatte ein ausgenommen wohlgefälliges Äußeres, das ihn zugleich verwegen und wie einen Herzensbrecher wirken ließ. Dunkelbraunes Haar fiel ihm locker in die Stirn, seine Augen waren verwirrend tiefblau, seine Gestalt war schmal und doch kraftvoll. Die Kleidung Rhuads ähnelte der, die er gestern getragen hatte. Die schwarzen Seidenstoffe waren mit

Silberstickereien und edlen Pelzverbrämungen vom Schattenlöwen besetzt.

Doch der Blick des jungen Prinzen war umwölkt, die schönen Augen düster und traurig, der Mund verbittert und spöttisch.

Bran beeilte sich zu sagen: »Guten Abend, Eure Prinzliche Hoheit. Verzeiht, ich wollte nicht stören, ich bin nur dabei, mich im Palast ein wenig zurechtzufinden. Eure Schwester, die Kronprinzessin, gestattete mir, über die Pferde zu verfügen, so ich welcher bedürfte, und da wollte ich mich dem Stallpersonal vorstellen.«

Mit einem Nicken gab der Prinz dem goldbraunen Shadifhengst, in dessen Verschlag er sich befand, einen Klaps auf den Hals und tauchte darunter hinweg.

»Mach's gut, Galahan«, raunte er dem Tier noch zu, dann trat er auf die Stallgasse hinaus und verschloß die Tür sorgfältig.

»Es gibt da etwas, was Ihr wissen müßt, Euer Gnaden«, begann Rhuad. »Es gibt hier zwei Stallmägde, Cailyn und Ginte. Ginte ist erst seit zwei, drei Wochen hier, sie kennt sich noch nicht gut aus. Und Cailyn ...«, er suchte nach den richtigen Worten, »nun, Cailyn ist ... schwermütig, ein wenig haltlos und manchmal wirr, verrichtet aber nichtsdestotrotz einen Großteil ihrer Pflichten zuverlässig. Nur damit Ihr Bescheid wißt.«

Bran sah den Prinzen neugierig und verwundert an. »Wirr? War sie denn schon immer so, oder ist ihr etwas zugestoßen?«

Als sich die Züge seines Gegenübers weiter verfinsterten, ahnte Bran, daß das Ereignis, das die Magd verwirrt hatte, auch etwas mit der unübersehbaren Trauer des Prinzen zu tun haben mußte.

»Es ist ihr etwas zugestoßen«, stieß dieser nun hervor. »Hat man Euch über die Umstände des Todes Eures Vorgängers noch nicht aufgeklärt?« »Nein, Prinzliche

Hoheit, es tut mir leid. Eure Schwester wollte das am morgigen Tage tun, bevor wir mit den Besprechungen für das Weihefest übermorgen beginnen. Es tut mir leid, wenn ich etwas Falsches gesagt habe.« Es schien spannend zu werden. Der Geweihte fühlte den musternden Blick Rhuads auf seinem Gesicht ruhen.

»Nein«, sagte dieser schließlich. »Ihr habt nichts Falsches gesagt. Habt Ihr Euch hier schon …« Rhuad hielt mitten im Satz inne, denn die Stalltür öffnete sich, und Cereborn und Giall traten ein.

Der Junge verbeugte sich artig, wie es ihn sein Vater gelehrt hatte, und trat mit großen Augen beiseite. Giall machte einen kleinen Knicks und fragte, mit den Sitten und Umgangsformen weit besser vertraut, den Prinzen: »Hoheit, habt Ihr Lasóg gesehen? Ich wollte ihm meinen neuen Freund hier vorstellen!«

Rhuad schüttelte den Kopf. »Nein, Giall, der Hund ist nicht hier. Schau doch im Gesindehaus nach. Er ist doch ständig bei Fianna!«

»Nein, Hoheit. In letzter Zeit mag er sie wohl nicht mehr so recht. Er ist häufiger bei uns in der Remise als im Gesindehaus. Schade.«

»Euer Sohn, Euer Gnaden?« Rhuad wies auf den Jungen, der wiederum eine kleine Verbeugung machte.

»Ja, Prinzliche Hoheit. Cereborn ist sein Name.« Er winkte den Jungen herbei, der vor ihn trat und mit großen Augen zu dem Prinzen aufsah. Sein Vater legte ihm eine Hand auf die Schulter und strich mit der anderen über sein Haar.

»Cereborn? Nun, so wünsche ich dir, Bursche, daß dein Namenspatron sich deiner annehme und deine Schritte leite!« Der Heilige Cereborn war der hesindianische Patron der Kunstschaffenden.

Der Junge schlug die Augen nieder und neigte das Haupt. Seine leisen Dankesworte waren kaum zu vernehmen.

»Ihr verzeiht uns, Prinzliche Hoheit?« fragte Bran. Es

war an der Zeit zu gehen, fand er. »Gern, Euer Gnaden. Ich wünsche Euch und Eurem Sohn, daß Ihr Euch schnell bei uns heimisch fühlt.«

Als der Hesindepriester, der Junge und dessen selbsterkorene Beschützerin Giall den Stall verließen, sah Rhuad ihnen noch einen Augenblick nach. Der kleine Bursche faszinierte ihn, er hatte etwas Besonderes. Etwas Erwachsenes. Und Bran war ein sehr hübscher Mann, der, obwohl er ganz anders aussah als Fion, Rhuad an den verschwundenen, verstoßenen Stallknecht erinnerte. Eine schmerzliche Erinnerung zwar, doch auch eine tröstliche.

»Der Stallknecht war ein Vampir?« Bran riß die Augen auf. Diese schrecklichen Kreaturen der Finsternis, die bekanntermaßen den Göttern frevelten und unheilig über Deres Antlitz wanderten … Sie sollten über schreckliche Kräfte und starke Zauber verfügen, denen ein Mensch angeblich kaum etwas entgegenzusetzen hatte.

Die Prinzessin nickte. »Ja, Euer Gnaden, so sieht es aus. Kaum einer von uns am Hofe hätte das geglaubt, doch Rhuad hat es mit eigenen Augen gesehen … Ausgerechnet Rhuad. Ihr müßt wissen, daß er mit Fion eng befreundet war – die Geschehnisse haben ihn schwer erschüttert.«

Zwar war der Geweihte erst vor zwei Tagen im Fürstenpalast eingetroffen, doch selbst innerhalb dieser kurzen Zeit hatte er einiges über die ›Freundschaft‹ zwischen dem Prinzen und dem Stallknecht erfahren … Die letzten Morde lagen ja erst etwa zwei Monde zurück – das reichte beileibe nicht, um das Gesinde zum Schweigen zu bringen.

Hätte er das alles doch nur gewußt, bevor er dem Prinzen begegnet war! Er hatte sich mal wieder leichtfertig auf das erstbeste Fettnäpfchen gestürzt, das er erreichen konnte. Es war wahrhaftig kein Wunder, daß Rhuad ihm so düster erschienen war.

»Das ist alles sehr schrecklich, Allerprinzlichste Hoheit. Und was geschah, nachdem Fion diesen Knecht Yantur getötet hatte?«

»Er bedrohte und verletzte den Prinzen, und wäre nicht Dhaman ui Mharfad, ein albernischer Edler aus altem Geschlecht, gekommen, vielleicht hätte er auch Rhuad getötet. So aber konnte er fliehen. Wahrscheinlich hockt er irgendwo in der Stadt und geht seiner unheiligen Blutlust nach. Einige Opfer sind uns schon bekannt. Sie wurden allesamt grausam zugerichtet, wie die arme Maegwyn und Berthol...« Invher seufzte schwer. »Ich mache mir heftige Vorwürfe. Ich habe an Fions Unschuld geglaubt, ihn in Schutz genommen und freigesprochen. Hätte ich nicht auf diese innere Stimme gehört und ihn gleich verurteilt, vielleicht weilten dann Berthol und Yantur noch unter uns...«

Bran legte eine Hand auf ihre und sprach leise: »Die Götter haben uns die Unfehlbarkeit vorenthalten, damit wir erkennen, daß wir nur Menschen sind und irren können.«

Doch das schöne und traurige Gesicht der Prinzessin wollte sich nicht aufhellen. »Ich versuche Recht zu sprechen und fehle dabei. Doch trüge ich nicht die Verantwortung, könnte ich auch kein Recht verbreiten, nicht wahr?« »Ja, Hoheit.«

Eine Weile schwiegen beide. Dann fragte der Geweihte: »Sagt, Hoheit, konnte man denn nicht erkennen, ob der Knecht ein Vampir war? Ich meine, diese Kreaturen können doch unter dem Angesicht Praios' nicht bestehen! Und ein Knecht, der nur nachts arbeitet, ist doch ein wenig auffällig, oder?«

Mit nachdenklichem Gesicht überlegte Invher, durchforschte ihr Gedächtnis. »Es gab keinerlei Anzeichen dafür. Wirklich keines! Ich habe häufig mit Fion am Nachmittag geredet, einmal sah ich ihn mit seinem Vater in der Sonne sitzen... und dieser war immerhin auch ein Priester Hesindes! Er hätte doch merken müssen, wenn etwas mit ihm nicht gestimmt hätte, oder?«

»Ja, eigentlich schon, denke ich. Da Vampire unheilige Kreaturen sind, meiden sie die Nähe von Geweihten der Zwölf. Und ich hoffe nicht, daß es welche gibt, die Praios' strafenden Sonnenstrahlen widerstehen können!«

Mit ungläubigem Kopfschütteln seufzte Invher noch einmal. »Hätte Rhuad nicht beschworen, daß es Fion gewesen sei, der ihn angegriffen und von seinem Blut getrunken hat, ich würde es bis heute nicht glauben. Die Trauer um den Tod seines Vaters war so aufrichtig und tief! Aber er hat es ja offensichtlich bestens verstanden, uns alle zu täuschen.«

Mitleid stand in den Augen Brans, als er die Prinzessin musterte, die müde und traurig aussah. ›Wie gut, daß ich kein Königreich erbe!‹ dachte er noch. Eine solche Last mußte wahrhaft schwer wiegen.

Kapitel 4

Weihefest

Der 30. Firun des Jahres 26 Hal brach an. Der Morgen war noch jung, Frost und Reif lagen über Havena. Obwohl der kälteste Mond des Jahres, die Zeit Firuns, des harten Wintergottes, zu Mitternacht eigentlich zu Ende wäre, hatte seine milde Tochter Ifirn, die den Frühling brachte, noch keinen Einzug gehalten. Schon zur fünften Stunde erging sich Gesinde wie Herrschaft in emsigen Vorbereitungen. Zur halben sechsten bildete sich auf dem Kiesweg vor dem Palast eine lange Schlange, und als das ehrwürdige Glockenspiel vom Praiostempel zur sechsten Stunde, der Hesindenstunde, läutete, entzündeten die Teilnehmer der Prozession von hinten nach vorne ihre Fackeln. Als der gewiß fast vierzig Köpfe zählende Zug schließlich in helles, flackerndes Licht getaucht und das Feuer vorne bei der königlichen Familie und Bran Juce, dem Hesindepriester, angelangt war, stimmte der Geweihte mit seinem klaren Tenor einen alten Choral von ehrwürdiger Schönheit an. Rhuad und Invher fielen schnell mit ein, beide kannten den Gesang noch von Dialann, dem verstorbenen Hesindegeweihten, der sie gelehrt hatte, die Göttin zu lobpreisen.

Bran sang kraftvoll und wohltönend, doch des Prinzen Stimme neben ihm schien unsicher und versagte manchmal. Der Geweihte warf einen raschen Blick auf den jungen Mann. Über dessen Wange lief eine einzelne

Träne. Auch König und Königin, die Hofdamen und -herren, die Edlen und Barone, wie die schöne Pádraigín ni Bennain und Dhaman ui Mharfad, der Edle von Dela, und schließlich das einfache Garde- und Gesindevolk, vereinten ihre Stimmen mit denen der Sänger, und die Prozession setzte sich in Bewegung.

Pádraigín sandte ein stilles Stoßgebet zur Herrin Hesinde, daß sie ihr die Unachtsamkeit verzeihen möge, und beobachtete aufmerksam den Edlen von Dela. Er bewegte wohl seine Lippen, doch als sie angestrengt lauschte, fehlte sein Baß im Chor der Gläubigen. Dhaman ging etwa auf ihrer Höhe. Er war zwar nur ein Edler und sie eine Baronin, doch beide standen sie der Königsfamilie nahe. Kinn, Wangenknochen und Nase des Mannes waren scharf geschnitten. Pádraigín erkannte Härte in seinen Zügen. Leicht gewelltes schwarzes Haar, in dem sich bereits die ersten silbergrauen Strähnen zeigten, waren mit einer grauen Seidenschnur im Nacken gebunden, Schnallenschuhe, Rüschenhemd, Kniehose mit seidenen Strümpfen und ein grauer Gehrock verrieten des Edlen Sympathie für das Horasreich.

Hatte Fion wahr gesprochen? War Dhaman diese namenlose Kreatur? Sie dachte an das Treffen mit dem Knecht vor drei Tagen zurück. Pádraigín mochte es wohl glauben, doch sie wußte auch, daß ihre persönliche Abneigung gegen den Edlen von Dela hier ebenso gut mit hineinspielen konnte und so ihr Urteilsvermögen trübte. Nein, es half nichts, sie brauchte Beweise, um sicher sein zu können. Einen Edlen klagte man nicht einmal als Mitglied der albernischen Königsfamilie an, wenn man nicht Zeugnisse seiner Verbrechen vorzuweisen hatte. Zudem steckte hinter dieser ehrwürdigen Fassade, wenn Fion recht hatte, ein sehr gefährlicher und grausamer Geist – sie mußte vorsichtig sein, um niemanden zu gefährden.

Die Prozession erreichte das Tor des Palastes und

schritt hindurch. Pádraigín verlor sich in den wunderschönen Weisen der uralten Hesindechoräle. Welch Kunstfertigkeit, welch Liebe in den trockenen Notenrollen verborgen war, wenn man sie vertonte! Fast hatte die Baronin das Gefühl, in ihrem Innern sei ein Licht entzündet worden, so strahlend hell und jubilierend schwang sich ihr Geist dem dämmernden Morgen entgegen.

Als sie an den Tempeln des Götterfürsten Praios, der Herrinnen Rondra und Travia vorbeigekommen waren, vor denen bereits Geweihte und Gläubige warteten, um sich anzuschließen, vereinigte sich der Zug am Halplatz mit einem zweiten, mindestens ebenso langen, der von Graustein, dem Meister des Flusses von Albernia, angeführt wurde. Die efferdgläubigen Bürger und Geweihten des Meeresgottes trugen natürlich kein Feuer mit sich, nur Graustein hielt einen blauschimmernden Gwen Petryl von der Größe eines Kinderkopfes fest in beiden Händen, zum Symbol der Erleuchtung durch Hesinde.

Der Zug schritt am Entenmarkt vorbei und in die Garethstraße, passierte die Niederlassung der Beilunker Reiter auf der Linken, wo Bedienstete schon geschäftig hin- und hereilten, dann das *Haus Gareth* zur Rechten, bis er schließlich in die bisweilen ›Hesindengasse‹ genannte Straße einbog, in der der Priester feierlich auf ein einzeln stehendes Haus zuhielt, vor dem ebenfalls ein geweihter Mann in den grüngelben Roben der Hesindediener wartete.

Der Choral verstummte, und Pádraigín sah sich erstaunt um: Auf dem kurzen Weg vom Palast zu dem kleinen Hesindetempel war die Prozession auf fast das Vierfache angewachsen. Bürger, Handwerker, Eigenleute, Matrosen und Schreiberlinge aller Geschlechter, Professionen und jeden Alters waren dazugestoßen und hatten ihre Lampen oder die von den königlichen Bediensteten vorsichtshalber mitgebrachten zusätzlichen Fackeln an dem Feuer der anderen entzündet. So würde sich der Geist der Flamme der Erleuchtung, der an diesem Tag in die Häuser getragen werden sollte, über ganz Havena ausbreiten. Zwar lag das Erleuchtungsfest bereits einen Mond zurück, doch die Neuweihe der Hesindekapelle auf dem Palast und der Einstand eines neuen Hesindepriesters waren für die Gläubigen und natürlich die Tempelvorsteher Anlaß genug, sich hier einzufinden.

Pádraigín sah sich um, als der Zug zum Stehen kam, doch sie entdeckte Dhaman ui Mharfad nirgends mehr. Mit Erleichterung stellte sie fest, daß ihr mit seiner Abwesenheit ein Stein vom Herzen gefallen war.

»O ihr Gläubigen im Namen der Zwölf«, hub der Tempelvorsteher des Havener Hesindetempels an – ein Mann namens Dalpert, wie Pádraigín sich entsann –, »ihr, die ihr gekommen seid, der Herrin Geist und Herz zu öffnen und ihre heilige Erleuchtung einfließen zu lassen in euch selbst, ihr, die ihr mit Klugheit, Weisheit und Hilfsbereitschaft das Wissen verbreitet unter jenen, denen es daran mangelt, seid willkommen an diesem Tag vor der Göttin Haus. In euren Händen tragt ihr Lichter«, er hielt die Schale ein wenig höher, aus der ein helles, sicherlich magisches Strahlen drang, »durchdrungen von Ihrem Geist, gesegnet von Hesindes Kind Nandus, der Weisheit. Tritt vor, Bruder. Auch wenn der Tag der Erleuchtung schon einen ganzen Mond zurückliegt, möchte ich die heiligen Worte wiederholen. Denn«, bei diesem bedeutsamen Wort kniete die Menge ausnahmslos nieder und hob die hellen oder flackernden Lichter über die Köpfe und fiel alsbald in den rituellen Segen mit ein:

»*Nur was in sich ruht, kann gereinigt werden.*
Nur was gereinigt ist, kann geprüft werden.
Nur was geprüft ist, kann erleuchtet werden.
Und nur was erleuchtet ist, ist endlich frei.«

Man erhob sich wieder, und Domnall Dalpert verneigte sich vor seinem neuen Bruder in Havena, Bran, der nun mit ihm, König Cuanu, Königin Idra und ihren beiden Kindern Invher und Rhuad und der Efferdgeweihten am Königshofe, Niamh Flutseherin, die Stufen des Tempels emporschritt. Bran kniete im Kreise der anderen vor Dalpert nieder, reichte Invher seine Fackel und empfing unter leisen Gebeten vom Tempelvorsteher eine Schale, aus der helles Licht strahlte.

Vorsichtig erhob er sich mit dem geheiligten Artefakt, sein Gesicht, das im morgendlichen Dämmerlicht von unten hell erleuchtet wurde, war andächtig und entrückt.

Bran schritt an der Spitze der fünfköpfigen Gruppe. Die Menschen wichen vor ihm zurück und fielen auf die Knie. Die ersten, an denen er vorbeigezogen war, gliederten sich hinten an, so daß sich die Prozession wie eine Schlange von vorne durch die Menge wand und wieder zurück gen Palast zog.

Pádraigín ging mit den Mitgliedern der königlichen Familie direkt hinter dem Geweihten, als man durch das Tor schritt. Suchend sah sie sich nach Dhaman um, der jedoch in der Menge verschwunden sein mußte. Auf der grünen Insel vor dem Palast hatte das daheimgebliebene Gesinde inzwischen eine mit vielen Windlichtern hell erleuchtete Tafel mit heißem gewürztem Glühpunsch und Marschener Schmalzkringeln aufgebaut, auf die sich das Volk stürzte, während die weltlichen und geistlichen Würdenträger dem Hesindegeweihten in den Palast folgten.

Bran schritt voran, das Antlitz noch immer von dem sanften goldenen Strahlen aus der Schale erhellt. Er betrat als erster die Hesindekapelle, einen Raum im äußersten Ostflügel des Gebäudes.

Illuminatus Praiosson Greiffas, Wahrer der Ordnung zu Albernia, oberster Praiospriester der Provinz, stand im goldenen Ornat neben der Havener Hohegeweihten der Travia, Uisne Heimgut, von der Broinnfind Necht, die leichtbekleidete Rahjahohegeweihte, respektvollen Abstand bewahrte. Tronde von Kabash stellte die Rondrakirche dar, der erwähnte Graustein und Niamh Flutseherin die Efferds. Aischa Kullani, die tulamidische Leiterin des Tsatempels, und Aife Heluit vom Perainespital hielten sich bescheiden zurück, und damit waren die Tempelobmeister fast aller in Havena vertretenen Zwölfgöttertempel anwesend. An der Zeremonie nahm weder der oberste Phexensdiener teil, noch der Obmeister des Ingerimmtempels – ein Zwerg –, dem man im Laufe der letzten Jahre klargemacht hatte, daß man ihn bei Feierlichkeiten, an denen auch die Efferdpriesterschaft teilnahm, nicht gern sah. Auch ein Vertreter Firuns fehlte, aus dem einfachen Grund, weil es keinen Tempel des Wintergottes in Havena gab. Zu guter Letzt war die Hohegeweihte Borons im Reigen der Zwölf abwesend, die jedoch Gerüchten nach niemals ihren Tempel auf der Boroninsel verließ und die auch keiner der Anwesenden gerne willkommen geheißen hätte. Eine Boroni einzuladen bedeutete in Havena, den Tod einzuladen.

»Im Namen der Allweisen Herrin haben wir uns hier zusammengefunden«, begann Bran, mit der Schale vor dem Altar stehend, »um diesem Heiligtum Hesindes die Weihe der Göttin zurückzugeben.

Unheilige, frevlerische Hände raubten diesem Ort Deinen Segen, o Herrin, und ein gräßlicher Mord an Deinem Diener fand zwischen diesen Mauern statt. Doch ich, Herrin des Wissens, der Künste und der Magie« – an dieser Stelle fiel so mancher heimliche Blick auf den merkbar zusammenzuckenden Praiosgeweihten, der solche Reden innerhalb der Mauern Havenas gar nicht gerne hörte und der die Verehrung und Ausübung der Magie durch Diener der Hesinde gerne wieder vollständig verboten sähe – »erflehe nun Deine Zustimmung und Deinen Segen für dieses Heiligtum, in dem wir alle Deiner gedenken und Dich lobpreisen möchten. Dir ist dieses heilige Artefakt geweiht, dessen Feuer uns Geist und Herz erleuchten möge und dessen Schein uns aus der Finsternis ins Licht führe.«

Damit schritt Bran feierlich auf den Altar zu, kniete nieder und stellte die Schale andächtig auf dem goldgrün durchwobenen Tuch ab. Schweigen breitete sich im Raum aus, als er ein stilles Gebet begann. Das Bildnis der Herrin Hesinde, das die Göttin als Frau mit weisen Zügen und einer Smaragdnatter um den Hals darstellte, war nun in das sanfte, goldene Licht aus der Schale getaucht.

Pádraigín staunte. Wie wunderbar und lebendig das Bildnis der Herrin auf einmal wirkte! Die nun goldenen Wangen der älteren Frau schienen plötzlich samtweich, es war ihr, als würden die leeren Augäpfel das helle Licht spiegeln und sich ihr zuwenden.

»Pádraigín!« hörte sie eine Stimme in ihrem Geiste flüstern. Und wieder: *»Pádraigín!«*

Und Bilder stiegen in ihrem Innersten empor, Bilder, wie sie sie noch niemals zuvor gesehen hatte.

Wie von einer etwas erhöhten Position aus betrachtete sie einen Teil des Palastgartens, wo sich vier Gestalten tummelten. Trotz der Dunkelheit erkannte sie jeden einzelnen genau, es handelte sich um Dhaman ui Mharfad, Rhuad ui Bennain, die Knechte Yantur und Fion. Wachen patrouillierten um den kleinen Kreis herum, der in tiefster Dunkelheit lag, als lenke sie eine geheimnisvolle Macht von den Geschehnissen in seinem Zentrum ab.

»Rhuad? Rhuad!« Fion, dessen weißblondes Haar unverwechselbar schimmerte, sprang vorwärts, hastete zu den beiden Reglosen und schüttelte Rhuad – er rührte sich nicht. Mit einem schnellen Griff stellte Fion fest, daß der Prinz noch lebte. Die Hand, die er von seinem Hals zurückzog, war blutbesudelt. Der Knecht zerrte ihm den Hemdkragen

auf und entblößte zwei leicht blutende kleine Wunden am Hals. Daneben lag Yantur. Er hatte die Augen aufgerissen, der Kopf baumelte schräg, sein Genick war gebrochen.

Fion wurde zurückgerissen und gegen einen Baum geschleudert, an den ihn die gewaltige Kraft Dhaman ui Mharfads festnagelte. Der Mund des Edlen war blutbeschmiert. Als er grinste, enthüllten die Lippen etwas längere und spitzere Eckzähne, als es bei einem Menschen sonst üblich war.

Pádraigín, die unbeteiligte Beobachterin, erschauerte bis ins Mark. Sie versuchte zu schreien und sich zu bewegen, doch es gelang ihr nicht.

»Du hast mir viele Gefallen erwiesen, für die ich mich bei dir bedanken möchte, Fion«, zischte der Vampir dem Knecht ins Gesicht. »Daß du ausgerechnet Antiarna auf die Schliche gekommen bist! Sie hatte schon immer ein lächerliches Mitgefühl für ihre Opfer und ließ sie meist am Leben … Bisweilen tue ich das allerdings auch, wie du siehst, so halten sie sich länger frisch!« Er wies mit einer Kopfbewegung auf Rhuad, der leise stöhnte.

»Antiarna hat versucht, dich aufzuhalten, nicht wahr, Dhaman? Sie war es, die dich daran hinderte, nach Belieben zu morden!«

Dhaman nickte und wischte sich das teilweise bereits angetrocknete Blut vom Kinn. »O ja! Die Frau hatte ein geradezu unerträgliches Mitleid mit euch armseligen sterblichen Geschöpfen! Aber du hast ja dafür gesorgt, daß das vorbei ist, Hut ab! Was mir jahrzehntelang nicht gelang, hast du innerhalb weniger Tage geschafft!«

Fion fühlte Übelkeit in sich aufsteigen, er sah schuldbewußt aus: Er hatte dafür gesorgt, daß das alles hatte geschehen können, es war allein seine Schuld!

Zornig rief er: »Laß Rhuad und Fianna da raus! Was haben sie dir getan?« Doch Dhaman lachte nur. »Dein Rhuad lebt noch, und vielleicht lasse ich ihn auch am Leben. Er kann mir noch nützlich sein und ist zudem sehr schmackhaft … ts, ts, ts!« machte er, als Fion strampelte und kämpfte, um freizukommen – vergeblich, der Griff des Vampirs war übermächtig, nichtmenschlich. Der Knecht setzte zum Schreien an, doch ein harter Schlag mit dem Handrücken brachte ihn vorher zum Schweigen.

Pádraigín zuckte zusammen, als habe der Schlag sie getroffen.

Dhaman ließ von Fion ab, der hastig einige Schritte zurücksprang, um Raum zu gewinnen. Der Vampir kniete sich hinter Rhuad, ergriff seinen Kopf und zog den Körper ein wenig zu sich heran.

Pádraigín schrie innerlich auf – würde dieses Monster nun auch Rhuad töten? Sie war nur Zuschauerin – soviel war klar –, aber konnte sie denn gar nichts tun? Mit all der Macht ihres Geistes konzentrierte sie sich auf Dhamans Willen, auf seine Hände, darauf, daß er das empfindliche Genick des Prinzen unverletzt ließe.

Langsam lockerten sich die Finger des Vampirs.

»Sein Hals ist noch ganz, Fion«, spie Dhaman hämisch aus, während er dem Bewußtlosen mit dem Handrücken über die Wange strich. »Das muß aber nicht mehr lange so sein, wenn du schreist …« Er griff nach Rhuads Kehle, doch Fion kam rasch näher und hob beschwichtigend die Hand.

»Nein, nicht! Laß ihn, ich schreie nicht. Was willst du?«

Pádraigín, von ihrem bisherigen Erfolg ermutigt, warf wiederum ihre Macht in die schwankende Waagschale zwischen Leben und Tod. Schick ihn weg! lautete ihr Befehl. Er ist der perfekte Sündenbock! Laß Bard ihn jagen! Schick ihn weg! Pádraigíns Geist schlug auf den Dhamans ein, bis er nachgiebig und gefügig wurde.

»Mach, daß du wegkommst. Hau ab! Bard wird dich jagen, seine gesamte Aufmerksamkeit nur auf die Suche nach dir richten – und ich habe hier meine feine kleine Spielwiese, denn ich bin ja nur der alte Dhaman. Nur du weißt, was ich wirklich bin, und du wirst gehen!«

»Aber … sie werden Bard nicht glauben. Rhuad weiß, daß

ich Maegwyn und Dialann und Berthol nicht getötet habe, er weiß über Vater Bescheid. Invher wird ihm das ebenfalls nicht abnehmen, sie werden es nicht zulassen!« Fion schluchzte schon fast.

»Sie werden es nicht zulassen? Daß dem kleinen Fion etwas angetan wird? Was sagst du, wenn ich dir verspreche, daß dieser hübsche Prinz sich, sobald er aufwacht, daran erinnert, daß du es gewesen bist, der Berthol umbrachte, daß er dich von seinem Fenster aus sah? Und wenn ich dir verspreche, daß er heute nacht dich beobachtete, wie du Yantur den Hals umgedreht hast, daß er morgen beschwört, daß du es warst, der ihn anfiel und ihm das Blut aussog? Ich habe ihn dann gerettet, indem ich dich verscheuchte, und kann alles bezeugen.« Dhaman lächelte galant und ergötzte sich an Fions entsetztem Gesicht.

»Das – das würde Rhuad nicht tun! Das würde er niemals tun, dazu kannst du ihn nicht zwingen!« Doch sein Widerspruch war nur halbherzig, er glaubte seinen Worten selbst nicht so recht.

»Dazu habe ich ihn bereits gezwungen, Fion. Magie ist etwas sehr Nützliches, besonders diese Form der Beherrschungszauberei. Er wird absolut davon überzeugt sein, er wird sich daran erinnern!« Dhamans Ton schien liebenswürdig.

Pádraigín wußte, daß er log. Woher dieses Wissen kam, konnte sie nicht sagen, doch sie war sich vollkommen sicher, daß ein solcher Zauber noch nicht auf dem Prinzen lag. Sie wechselte das Ziel ihres geistigen Rufes und versuchte zu Fion vorzudringen, doch der Knecht war so vollkommen in Zweifel, Haß, Angst und Verwirrung aufgelöst, daß sie wie gegen eine Trollmauer lief. Er lügt! versuchte sie ihm mitzuteilen, immer wieder, doch der Knecht hörte sie nicht.

Fion schluchzte hemmungslos. Der Vampir hielt Rhuads Kopf noch immer am Haar hoch, das Gesicht des Freundes war blaß, die schönen Züge schlaff.

»Wir sind uns also einig?« fragte Dhaman.

Fion nickte.

Pádraigín erkannte seine Absicht: Er wollte den geliebten Freund schützen, ihn für Dhaman wertvoll machen, damit er ihn am Leben ließ.

»Gut. Ich gehe. Aber laß dir das gesagt sein, Dhaman ui Mharfad: Du wirst in den Niederhöllen schmoren!« Aus der Stimme des Knechtes klang Abscheu und Haß.

»Alles zu seiner Zeit«, war die kühle Antwort Dhamans.

Als Fion sich abwandte und lief, konzentrierte sich Pádraigín wieder auf Dhaman, der die Hände auf Rhuads Kopf legte und bosparanische Formeln murmelte. Pádraigín schrie innerlich, denn nun würde er vollenden, was er Fion angekündigt hatte, würde Rhuads Erinnerung steuern und den Knecht zu einem Geächteten machen. War es an ihr, das zu verhindern? Sie warf Geist und Willen in die Waagschale und versuchte Dhamans Absicht umzuleiten. Jetzt war die Gelegenheit, alles ungeschehen zu machen! Doch von den bisherigen Anstrengungen erschöpft, meinte Pádraigín vergehen zu müssen. Ihr Befehl verhallte ungehört. Ungehört? Unsicher blickte Dhaman von seinem Opfer auf, als suche er etwas. Wie ein Tier witternd, wanderte sein Kopf hin und her, und noch während die nächtlichen Bilder vor Pádraigíns Augen verblaßten, spürte sie seinen Blick den ihrigen finden. Dann stürzte sie in einen bodenlosen Schlund, der sich unter ihr öffnete, und gnädige, von keinem Mond erhellte Dunkelheit überkam ihr Bewußtsein und linderte Schmerz und Anstrengung der letzten Augenblicke.

»Pad? Geht es dir besser?« Eine melodische weibliche Stimme war das erste, was Pádraigín vernahm, als sie aus der Nacht auftauchte, die sie umgab. Ihr Körper schmerzte, doch noch viel schlimmer fühlte sie sich in ihrem Innern. Sie konnte kaum einen festen Gedanken fassen, ihr Wille war lahm, verausgabt. Vage Erinnerung kehrte zurück. Sie hatte einen merkwürdigen

Traum gehabt, wie eine Vision … Dhaman, Fion, Rhuad … Sie öffnete die Augen.

»Pad? Liebste Pad, was ist nur mit dir«, hörte sie die Stimme fortfahren, und als ihr Blick wieder schärfer geworden war, erkannte sie Invher.

»Invher?« Es war mehr ein Krächzen als ein Wort, doch die Angesprochene schien sie trotzdem zu verstehen.

»Pad! Wie gut, du bist wach! Bewege dich nicht, du solltest noch ruhen. Du bist sehr schwach. Schlafe noch ein Weilchen, dann können wir reden. Aber erst, wenn es dir bessergeht, meine Liebe!«

Pad wußte aus früheren Tagen, daß man diesem Ton Invhers besser Gehorsam leistete. Die Freundin war da, das hatte etwas Beruhigendes, denn sie fühlte sich so hilflos wie noch nie zuvor in ihrem Leben. Zaghaft versuchte sie, sich an das Gesehene und Gehörte zu erinnern. Sofort durchzuckte sie ein nahezu körperlicher Schmerz, der sie mahnte, wirklich zu schlafen.

Als Pádraigín das nächste Mal erwachte, war sie allein. Sie lag im Bett in ihrer Kammer, in ihre Schlafgewänder gekleidet, und überlegte verzweifelt, ob sie geträumt oder gewacht hatte. Noch immer bereiteten ihr die geistigen Anstrengungen Schmerzen, ihr Wille war wie nach langem Fieber noch schwach und verbraucht.

War es ihre Schuld? Hatte sie dadurch, daß sie Dhaman dazu gebracht hatte, Fion wegzuschicken und Rhuad nicht zu töten, den Vampir erst dazu gebracht, dem Prinzen die Erinnerung zu rauben und durch eine falsche zu ersetzen?

Sie konnte weder entscheiden, ob das Ganze nur wegen ihr geschehen war, noch, welche Folge die Schlimmere wäre. Tatsächlich hätten die beiden tot sein können. Aber dadurch hätte sich Dhaman vermutlich verraten, und ihm wäre vielleicht längst das Handwerk gelegt und viele andere Opfer gerettet worden …

»O Herrin Hesinde, Herr Phex, was für eine Verantwortung lastet Ihr auf meine schwachen, sterblichen Schultern! Seid versichert, daß ich dankbar bin für die Gnade, die Ihr mir gewährt habt, doch ist die Entscheidung eines Menschen nicht immer fehlerhaft? Wenn Ihr mir schon die Möglichkeit gebt zu handeln, warum dann nicht auch das Wissen, *wie* zu handeln ist?«

Pad fühlte sich elend. Was sollte sie Invher sagen? Sollte sie sie einweihen? Die Baronin zweifelte nicht daran, daß die Halbschwester ihr Glauben schenkte, doch wie klug wäre es, sie einzuweihen? Was wäre in Phexens Sinne? Sie faßte zu dem Madamalamulett an ihrem Hals, dem Zeichen ihrer Weihe. Dann begann sie zu beten.

»Nichts? Einfach nichts? Natürlich ist etwas passiert, Pad, das habe ich doch gesehen, komm mir also nicht so. Mir kannst du es doch erzählen. Bist du krank? Oder schwanger? Irgend etwas stimmt doch nicht mit dir, du warst noch nie in schwächlicher Verfassung. Pad, ich habe dich damals nicht aus der Muhrsape gezogen, damit du mich jetzt beschwindelst!« Die Kronprinzessin ließ ihre Moralpredigt auf die blasse Baronin niederrauschen, enttäuscht, aber gleichzeitig um ihr Wohlergehen besorgt.

»Liebste Invher, ich kann es dir wirklich nicht verraten. Es tut mir so leid, aber das ist etwas, mit dem ich allein fertig werden muß. Du mußt mir bitte vertrauen.« Pádraigíns Stimme klang kläglich. Sie haßte es, die Freundin zu belügen, ihr dies alles zu verschweigen, doch hätte Hesinde sich nicht allen Anwesenden offenbart, wenn sie gewollt hätte, daß alle Bescheid wüßten? Es war dies eine Sache äußerster Verschwiegenheit, es ging nicht anders, auch wenn sie damit Invher verletzte.

Doch deren Züge glätteten sich ein wenig, bis sie schließlich lächelte. »Entschuldige bitte, Pad. Natürlich vertraue ich dir, du hattest doch immer ein gutes

Gefühl für solche Dinge. Doch wenn du es vertreten kannst, dann weihe mich bitte ein, denn etwas sagt mir, daß du in Bedrängnis geraten bist. Ich weiß gerne Bescheid über die Dinge, die in diesem Palast vorgehen!«

›Und wie recht du hast, Schwester!‹ dachte Pádraigín für sich. ›Wenn du nur wüßtest, *wie* …‹

»Das verspreche ich dir, Invher. Glaube mir, daß ich das nur ungern für mich behalte – es ist so aufwühlend und so …« Sie verstummte – mehr durfte sie nun aber wirklich nicht verlauten lassen.

»Welchen Tag haben wir heute?« fragte sie statt dessen.

»Den zweiten Tsa. Du hast lange geschlafen.« Die Kronprinzessin musterte die Baronin noch immer besorgt. »Du siehst schon ein bißchen besser aus. Obwohl Bran sagt, du solltest noch nicht aufstehen.«

Pádraigín erhob sich im gleichen Moment ein wenig, und die Frauen lachten. »Aber ich habe ihm gleich gesagt, daß daraus nichts wird!«

KAPITEL 5

Fest der Finsternis

Fianna öffnete die Tür einen Spaltbreit, spähte in den dahinter liegenden Raum hinein und schlüpfte dann hindurch. In diesem Teil des Palastes hatte sie eigentlich wenig zu suchen, erst recht nach Sonnenuntergang. Der tulamidische Teppich unter ihren Holzschuhen dämpfte den Hall ihrer Schritte. Der Flur war dunkel. Nur unter einer Tür, auf die sie zuhielt, drang ein wenig Licht hindurch.

Nervös strich sich die Magd eine lange braune Locke hinter das Ohr, eine Geste alter Gewohnheit. Viele Strähnen kringelten sich widerspenstig aus der nivesisch beschnitzten Hornspange am Hinterkopf heraus, die das Stirnhaar eigentlich nach hinten ordnen sollte.

Vor der Tür hielt Fianna inne, die Hand zum Pochen erhoben. Ihr Herz klopfte – was erwartete sie heute abend? Der Herr Dhaman benahm sich manchmal so merkwürdig, und häufig fühlte sie sich matt und schwach, wenn sie einen Abend mit ihm verbracht hatte. Und doch verspürte sie immer wieder den Drang unwiderstehlich stark in sich brennen, ihn aufzusuchen. Fianna hatte Angst vor dem Edlen. Seine Nähe hatte etwas Düsteres, Bedrückendes, das ihr das Atmen schwer machte. Am liebsten wäre sie weggelaufen, blieb aber stehen.

Bevor sie klopfen konnte, öffnete sich plötzlich die

Tür, und Dhaman hielt ihr wartend die Hand entgegen. Fianna ergriff sie zögernd mit noch weit aufgerissenen Augen, da sie ihn nur ungern berührte, und der Edle führte sie in den Raum hinein. In diesem Salon hatte die Magd schon so manche Stunde verbracht, und obwohl sie sich nicht mehr richtig an das erinnerte, was geschehen war, boten doch die tulamidisch wirkenden Liegesessel und Wandbehänge tröstliche Geborgenheit. Sie setzte sich.

Dhaman schloß die Tür und wandte sich zu ihr. Sein breites Lächeln beunruhigte Fianna ein wenig. Jeden Schritt, den er näherkam, spürte sie fast körperlich. Sie bekam eine Gänsehaut. Dann lächelte auch sie, nur schwächer. »Verzeiht, Herr Dhaman, daß ich Euch schon wieder besuche, aber mir war danach. Ich hoffe, ich störe Euch nicht?«

»Aber nein, kleine Fianna. Du störst mich nie. Es ist schön, so angenehme Gesellschaft zu haben.« Er setzte sich neben sie auf den Liegesessel, nahm ihre Hand und küßte sie sanft, sowohl den Handrücken als auch die Handfläche, und sog den Geruch tief ein. »Schade. Zu schade. Doch zu riskant«, murmelte er leise.

»Wie bitte?« Fianna hatte seine Worte nicht richtig verstanden. Sie fühlte sich merkwürdig: benommen im Kopf, ein wenig schlaff in den Gliedern …

Dhaman kam näher, fast unerträglich nahe an sie heran, doch Fianna konnte nicht zurückweichen, wie angenagelt saß sie auf ihrem Platz, das Herz schlug ihr bis zum Hals. Dann küßte er sie. Fauler, fast modriger Atem schlug Fianna entgegen und drohte, ihr das Bewußtsein zu rauben. Tränen traten ihr in die Augen und rollten ihre Wangen hinab.

Dhaman löste sich von ihr und leckte eine der salzigen Perlen auf. Er schloß die Augen, als ließe er sich den Geschmack auf der Zunge zergehen, seine Hand krampfte sich schmerzhaft um die ihrige. Wieder sog er die Luft ein, die Nasenflügel zitterten leicht. »Nein«, sagte er dann, wie zu sich selbst, stand abrupt auf und zog Fianna hinter sich her.

Achtlos schob er einen Teppich in der hinteren Ecke des Raumes beiseite, hob eine Luke an, die darunter zum Vorschein kam, und führte das folgsame Mädchen mit den ängstlich geweiteten rehbraunen Augen steinerne Stufen hinunter.

Brauchte der Herr denn kein Licht? Er hatte die Luke wieder geschlossen. Absolute Finsternis umgab sie. Fianna stolperte unsicher und voller Angst durch die Dunkelheit. Einen kurzen Augenblick ließ er sie los, und sie stand allein und orientierungslos, ihrer Sicht beraubt, in einem unbekannten Raum. Die Luft roch muffig und schwer, Geräusche hallten dumpf wider. Wo mochte sie sich befinden, und welche Kreaturen lauerten vielleicht um sie herum? Fianna schauderte und sog mehrmals panisch die schlechte Luft ein. Sie meinte ersticken zu müssen.

»Hast du Angst, mein kleines Reh?« Dhamans Stimme erklang direkt hinter ihr an ihrem Ohr, so nah, daß sie unwillkürlich einen hastigen Schritt vorwärts machte. Doch wieder stand sie im Nichts, die Angst schlug über ihr zusammen und malte schreckliche Stimmen und Gestalten in die ewige Nacht. Als sie Dhamans Hand dann endlich wieder auf der ihrigen spürte, krallte sie sich panisch daran fest.

»Bitte, Herr, laßt mich nicht allein! Können wir denn kein Licht machen? Wo sind wir?« Sie zitterte und klammerte sich weiter an ihn. Oh, sie haßte die Dunkelheit, schon seit sie ein kleines Kind gewesen war! Auch das Phexensfang-Spiel hatte sie verabscheut, bei dem dem Fänger mit einem Tuch die Augen verbunden wurden und er versuchen mußte, Phex (ein bestimmtes anderes Kind) durch Tasten und Rätselfragen zu erwischen.

Fianna stolperte über einen ballförmigen leichten Stein, der wegkullerte, als Dhaman sie nun in eine bestimmte Richtung führte. Blind tapste sie hinter dem schweigenden Mann her, der ihr viel zu schnell ging. Als sie strauchelte und sich noch so eben an seiner Hand fing, eilte ihr das harte, fast lautlose Lachen des Edlen voran. »Bitte«, schluchzte die Magd verzweifelt, »nicht so schnell!« Doch noch immer hörte Dhaman sie nicht.

Irgendwann hielt der Mann sie an. »Rühre dich keinen Fingerbreit von der Stelle!« befahl er leise, und Fianna gehorchte. Dann ließ er sie los. »Dies sind alte Gänge, und die Erbauer haben viele Sicherheitsvorkehrungen getroffen, die ahnungslose Opfer langsam und qualvoll verenden lassen. Vielleicht ist zwei Spann rechts von deinem rechten Fuß ein Schlund, an dessen Grund die Seeschlangen aus der Unterstadt hausen. Oder vor dir ist eine Fußschlinge, die dich als hilfloses Wild in der Finsternis baumeln läßt, bis der Jäger kommt, der sie ausgelegt hat.« Fianna erstarrte und hielt sogar noch die Luft an, stieß sie jedoch nach einigen Wimpernschlägen ängstlicher Stille hektisch wieder aus und rang nach Atem. »Sitzt vielleicht links von dir eine sabbernde Bestie in der Felsnische und leckt sich schon das stinkende Maul nach deinem süßen, reinen Fleisch? Oder ist hier gar nichts?« Die Stimme Dhamans entfernte sich langsam von ihr, zurück in den Gang. »Versuche es doch!«

Fianna wagte nicht, sich zu bewegen. Ihre ängstliche Natur gaukelte ihr gräßliche Kreaturen und entsetzliche Fallen vor, sie weinte und bebte vor Furcht, nun allein in der Finsternis. War dort nicht ein langsamer, taumelnder Schritt zu hören? Ein heiseres Lachen aus jener Ecke? Die Magd wollte schreien, daß Dhaman doch wiederkommen möge, sie zu holen, doch kein Laut drang über ihre zusammengepreßten Lippen.

So litt sie stumm und verlor dabei fast den Verstand vor Angst.

»Braves Kind«, erklang endlich Dhamans Stimme wieder nah an ihrem Ohr. Fianna warf sich dem Edlen an die Brust und klammerte sich verzweifelt schluchzend an ihm fest.

»Sch-sch«, murmelte dieser und fuhr ihr durch die kalten und feuchten Locken. »Komm!«

Wie ein folgsames Hündchen trottete Fianna hinter Dhaman her, ihre kleine Hand in seiner größeren und trocknete sich die rotgeweinten Augen mit dem Ärmel des Kleides. Noch immer umgab sie Dunkelheit, doch solange sie nicht allein blieb, war es nicht so schlimm. Er durfte nur nicht wieder verschwinden … Die Magd verstärkte den Griff ihrer Hand.

Schließlich blieb er stehen, murmelte Worte in Bosparano und entzündete etwa zwei Schritte weiter vorne ein Flämmchen auf einer Fackel, die bald hell brannte. Fianna sah sich um und erschrak zutiefst, denn was sie sah, war ein offener Sarg. Groß und schwarz stand er in einer staubigen Kammer, an deren Kopf ein altarähnlicher Tisch mit vielen hellen Kerzen in metallenen Leuchtern stand. »Zünde sie an!« befahl Dhaman Fianna, die sofort gehorchte, aber immer noch zitterte. Sie griff nach einer der Kerzen, entzündete sie an der heißen Fackel und trug die Flamme zu den anderen halb heruntergebrannten Stumpen. Schließlich setzte sie sie wieder an ihren Platz und drehte sich zu dem Edlen um, der noch immer im Eingang stand und mit unergründlicher Miene zu ihr hinübersah. Zuckende Schatten huschten über sein hartes Gesicht, dessen Konturen wie aus Licht und Dunkelheit gemeißelt schienen. Jetzt verzogen sich die Lippen zu einem leichten Lächeln frei von jeder Fröhlichkeit.

Fianna schloß erschauernd die Augen. Jeder Widerstand in ihr war ausgelöscht, ihr Wille gebrochen. Sie wußte nicht, wie lange sie in der Finsternis gestanden hatte, ob es Stunden oder Tage gewesen waren, und sie wußte ebensowenig, was Dhaman nun mit ihr zu tun gedachte. Im Moment lebte sie, und die Furcht war so gegenständlich geworden, daß sie nicht mehr denken, nur noch zittern und gehorchen konnte.

Unter den Augen Dhamans wartete Fianna vor dem Altar, eine dunkle Silhouette vor dem Licht der hell brennenden Kerzen. Als sein Schritt auf dem Steinboden erklang, riß sie die Augen wieder weit auf und beobachtete ihn, wie er näher kam. Schließlich stand er vor ihr, strich mit den Fingern über ihre Wange und betrachtete sie. Scheu sah sie zu ihm auf, ihr Blick war trüb vor Furcht.

»Sch-sch«, machte Dhaman wieder, um sie zu beruhigen. »Dies ist *deine* Nacht, wer wird denn da weinen?« Er drehte sie mit dem Gesicht zu den Kerzen, nahm ihre rechte Hand, küßte die Innenfläche und biß dann schnell mit langen Vampirzähnen hinein. Fianna gab einen kurzen spitzen Schrei von sich und starrte entsetzt auf ihre verletzte Hand, von der das Blut langsam herunterrann und zischend in die Kerzenflammen tropfte. Dann wanderte ihr Blick langsam zu Dhamans Gesicht hoch. Dieser leckte mit der Zunge ihr Blut von den besudelten Lippen. Sein Lächeln entblößte die langen weißen Fangzähne.

Ein Zittern durchlief den Körper der jungen Magd. Sie drohte in Ohnmacht zu fallen, doch der Vampir schüttelte sie rasch, was sie aufschrecken ließ. Verwirrt starrte sie zu ihm auf und beobachtete, wie er ihre verletzte, zur Faust geballte Hand nahm, sie küßte und wieder über die Kerzen hielt. Der Magd schien es, daß die Flammen, anstatt zu verlöschen, noch höher brannten, wenn ein Blutstropfen in dem Feuer verging, so als würden die kleinen gelben Zungen noch gieriger nach ihrem Lebenssaft lecken.

Dhaman knöpfte sein Hemd auf und entblößte seine Brust. Er riß sich mit dem langen Daumennagel rasch eine Wunde in die Haut, aus der ebenfalls Blut quoll.

Dann ergriff er Fiannas Genick und zog sie zu sich heran.

Wieder flammte Panik und Entsetzen in den eben noch abgestumpften Augen der Magd auf, und sie wehrte sich verzweifelt gegen den Griff des Vampirs, der jedoch nur abfällig lächelte und ihren Kopf der blutenden Wunde näherte. Mit beiden Händen versuchte Fianna, sich wegzudrücken, sie wand und drehte sich, doch der Edle war viel kräftiger als sie.

Lächelnd zog er ihren Kopf zu seiner Brust und führte ihren zitternden Mund an die Wunde, bis ihre Lippen sich darüberstülpten und das Blut in ihren Mund rann.

»Trink«, flüsterte der Vampir fast zärtlich, schloß die Augen und barg den Kopf des Mädchens wie den einer Geliebten vorsichtig in den Armen. Er strich ihr über das Haar und stöhnte leise und genießerisch, als Fianna einen leisen, seufzenden Laut von sich gab, fest an der Wunde saugte und gierig trank. Ihre Augen öffneten sich dabei und zeigten ein neues, wildes Funkeln, sie schienen ein glänzender Spiegel ihrer Lust und Gier.

Einige Augenblicke verharrten sie so, bis Dhaman schließlich Fiannas Kopf widerwillig und doch kraftvoll von seiner Brust wegzog. Er hielt sie an dem lockigen Haar zurück und betrachtete zufrieden ihr nahezu zorniges und enttäuschtes Gesicht, die blutbesudelten, leicht geöffneten Lippen und die gierig brennenden Augen.

»Es ist genug«, sagte er leise. »Doch wenn du brav bist, bekommst du vielleicht mehr!« Dann küßte er ihr wild das Blut von den weichen Lippen.

Finster wie ein Boronstuch bedeckte die Tsanacht Havena. Nur noch wenige Öllampen und Kerzen beleuchteten die Fenster, denn der Morgen nahte. Auch im Fürstenpalast sah man nur zwei Zimmer erhellt, eines im Ostflügel, eines zur Nordseite hin.

Mit einem letzten kraftvollen Flügelschlag landete ein Rabe schwungvoll auf dem Dachfirst des Stallgebäudes. Gefieder raschelte. Innerhalb eines Wimpernschlages verformte sich die Gestalt und wuchs heran, bis schließlich ein junger Mann mit langen weißblonden Strähnen, in schwarze Kleider gehüllt, dort hockte. Fion hatte einen schlanken und doch kräftigen Körper, der es ihm einfach machte, auf den Ziegeln der Schräge weiter zu balancieren, bis er die Kante erreichte. Nun lag der Ostflügel des Palastgebäudes vor ihm, unter ihm war der Garten zum Stall. In jenem Gebüsch dort hatte Fion Rhuad das letzte Mal gesehen, als dieser bewußtlos in Dhamans Gewalt gewesen war. Wie lange lag das zurück? Drei Monde lebte Fion nun auf der Boroninsel, drei Monde war sein neues, vampirisches Leben alt.

Sich nach der Vergangenheit sehnend, betrachtete er den Palastgarten und schließlich das erleuchtete Fenster Rhuads. Der Prinz schlief nicht, auch er liebte die Nacht. Die Läden der Balkontür standen offen, so daß Fion vage Bewegungen hinter den bleigefaßten Butzenglasscheiben ausmachen konnte. War Rhuad allein? Könnte er es wagen, sich ihm zu zeigen, mit ihm zu reden, ihn zu überzeugen, daß er, Fion, nichts Böses wollte?

Fion stöhnte gequält auf. Er hätte nicht kommen dürfen. Für den Prinzen stellte er die Verkörperung des Namenlosen dar, er *konnte* ihm nicht glauben, selbst wenn er das vielleicht wollte. Doch warum sollte er *wollen?*

»Boron verfluche dich, Dhaman!« stieß der ehemalige Stallknecht hervor, wußte jedoch, wie sinnlos dieser Wunsch war. Vermutlich trug das *Kind der Finsternis längst* den Fluch des Dunklen Herren. Es gab nur eine Rettung aus diesem Dilemma: Sagarta hatte Fion berichtet, daß es einen Zauber gab, der magische Beherrschungen brechen konnte. Die Priesterin selbst beherrschte ihn nicht, doch vielleicht gab es ja jemanden, der ihn den Spruch lehren konnte ... In Havena gab es aber kaum Zauberkundige – wie sollte man da einen der Diener Sumus finden, die Meister der magischen Beherrschung waren und sich auch auf das Brechen derselben verstanden.

Nein, er hätte nicht kommen dürfen. Alte Hoffnungen auf eine Versöhnung mit Rhuad keimten unnötig in ihm auf, Hoffnungen, die sich doch niemals erfüllen würden. Wieder einmal wünschte Fion, weinen zu können, als Rhuad, die Nachtluft tief einatmend, auf den Balkon trat. Fions Nachtsicht ließ ihn das Gesicht des Prinzen auch ohne Beleuchtung erkennen. Seine schönen Züge wirkten beunruhigt und nachdenklich.

Eine Wache mit einer Sturmlaterne patrouillierte über den Hof. Sie erinnerte Fion daran, wie früh es inzwischen war. Hunger regte sich in ihm, und so zog sich der Vampir auf den Dachfirst zurück, rief sich das Rauschen des Windes unter weiten Schwingen ins Gedächtnis und flog bald in Rabengestalt gen Orkendorf, um vor dem drohenden Aufgang der Praiosscheibe noch seine Blutlust zu stillen.

Der Prinz hob den Kopf: Traurigkeit überkam ihn, und er verspürte eine seltsam drängende Nähe. Vorsichtig ging er auf die Balkontür zu, öffnete den Riegel und trat in die kalte Tsanacht hinaus. Der Palasthof und der Stall lagen still vor ihm, nichts regte sich. War da jedoch nicht eine Bewegung auf dem Stalldach? Wer mochte das sein? Rhuad schüttelte den Kopf und schob diesen Gedanken beiseite, wahrscheinlich hatte er sich geirrt. Dann näherte sich Lichtschein. Maire, Gialls Mutter und Wachfrau im Sold des Königs, ging im Garten auf und ab. Rhuad wußte, daß sein Vater sein, Rhuads, Zimmer besonders bewachen ließ: Fion hatte ihn schon einmal angegriffen, und Cuanu befürchtete wohl, daß er es noch ein zweites Mal versuchen würde.

Mit einem Winken erwiderte der Prinz den Gruß der Wachfrau, als wieder eine Bewegung auf dem Dach seine Aufmerksamkeit erregte: Flügelschlagend hob dort ein Rabe ab und verschwand rasch in der Nacht.

Rhuad sah ihm noch einen Augenblick lang nach. Er hatte viele Jahre in Beilunk und Lowangen und auch in Gareth verbracht und teilte die Befürchtungen der Havener bezüglich Boron und seiner Diener nur halbherzig. Doch was suchte der Todesbote hier im Palast? Kündete er tatsächlich neues Blutvergießen an, neue Morde? Kehrte Fion zurück?

Ein großer Kloß in der Kehle machte Rhuad das Schlucken schwer. Bedeutete der Anblick eines Raben den Tod? Dann hieße er ihn willig willkommen. Das Leben verhieß so viel Schrecken und Trauer, daß Borons Reich nur eine Erlösung sein konnte.

Der Prinz verharrte noch lange auf dem Balkon, ohne die zunehmende Kälte und die Morgendämmerung wahrzunehmen, und blickte in die Richtung, in die der Rabe verschwunden war.

Die grüne Seide raschelte leise, als Pádraigín den Gang entlangschritt und der Pagin Talann vor der Tür zuwinkte. Das Mädchen eilte, einen Flügel des Portals zu öffnen, so daß die Baronin hindurchschreiten konnte. Dahinter erwartete sie ein großer Raum mit einer gemütlichen Tafel, an der die Familie Bennain, die beiden Hofgeweihten Niamh Flutseherin und Bran Juce sowie der Edle Dhaman ui Mharfad zum Abendessen versammelt waren. Die Wände des Saales zierten präparierte Fische aller Art und Größe, von der Salzarele (wegen der es schon einmal eine Auseinandersetzung mit einem inoffiziellen Botschafter Nostrias gegeben hatte, der sich damals strikt geweigert hatte, unter dem ausgestopften Wappentier seines Königs zu speisen) bis hin zum Schwerthai, den noch Ruada Bennain selbst gefangen haben sollte.

»Pad, meine Liebe, wie schön, daß es dir besser geht!« König Cuanu erhob sich und nahm die noch immer blasse und angespannt wirkende Baronin in den Arm, um sie zu ihrem Platz an der Tafel zu führen.

Auch die anderen drückten ihre Freude darüber aus, daß Pad gesundet schien. An der langen Seite der Tafel saß Cuanu neben seiner schönen Frau Idra, Niamh Flutseherin nahm an seiner rechten, Bran an ihrer linken Seite Platz. Dem Königspaar gegenüber saßen Invher und Rhuad, Pádraigín war neben dem Prinzen, und an Invhers Seite speiste ihr Gemahl, Romin von Kuslik. An den beiden kurzen Enden saßen Dhaman ui Mharfad auf der Seite neben Pad und, ihm gegenüber, die greise Dianasde ni Bennain, Cuanus ehrwürdige Tante, die anders als die anderen Anwesenden in einfachen Kleidern gekommen war. Nur an ihrem Gesicht wurde das Erbe der Bennains deutlich: Die braune wollene Gewandung und die schlichte weiße Haube standen eher einer Dienstmagd an.

Pad nahm Platz und breitete die weiße Serviette über ihr Kleid, während Dianasde die Hände zum Perainegebet faltete und der Göttin des Ackerbaus für die Gaben dankte, die so reichhaltig in diesem Lande gediehen und die Menschen ernährten. Pad blickte rasch zu Dhaman und sah, daß sich auch seine Lippen bewegten, doch sie wußte, daß dies nicht dasselbe Gebet sein konnte. Bevor sie ihre Lider wieder senken konnte, begegneten ihre Augen denen Dhamans, und sie sahen einander fest an.

Dhamans kalter Blick fesselte Pad bedrohlich, die unbestimmte Farbe seiner Augen machte sie nervös. Fast sah sie Nebelschleier über den Iriskreisen, die es unmöglich machten zu unterscheiden, ob sie grün oder blau waren.

Er weiß es, dachte Pad, und ihr wurde schlagartig

kalt. Er weiß, daß ich weiß, daß er nicht der harmlose Edle ist, der er vorgibt zu sein, vielleicht ahnt er sogar, daß ich ihn mit Hesindes Hilfe beeinflußt habe. Sie erinnerte sich an den letzten Blick Dhamans über dem bewegungslosen Körper Rhuads. Seine Augen hatten sich ihr ins Gedächtnis gebrannt. Dhaman hatte sie in diesem letzten Moment ebenso gesehen wie sie ihn.

Jetzt sprachen diese Augen eine sehr deutliche Sprache, als würde er Pad eine stille Botschaft übermitteln: *Schweig, Mädchen, du weißt nicht, womit du dich anlegst. Schweig, oder etwas Schreckliches wird geschehen!*

Und dabei sah der Edle zu König Cuanu und Gemahlin Idra hinüber. Doch auch Pádraigíns Blick warnte den Edlen deutlich: *Füge denen, die ich liebe, ein Leid zu, und ich werde dich gnadenlos vernichten!*

Schnell sah Pad auf ihren Teller, während die Pagin das Essen auftrug, damit Dhaman nicht noch mehr in ihrer Seele lesen konnte. Sie würde niemals akzeptieren, daß eine solch unheilige Kreatur weiterhin Unrecht beging, vernichten würde sie Dhaman ui Mharfad auf jeden Fall. Doch der Kampf würde hart und unbarmherzig werden.

Kapitel 6

Blut

Die rothaarige Pferdemagd saß vor dem Stallgebäude still auf dem Stumpf eines ehemals mächtigen Baumes. War der Vormittag noch trüb und ungemütlich gewesen, blendete jetzt, zur Mittagszeit, die tiefstehende Sonne aus dem Südwesten. Ein zufriedenes knurrendes Schnaufen zu ihren Füßen ließ sie den Blick senken. Lasóg, der rote kleine Dschinn von einem Hund, wälzte sich auf die Seite und grunzte dabei zufrieden. Cailyn sah wieder auf, die schönen grünen Augen in weite Ferne gerichtet.

Invher hielt in ihrem Schritt inne, um die Magd zu mustern: Wie sehr hatte sich die einst stolze Eigenfrau seit den Ereignissen im Boron verändert! Die aufrechte und ein wenig steife Haltung war eingesunkenen Schultern und einem gebeugten Rücken gewichen, die roten Locken waren nicht mehr zum Pferdeschwanz gebändigt, sondern wirr und inzwischen mit silbernen Strähnen durchzogen. Das Gesicht, sonst meist etwas abweisend, wirkte nun schlaff und verträumt.

»Cailyn«, sprach die Kronprinzessin die Magd an, die nur schnell erschreckt blinzelte. »Wie geht es dir?« Invher setzte sich neben sie auf den Baumstumpf, von dem man die Wiese mit Gebüsch und Bäumen wunderbar betrachten konnte. »Wie geht es deinem Kind?«

Mit dieser Frage erzielte Invher, wie immer, sogar eine Reaktion, denn Cailyn legte eine Hand auf ihren

Unterleib, dem man die wachsende Tsafrucht gerade anzusehen begann. Die Prinzessin sorgte sich um die Magd, die schon auf die vierzig zuging – kein gutes Alter mehr, um noch Kinder zu gebären. Doch darüber sollte man jetzt besser noch nicht nachdenken, wenn man nicht die Götter herausfordern wollte …

»Das Kleine wird dir sicherlich ein großer Trost sein, jetzt …« Invher sprach nicht weiter, denn Cailyn begann lautlos zu weinen und den Kopf leicht, aber bestimmt zu schütteln. Sie ballte die Faust und biß hinein, Tränen rannen ihre Wangen herunter.

»Aber Cailyn, warum denn nicht? Es ist doch auch ein Teil von Dialann, der weiterlebt, und …« Wieder hielt sie inne, als Cailyn noch heftiger den Kopf schüttelte. »Nein«, schluchzte sie leise. Invher saß wie vom Donner gerührt. Zum einen hatte Cailyn in ihrer Gegenwart zum ersten Mal wieder gesprochen seit jener Nacht des 18. Boron und zum anderen: Was bedeutete dieses ›nein‹? Wollte sie das Kind nicht, oder … war es eben kein Teil von Dialann? War der Vater ein anderer? Wenn ja, wer, und wie war das geschehen?

»Cailyn …«, begann die Prinzessin leise und mitfühlend, doch die Magd sprang auf und lief fluchtartig in den Stall.

Invher war erstaunt und zugleich ein wenig verärgert. Irgendwie hatte sie den Eindruck, daß hier am Palast, der doch auch unter ihrer Obhut stand und wo sie für die Belange, die Sicherheit und das Wohlergehen aller mitverantwortlich war, sie selbst diejenige war, die am wenigsten Bescheid wußte …

Pádraigín trat aus der Tür zum Kapellflügel des Palastes, näherte sich ihr langsam und setzte sich schließlich neben sie auf den Stumpf. Invher hatte am Rande mitbekommen, daß die Baronin während der letzten zwei Wochen über noch einmal Zeugen zu den Morden befragt und sich informiert hatte, was damals alles geschehen war. Sie hatte die Protokolle der Gerichtsverhandlungen eingesehen und mit Rhuad und Cuanu gesprochen. Selten war sie bei den gemeinsamen Mahlzeiten anwesend gewesen und kein einziges Mal in ihre Baronie zurückgekehrt.

Invher betrachtete das Vollmondamulett am Hals der Halbschwester. Sie erinnerte sich nicht, sie jemals ohne gesehen zu haben, es gehörte zu ihr wie die schönen braunen Haare und die dunklen Augenbrauen, es war bereits ein Teil ihrer Persönlichkeit.

»Wie geht es Cailyn?« fragte Pad besorgt.

»Nicht gut, fürchte ich«, antwortete Invher nachdenklich. »Es scheint, daß sie das Kind nicht will. Wenn ich sie richtig verstanden habe, ist es nicht von Dialann. Aber von wem sonst?«

»Nicht von Dialann? Merkwürdig. Nun, ich kannte sie kaum, aber mir schien sie zufrieden mit dem einen Mann ...«

Auch Invher nickte. Ihr Gesicht verdüsterte sich. »Hier geht etwas vor, von dem wir – oder zumindestens ich – keine Ahnung haben. Das geht so nicht weiter. Ich bitte dich, Pad, mir zu sagen, was du weißt, sobald es möglich ist. Und ich wünschte, das wäre jetzt und nicht morgen oder irgendwann!«

»Es geht vermutlich etwas vor, liebe Invher, doch es dir zu sagen hieße anzuklagen, und das kann ich noch nicht. Aber du kannst mir helfen, indem du mir etwas über Fion erzählst. Hast du ihm vertraut?«

Invher nahm einen Strohhalm vom festgetretenen Boden auf und knickte ihn nachdenklich. »Ja, das habe ich, leider. Ich wünschte, ich hätte es nicht getan, dann wären einige Menschen heute vielleicht noch am Leben. Ich hätte auf Bard Cheannard hören sollen, der hat ihm nie getraut.«

»Trügt dich dein Gefühl oft?«

Forschend musterte die Prinzessin das Gesicht der Halbschwester. »Nein, ich glaube nicht oft. Das paßte alles nicht zu seinem Verhalten und zu seinem Wesen.

Den eigenen Vater umzubringen und ihn dann am nächsten Tag so tief zu betrauern ... Und warum hätte er Antiarna Paligan töten sollen?« Die gebürtige Al'Anfanerin war eines Nachts verschwunden und niemals wieder aufgetaucht. Bard hatte natürlich auch diesen ›Mord‹ sogleich auf Fions Kappe geschoben, ohne zu wissen, was vorgegangen war.

Pad nickte, als habe sie sich das bereits gedacht. »Was sagt dein Gefühl jetzt?« Sie wußte, daß Invher über eine beachtliche Menschenkenntnis verfügte. »Mein Gefühl? Zu Fion?« Die Baronin nickte wieder.

»Nun ... Wäre es nicht Rhuad gewesen, der beschwor, Fion als Vampir und Mörder beobachtet zu haben, ich hätte es vermutlich nicht geglaubt ... Aber Rhuad selbst ist es am schwersten gefallen, das auszusprechen. Er hat wirklich keinen Grund, Fion zu belasten, vielmehr trifft das Gegenteil zu.«

»Ja, ich weiß, was Rhuad gesagt hat. Ich habe das Protokoll gelesen. Und ihn selbst noch einmal befragt.« Pad erhob sich und strich ihr grünes Seidenkleid glatt. Sie fröstelte und rieb sich die Oberarme. Bevor sie jedoch wieder in den Ostflügel des Palastes zurückkehrte, bat sie Invher noch: »Du solltest deinem Gefühl noch mehr vertrauen, liebe Freundin. Es ist ein Geschenk der Götter. Denn nicht alles ist auch so, wie es uns scheinen mag.«

»Wollt Ihr damit sagen, Hochgeboren, daß Ihr noch immer von der Unschuld Fions überzeugt seid?« Die beiden Frauen schreckten auf und fuhren herum zu Bard Cheannard, dem Gardeobristen der königlichen Leibwache, dessen kräftiger Baß vor unterdrücktem Zorn bebte. Das schmutziggraue Haar und tiefe Falten ließen ihn älter wirken, als er tatsächlich war, harte Züge um Kinn und Mund zeugten von einem unbeugsamen Charakter. Er mußte vom Gardehaus gekommen sein, ohne daß die beiden ins Gespräch vertieften Frauen ihn wahrgenommen hatten.

Die erste Reaktion Invhers war heftige Wut. »Oberst Cheannard! Ist es schon so weit gekommen, daß Ihr unsere Gespräche belauscht? Was erdreistet Ihr Euch, Mann? Einen Kehricht habt Ihr Euch darum zu scheren, was wir über gewisse Dinge denken!« Pad staunte über die Veränderung, die mit der Kronprinzessin vorgegangen war: Die Schultern gestrafft und den Kopf hoch erhoben, funkelte sie den Oberst warnend an, der ihren Blick fest erwiderte. Ihm war anzusehen, daß er am liebsten fortgefahren wäre, sich jedoch mühsam zurückhielt.

»Ich tue nur meine Pflicht, Allerprinzlichste Hoheit!« sagte er. »Und das werde ich auch weiterhin tun. Ich finde diese Kreatur, und wenn ich in Havena jeden Stein einzeln umdrehen muß!«

»Wie Ihr meint, Oberst!« Invher verdeutlichte ihm mit einer Handbewegung, daß er entlassen war. Der Oberst neigte das Haupt zum Abschied und ging: Er hielt sich damit als einer der wenigen an die Etikette, die die königliche Familie sonst meist nur bei offiziellen Anlässen voraussetzte.

Als der Mann gegangen war, schüttelte Invher mißmutig den Kopf. »Bard ist besessen. Er hat Fion schon immer gehaßt. Ich glaube, er hat in seiner Jugend um Cailyn geworben, die allerdings ein Leben als Geliebte Dialanns einem Leben als Gemahlin Bards vorzog… Sie hat immerhin einen anständigen Geschmack!« Die Prinzessin spie auf den Boden. Dann erhob sie sich und ergriff Pads Arm.

»Pad, was auch immer deine Worte zu bedeuten haben – finde Beweise, und zwar bald.« Dann ging sie selbst vorweg in den Palast.

»Fianna, das ist noch zu weit. Stecke die Nähte noch einmal enger zusammen!« Invher hielt die zugeschnittenen und zusammengehefteten goldenen Stoffbahnen fest, die noch unvollendet über ihrem Unterkleid hingen. Was jetzt noch ein unvollkommener Rohling war, würde sich, wenn Meisterin Raidrighe Elvenborg, königliche Hofschneiderin und Zunftmeisterin der Schneidergilde, damit fertig war, zu einem wunderschönen goldbraunen Ballkleid fügen, das Invher zum Ball am Tag der Erneuerung, dem 30. Tsa, zu tragen gedachte. Zwar würden bis dahin noch zwei Wochen vergehen, doch diese Zeit benötigte die Fertigstellung des mehrlagigen Kleides mit all den Stickereien und Verzierungen sicherlich.

Die Zofe Fianna, tat, wie ihr geheißen und half Madame Raidrighe mit geschickten Fingern, die Stoffteile enger zusammenzustecken, um sie an Invhers Figur anzupassen. Die Rohseide fühlte sich ganz wunderbar unter den Fingern an, anschmiegsam, ein wenig uneben und schön kühl. Über die Schulter der Prinzessin hinweg betrachtete sie den Stoff in dem großen Kristallspiegel und war von dem Glanz und der Pracht, die selbst diese ungearbeiteten Stoffstücke verliehen, hingerissen.

»Autsch! Träumerin, wo stichst du denn hin?« schalt Invher – Fiannas Nadel war ihr in die bloße Schulter geglitten, gerade oberhalb der kostbaren Seide.

»Verzeiht, Hoheit! Bitte, verzeiht meine Ungeschicklichkeit! Ach, wie dumm von mir!« Hastig zupfte die Magd ein weißes Taschentuch aus den Falten ihres Kleides und tupfte den hervorquellenden Blutstropfen vorsichtig ab, damit der Stoff unbefleckt blieb. Unter gestammelten Entschuldigungen verschwand das blutbesudelte Tüchlein wieder sorgfältig in Fiannas Kleid, während Madame Raidrighe nun ihrerseits das Schelten übernahm:

»Du ungeschicktes Kind! Sieh dich doch vor, wo du deine Bärenklauen hinlegst, du hast Ihre Hoheit ja verletzt! Zudem wäre um ein Haar der Stoff verdorben gewesen, was meinst du wohl, wie lange du dafür hättest schuften müssen, mit deinen Patschen da!«

Ruhig unterbrach Invher die Standpauke: »Madame Raidrighe, ich bin keine Seifenblase, die zerplatzt, wenn man sie mit einer Nadel sticht! Wie Ihr an einigen Narben unweigerlich erkennen könnt, habe ich selbst Schwerthiebe überstanden. Wollt Ihr nun fortfahren?«

»Verzeiht, Allerprinzlichste Hoheit, doch um der Seide willen möchte ich das Anpassen lieber beenden, bis der Stich abgeheilt ist. Ein einziger Tropfen Blut, und der Stoff ist verdorben. Nun, aber wir waren ja fast fertig.«

Die Schneidermeisterin packte Nadelkissen, Maßbänder und ihr Höckerchen ein, legte den Stoff in eine Truhe und schloß sie sorgfältig. »Komm, Mädchen, vielleicht gelingt es dir ja, die Truhe unbeschadet in den Hof zu tragen!« fauchte sie Fianna an, machte einen tiefen Hofknicks vor Invher und verließ den Raum, als diese sie entließ.

Fianna mühte sich mit der schweren Holztruhe ab, wuchtete sie die Treppenstufen hinunter und auf den Hof. Dort verstaute der Kutscher Madame Raidrighes sie auf der Ladefläche, half seiner Herrin auf den Bock und fuhr an.

»Du solltest besser Holz hacken als Herrschaften bedienen, Kind!« keifte die Schneiderin in dem schwarzen Witwenkleid noch, dann ratterte das Gefährt im Nachmittagslicht dem Tore zu.

Mit einem eigentümlich selbstgefälligen Lächeln, das man in den letzten Wochen immer häufiger auf Fiannas Gesicht entdecken konnte, schlenderte die Magd wieder in den Palast zurück, suchte das Taschentuch mit dem Blutstropfen der Prinzessin aus ihren Kleiderfalten heraus und schob es unter dem Türspalt hindurch in Dhamans Salon.

Kapitel 7

Die Schöne Baronin

Pádraigín trug ein wollenes Kleid, dessen Falten und Säume weder raschelten noch rauschten. Ihre Schuhe bestanden aus weichem Leder und waren mit bunten Perlen und Fäden bestickt, wie es bei den Nivesen üblich war. Sie huschte in den Großen Ratssaal und sah sich um. Die Fenster im Westen erlaubten einen guten Blick auf das Gesindehaus und den Garten davor: der Ort, an dem Strafmaßnahmen an den Bediensteten durchgeführt wurden, wenn dies nötig war. Zu diesem Zweck waren dort zwei Holzpfähle in den Boden eingelassen, an denen Auspeitschungen oder Prangerstrafen durchgeführt werden konnten.

Unten, im Licht der langsam nach Westen wandernden Sonne, sah die Baronin eine Gestalt auf das Gesindehaus zugehen, die in den Schatten des Gebäudes eintauchte. Pádraigín kniff die Augen zusammen und erkannte die Magd Fianna. Diese ging auf den Eingang zu und hatte ihn fast erreicht, als Lasóg jaulend aufsprang und in den Garten floh. Pad beobachtete, wie die Magd sich nach einem Stein bückte und ihn dem Hund hinterherschleuderte. Zwar traf sie nicht, doch Lasóg verkroch sich noch tiefer in einem Gebüsch.

Die Baronin runzelte die Stirn. Wenn sie früher ab und zu im Palast geweilt hatte, waren Hund und Magd eigentlich unzertrennlich gewesen. Wann immer Fianna eine freie Minute gehabt hatte, war sie zu ihrem

›Dschinn‹ gelaufen – eine Tatsache, die unter den Herrschaften immer eine gewisse Heiterkeit ausgelöst hatte.

Doch nun galt es, ein wenig herumzuschnüffeln. Pad sah sich im Großen Ratssaal genauer um. Über dem Versammlungstisch mit gut einem Dutzend Polsterstühlen hingen Bilder an den Wänden, und in den vier Zimmerecken standen Büsten aus Alabaster und Marmor. Die Baronin schlich zu einem der Bilder, dem Portrait eines reichgekleideten Mannes. Das harte Gesicht hatte das unverkennbare Profil der Bennains, wenngleich der gutaussehende Mann eher hochmütig wirkte. Pad fand, daß seine Augen einen listigen Ausdruck hatten. Die vergoldete Plakette unter dem üppig geschmückten Rahmen besagte, daß es sich um ›Fürst Toras Bennain‹ handelte, das Entstehungsdatum darunter gab ›Jahr 2 der albernischen Unabhängigkeit‹ an. Das Signum des Künstlers vermochte sie nicht zu entziffern.

Das zweite Jahr der albernischen Unabhängigkeit war das Jahr der Großen Flut, des Seebebens, des Untergangs Havenas gewesen. Dieser Fürst Toras hatte die Unabhängigkeit proklamiert, die nach Meinung vieler Geweihter und Gläubiger die Katastrophe über die Fürstenstadt gebracht hatte, da die Götter es nicht dulden wollten, daß ihr Reich, das Mittelreich, zerteilt wurde. Leid und Not, der Tod vieler tausend Menschen, Hungersnöte und Seuchen folgten und zwangen Havena, die einstmals so strahlende Stadt und Fürstin an der Westküste, unerbittlich auf die Knie und ließen sie niemals wieder zu der alten Größe auferstehen.

Pad riß sich von dem Antlitz des Mannes los und wanderte die Ahnenreihe entlang, bis sie gefunden hatte, was sie suchte. In einer Ecke des Raumes, beschienen von der tiefstehenden Sonne, fand sie die alabasterne Büste der Baronin Nahema von Dela, die, so besagten die Geschichten, auch die ›Schöne Baronin‹

genannt worden war. Angeblich war sie die Geliebte der Fürsten Thorn und Toras gewesen, der Vater war jung gestorben, als sein Sohn Toras gerade die zwanzig überschritten hatte, und manch ein Historiker bezweifelte, daß Thorn eines natürlichen Todes verstorben war. Die überlieferten Dokumente aus dem Stadtarchiv, die das Seebeben überdauert hatten, verrieten Toras' Hörigkeit dieser Frau gegenüber, die er schließlich zur Baronin ernannt hatte. Gerüchte besagten aber auch, daß die Dame eine machtvolle Zauberin gewesen war, die Havena insgeheim über fast zwei Jahrzehnte als graue Eminenz regiert hatte.

Pádraigín berührte vorsichtig den makellosen, hellen Alabaster, fuhr die kunstfertig gearbeiteten Linien mit dem Zeigefinger nach. Hier war ein hervorragender Bildhauer am Werke gewesen, das sah man sogleich, denn der kalte Stein verriet mehr als nur die Umrisse des nachgebildeten Gesichtes. Fast schien es Pad, als könne sie in diesen Zügen den Charakter und das Wesen der Frau erraten, die hier abgebildet war, so stark leuchtete ihre Persönlichkeit daraus hervor.

Die ›Schöne Baronin‹ verdiente ihren Namen wahrhaftig. Große schillernde Augen blickten Pádraigín fast lebensecht aus dem steinernen Antlitz an, sie blickten belustigt und zugleich gelangweilt. Die gerade und schmale, edle Nase, hohe Wangenknochen und fein geschwungene Augenbrauen verliehen der Frau einen fremdländischen Hauch. Sie schien Tulamidin gewesen zu sein. Die schönen Lippen umspielte ein mildes Lächeln, das, näher betrachtet, ebenfalls Ironie offenbarte. Alles an diesem Kopf wirkte ungewöhnlich, bis hin zu dem Haar, das, in viele Dutzend schmale Zöpfe geflochten, das alabasterne Gesicht und die bloßen Schultern umfloß. Pad empfand es als kleinen Makel des Kunstwerks, daß das Haar auch aus dem weißen Stein bestand. Es müßte schwarz sein, fand sie. Kannte sie diese Züge nicht irgendwoher? Nun, vielleicht von einem anderen Bild, das sie gesehen hatte, wer wußte das schon.

Das schöne Antlitz der Frau umgab ein Hauch der Macht, das In-sich-Ruhen des Mächtigen, das Wissen um die eigene Stärke, die die der meisten anderen Menschen deutlich überstieg. Pádraigín wünschte sich plötzlich, diese faszinierende Frau kennengelernt zu haben, damals, bevor sie bei dem großen Beben wie alle anderen vernichtet worden war. Der Turm der Nahema stand in der Unterstadt selbst heute noch aufrecht, er war das einzige Gebäude der ehemaligen Palastanlage, das aus der Katastrophe unzerstört hervorgegangen war.

Auch diese Büste hatte seltsamerweise das Ereignis, zusammen mit einigen anderen Kunstwerken, völlig unbeschadet überstanden und war in den Besitz der Bennains zurückgekehrt, wo sie ihren Platz in der Ahnengalerie gefunden hatte. Dies war seltsam, da Nahema von Dela doch nicht zur königlichen Familie gehörte. Nun, vielleicht stand sie hier als Überbleibsel der Alten Zeit oder wegen ihrer zweifellosen Kunstfertigkeit.

Lange hatte Pad vor dem Alabasterkopf gestanden, doch allmählich begann sie sich ein wenig unwohl zu fühlen. Ein Kribbeln im Nacken, das normalerweise verriet, daß jemand sie beobachtete, warnte sie. Unauffällig sah sie erst über die rechte, dann die linke Schulter, doch außer ihr hielt sich niemand im Großen Ratssaal auf. Sie ging zum Fenster. Draußen lag inzwischen Dunkelheit über den Dächern der Stadt, auch hier entdeckte sie nichts Ungewöhnliches. Beunruhigt schüttelte sie den Kopf. Ihr Gefahrensinn täuschte sie selten.

Pádraigín entzündete eine bereitstehende Kerze und verbarg deren Schein mit der Hand. Dann schritt sie vom Fenster auf eine unscheinbare Tür an der kurzen Nordwand des Raumes zu, vorbei an dem Versammlungstisch und den Polstersesseln. Sie kramte leise einen Bund Dietriche aus der Tasche und machte sich an dem komplizierten Schloß zu schaffen, das nach kurzer Zeit klickte. Vorsichtig schob Pad die Tür auf und beleuchtete den dahinterliegenden Raum.

Das königliche Archiv umfaßte fast nur Dokumente aus der Zeit nach dem Großen Beben, ältere waren kaum vorhanden. Muffige, nach Gilbe und altem Leder riechende Luft schlug ihr entgegen. Die Regale an den Wänden des kleinen Raumes quollen über von alten ledergebundenen Folianten, Papierrollen und Mappen, aus denen lose Pergamentseiten hingen. Die Truhen schienen weitere Dutzend Bücher und Kompilationen zu enthalten, es gab kein Fenster, das schädigendes Licht hätte einlassen können.

Die Baronin trat noch einmal vorsichtig in den Ratssaal zurück, suchte einen Windfang für die Kerze und stellte sie dann auf eine große flache Truhe.

Mit flinken langen Fingern und einem geübten Blick für das Wesentliche begann sie ihre Suche. Sie durchstöberte zunächst die losen Rollen, legte sie auf eine Seite und fuhr mit den Mappen fort. Hier fand sie endlich das Gewünschte: Stammbäume, Adelsrollen, Wappen und die ›Chronik des Fürstengeschlechtes Bennain‹, das heraldische Meisterwerk, gefertigt von Meister Finwael ui Niaroch persönlich.

Bevor sie das prächtig illustrierte Werk vorsichtig aufschlug, bewunderte sie die blattgoldenen Lettern auf dem Einband, dann die ehrwürdigen Bilder, die häufig Nachahmungen derer aus der Galerie des Raumes nebenan waren, und die verschlungenen Versalien. Andächtig schwelgte sie in der Vergangenheit, las Namen, die längst Legende waren, und erkannte, wie groß die Familie Bennain mit ihren Neben- und Bastardlinien war.

Tränen traten ihr in die Augen, als sie auf der Ahnentafel, die über viele Zweige und Schilde verfügte, als Bastardlinie Cuanus auch den Namen *Niamh Raig-*

hillig las und darunter den Zwillingseintrag *Pádraig und Pádraigín ui Bennain.* Sie rieb sich die Finger am Kleid trocken und strich zart über den Namen ihrer toten Mutter. Niamh war bei der Geburt von ihr und ihrem Zwillingsbruder gestorben.

Mühsam riß sie sich los, legte die Chronik vorsichtig beiseite und durchforschte die Mappen nach dem Namen ›von Dela‹. Tatsächlich fand sie ihn. Wie alle Namen und Familien hier war er rückwirkend von Meister Finwael eingetragen, der seit mehr als vierzig Jahren die unangefochtene Koryphäe auf dem Gebiet der Heraldik Albernias war. Der Adlige, der in seiner Linie nicht sechzehn Wappenschilde mit seinem Namen unterzeichnet vorweisen konnte, galt in Albernia nicht als von altem und echtem Geblüt, so wie Pádraigín niemals anerkannt werden würde. Ihre acht Schilde aus der Bennainlinie waren zwar makellos, doch die fehlenden acht mütterlicherseits hoben dies wieder auf. Ihr und ihrem Bruder bedeutete dies allerdings nichts. Ihnen lag nur etwas an der Liebe ihres Vaters und daran, daß seine Familie, Königin Idra, Invher und Rhuad und selbst die Reichsbehüterin Emer sie ebenfalls freundschaftlich aufnahmen. Doch daß sie den Namen *ui Bennain* tragen durften, erfreute und rührte sie um so mehr, da all diese Dinge ihnen frei und ohne Hintergedanken gegeben wurden.

Wieder aus ihren Gedanken erwachend, setzte Pad ihre Suche fort. Das Geschlecht *von Delas* begann seine Linie mit eben jener Nahema von Dela, der Schönen Baronin und Ratgeberin erst des Fürsten Thorn und dann Toras Bennains. Über die Zeit des Großen Bebens und die nächsten drei Generationen waren hier, wie in so vielen edlen Familien, weiße Lücken in den Wappenschilden. Meister Finwael hatte jedoch für Dhaman ui Mharfad die erforderlichen sechzehn Schilde vier Generationen zurück auftreiben können. Das Blut der *Barone* von Dela jedoch war versiegt, es gab nur noch zwei Nebenlinien, von denen die der Edlen von Dela mit Dhaman endete. Er hatte keine Familie, die sein Erbe antreten könnte, obwohl er schon Mitte vierzig war. Der Titel würde daher über einige sehr verwickelte Familienbande an den zweiten und letzten noch vorhandenen Zweig wandern, deren ältestes noch lebendes Mitglied laut Stammbaum eine gewisse Maire von Dela war, die jetzt um die dreißig Jahre alt sein mußte. Pad hatte von ihr noch nie etwas gehört. Diese Linie besaß laut Dokument nicht mehr als den Namen, kein Adelstitel war verzeichnet.

Seufzend setzte sich die Baronin von Fairnhain auf einen kleinen Schemel, die Mappe auf dem Schoß. Sie hatte gehofft, Beweise dafür zu finden, daß Dhaman sich den Titel vielleicht nur erschlichen hatte. Bis er vor ungefähr zwölf Jahren aufgetaucht war, hatte kaum jemand gewußt, daß es die Familie von Dela noch gab. Doch Finwael ui Niarochs Stammbäume waren auf gründlichen Forschungen in den königlichen und städtischen Archiven begründet, und das konnte und wollte Pad nicht nachprüfen. Finwaels Unterschrift bedeutete allein die Anerkennung und Rechtmäßigkeit des Anspruches, denn niemand wußte sich in der heraldischen Historie so hervorragend zurechtzufinden wie er.

»Du kannst es dir nicht angewöhnen, nach Schlüsseln zu fragen, nicht wahr, Pad?« Die männliche Stimme, in der leichter Tadel und milde Belustigung mitschwangen, kam aus Richtung Tür.

Die Baronin fuhr herum. An den Türrahmen gelehnt stand Cuanu ui Bennain und musterte sie fragend.

»Vater ... Verzeiht. Ich ... ich wollte Euch nicht erzürnen«, stammelte Pad und erblaßte ein wenig.

»Du mußt wahrhaft fesselnde Dinge dort lesen. Es ist mir noch niemals gelungen, dich zu überrumpeln! Läßt deine Wachsamkeit nach?« »Oh, die alten Chroniken und Stammbäume sind wirklich hochinteressant,

Vater. Bitte verzeiht mir, ich hätte um Eure Erlaubnis nachsuchen müssen!« Sie erhob sich hastig, klappte die Mappe zu und räumte alles wieder an seinen Platz.

»Ja, das hättest du, in der Tat. Ich frage mich nur immer, woher du diese Phexschen Neigungen hast, Pádraigín. Von deiner Mutter?« »Das liegt in der Familie, Vater«, antwortete Pad mit einem mühsam unterdrückten Lächeln. Ganz Havena wußte, daß Fürst Halman seine Phexschen und Rahjaischen Neigungen selten unterdrückt, sondern eher noch zu seinem höchsten Vergnügen miteinander verquickt hatte, ähnlich, wie man es sich von Cuanus Sohn, Pads Halbbruder Rhuad, erzählte. »Aber vielleicht hat es mir ja auch der Listige persönlich in die Wiege gelegt.«

Cuanu wurde ernst. »Hast du hier etwas Bestimmtes gesucht, Pádraigín? Oder wolltest du nur in der Familienchronik lesen?«

»Letzteres, Vater. Ich habe mit Staunen entdeckt, wie groß die Familie Bennain ist.« Pad haßte es, wenn sie ihrem Vater nicht die Wahrheit erzählen durfte.

»Ja, das ist allerdings erstaunlich. Ich habe jedes Jahr das Gefühl, daß eine neue Linie entdeckt wird. Ich hoffe, daß der gute Finwael seine Nachforschungen aufrichtig betreibt. Nun komm aber«, er lächelte sanft, »die Familie sitzt zu Tisch beisammen, und du hast uns schon die ganze Woche warten lassen!«

Mit einem langen Blick zurück in die dunkle Kammer folgte Pad, während der König das Schloß absperrte. Dann verließ er ihr voran den Ratssaal.

Die Baronin grübelte über seine Formulierung nach: »*Ich hoffe, daß der gute Finwael seine Nachforschungen aufrichtig betreibt.*«

Beim Hinausgehen fiel ihr Blick auf die Alabasterbüste der Schönen Baronin von Dela, die ihr mit den Augen zu folgen schien. Vermutlich durch das Schattenspiel der Kerze verursacht, lächelte sie ihr mit unverhohlenem Spott nach.

Kapitel 8

Kristallglanz

Die gelben und roten Blüten der Lichtnelken, Butterblumen und des Löwenzahns tauchten kurz ins Wasser ein, wurden dann schnell von der Strömung erfaßt und wieder an die Oberfläche und gen Hafenbecken getrieben. Wie kleine gelbe und orangene Schiffchen tanzten sie auf den Wellen, helle und fröhliche Sterne, die ein lockeres, sich stetig veränderndes Muster bildeten.

Jede Blüte ist ein Gedanke von mir, dachte Aldare. Sie saß am Ufer und sah ihnen nach. Der Blick ihrer traurigen schwarzen Augen, hinter denen es geheimnisvoll bläulich schimmerte, wanderte mit den Blüten in weite Ferne. Ihre glatten, ebenfalls pechschwarzen Haare umspielten ihr schönes elfisches Gesicht, spitze Ohren schauten aus ihrem Schopf hervor.

»Armer kleiner Mi«, flüsterte Aldare traurig, und eine große Elfenträne sammelte sich in einem Auge und rann die Wange hinunter. Wieder griff sie in den Bastkorb, angelte eine weitere Handvoll üppiger Blüten heraus und streute sie in den Großen Fluß. Die zweite Schar folgte der ersten.

»Die sind für dich, Mi. Ich hab sie dir wachsen lassen. Erfreue dein Licht daran!« Sie wischte die Träne mit dem Handrücken weg. Das noch trübe Licht des Tsa entsprach Aldares Trauer. Drei Monde lag Mis Tod nun zurück, doch Aldare dachte noch häufig an den Burschen mit dem strubbeligen roten Haar und den aufmerksamen Augen. Der Arme hat so viel Leid in seinem kurzen Leben gesehen, daß er noch viele schöne Jahre verdient hätte, dachte sie bei sich.

Sie sah zur Sonne auf. Gegen Mittag mußte sie wieder im *Esche und Kork* sein, Vater Sulpiz hatte sie heute zum Kochen eingeteilt. Über ihr ragte die Prinzessin-Emer-Brücke hoch in den Himmel: die einzige Brücke Aventuriens, die so hoch war, daß sie von Flußschiffen in voller Takelage durchfahren werden konnte.

Ein Glitzern oben auf dem Brückenbogen fing Aldares Blick, und sie sah genauer hin. Kaum hatte sie ihre Sinne geschärft, erkannte sie eine fremde schneehaarige, wunderschöne Elfe, die in Leder und Pelze von weißer Farbe gehüllt war, bernsteinfarbene Augen hatte und ähnlich traurig wie Aldare auf den Fluß hinaussah. Dann zog sie einen langen Gegenstand über das steinerne Geländer: einen langen und eleganten Bogen, der gänzlich aus weißem Elfenbein gefertigt war. Aldare erstarrte.

Dem Bogen folgte ein wunderschön gearbeiteter kristallener Pfeil, der selbst in dem schwachen Tsalicht hell gleißte, während die Elfe ihn in einer fließenden Bewegung in die Sehne legte. Aldare sah sie die Augen schmerzlich schließen, beobachtete, wie sie den Bogen anhob und spannte. Wie im Traum schaute sie wieder auf, legte die Waffe vollends an und entließ den glitzernden Pfeil in die Ferne. Aldares Blick folgte dem hellen Geschoß, und Trauer für diese Fremde überkam sie. Sie wußte, daß der Pfeil zu Ehren eines verlorenen Geliebten gen Meer flog, und sie hoffte, daß die Fluten des Großen Flusses ihn aufnehmen und weiterleiten mochten, wohin auch immer. Die schwarzhaarige Elfe sah zurück zu der Brücke, wo die schöne Fremde noch immer stand und nach Westen blickte. Wie bei einer marmornen Statue regte sich, soweit Aldare das erkannte, kein Muskel an ihr, nur das weiße Haar wehte im Wind. Ein Arm lag auf dem Stein der Brüstung, der andere, mit dem sie den Bogen hielt, hing dahinter herab.

Der Anblick der Fremden schnürte Aldare die Kehle zu: Sie schien so wild und frei, so fern und anders als sie selbst es war. Wie eine Wildkatze sich von einer Scheunenkatze unterschied, lagen Welten zwischen der Elfe mit dem Schneehaar und Aldare, die Havena in all den Jahren so gut wie nie verlassen hatte.

Aldare vergaß das Körbchen, sprang auf und lief mit wehendem Haar die Uferböschung des Großen Flusses hinauf, auf die Feldmarkstraße und die Steigung der Brücke zu. Ein Ochsenkarren ratterte ihr in den Weg, doch sie hastete weiter den gepflasterten Brückenboden entlang.

Dann stand sie neben der Fremden und hielt andächtig inne: Von nahem sah sie noch viel schöner aus als von fern; sie *roch* auch wild, nach trockenen Kräutern und Erde. Helle Schwanenfedern waren mit kristallenen Perlen in ihrem Haar befestigt, die großen, leicht schrägstehenden und ebenso hintergründig glitzernden Augen verliehen ihrem Antlitz etwas Katzenhaftes. Über dem schönen, wilden Gesicht lag Trauer.

Aldare wußte nicht, wie lange sie die Elfe so angestarrt hatte, es mußte jedenfalls unhöflich lange gewesen sein, denn schließlich wandte diese sich ihr zu, musterte sie mit den bernsteinfarbenen Augen und fragte schließlich mit einer melodiösen, fast singenden Stimme und mit einem Akzent, der Aldare gleichzeitig bekannt und doch fremd erschien, auf Garethi: »Wie heißt du, Schwester?« Dabei sah sie sie leicht schräg an, wie ein Kätzchen, das neugierig durch eine halb geöffnete Tür lugt.

»A – Aldare.« »Alara'wê?« erwiderte die Fremde lächelnd, dachte kurz nach und übersetzte: »›Friedliches Wölflein am Wasser‹? Das ist hübsch!«

»Wie … wie heißt Ihr?« stotterte Aldare.

Die Züge der Fremden verdüsterten sich leicht, doch

sie antwortete: »Elodiron Kristallglanz heißt man mich. Aber sage doch ›du‹, Schwester!«

Glücklich nickte Aldare. Kurz überlegte sie, daß es sich nicht gehörte, nach solchen Dingen zu fragen, verwarf die Zweifel jedoch schnell und senkte die Stimme: »Du bist traurig, Schwester«, die Anrede hörte sich noch ungewohnt an. »Warum?«

Elodiron wandte sich wieder dem Fluß zu, schloß die großen Augen schmerzlich und antwortete noch leiser: »Ein Menschenmann nahm mein Herz gefangen, das doch eigentlich frei sein sollte. Doch er nahm es und gab es nicht wieder her und nahm es mit in sein Grab.« Sie wies mit dem Kinn den Fluß hinunter. »Sie haben sein Totenbett brennend den Fluß hinabgeschickt, und so kehre ich jeden Winter wieder und sende ihm einen kristallenen Pfeil, auf daß er durch Feuer und Wasser in die Reiche gelange, in denen sein Licht jetzt wandelt. Der große, lachende Kämpfer soll wissen, daß mein Herz noch ihm gehört.« Ihre Nasenflügel zitterten leicht, als sie wehmütig gen Westen schaute. »Doch er antwortet nicht mehr, seine Augen, die einst blitzten wie die Pfeile, die ich ihm schicke, sind stumpf.«

»Vielleicht wird er eines Tages wieder antworten«, flüsterte Aldare gerührt. Elodiron nickte.

»Wo wohnst du, Elodiron?« fragte Aldare eifrig.

Die weißhaarige Elfe wandte ihr wieder den Blick zu, sah fragend zurück und meinte: »In welchem Haus?« Aldare nickte. »Ich wohne in keinem Haus.« »Aber… wir haben Tsa, es ist noch schrecklich kalt nachts – du wirst erfrieren!«

Ein belustigtes Lächeln huschte über Elodirons Gesicht. »Es ist nicht kalt, Schwester. So warm wie hier wird es in meiner Heimat des Sommers nie!«

»Ich lade dich trotzdem ein, Elodiron. Komm in das Haus meines Vaters! Dort ist es warm und gemütlich, du bekommst etwas Gebratenes und einen Humpen

Havenabräu. Ein Bett finden wir für dich sicherlich auch!« Es war Aldare ernst, sie wollte mehr von dieser geheimnisvollen, traurigen Frau erfahren.

Eindringlich musterte Elodiron sie. »Es ist dir so ernst, so wichtig, Schwester. Gut, ich komme mit dir. Doch nur, wenn ich mir das Fleisch selbst bereiten darf, kein Bier trinken muß und mein Bett keinen Heizstein bekommt…« Sie lächelte die verwirrte Aldare an, zückte eine kristallene Flöte und begann mit den ersten wehmütigen Tönen einer Melodie die Prinzessin-Emer-Brücke hinabzuschreiten, den Bogen über der Schulter, die Ledertasche an der Seite.

Aldare erstarrte. Was diese Frau da spielte, war *ihre* Melodie, jene Töne, die sich manchmal nachts, manchmal tagsüber in ihren Geist schlichen und ihr Träume von Waldfeen und Reigen im Madaschein eingaben, so daß Vater Sulpiz und Thalionmel, ihre Zwillingsschwester, sie schalten. Was wußte Elodiron von dieser Melodie, der Melodie ihres Herzens?

Als Aldare sah, daß die schneehaarige Elfe schon unten auf der Feldmark angelangt war, rannte sie ihr hinterher. Die Töne verwehten bereits mit dem aufkommenden Wind.

Kapitel 9

Blonder Rabe

Die Tsanacht war lau. Die junge Göttin kam diesen Götterlauf früh und brachte Wärme und das erste zarte Grün der Ifirnsglöckchen mit sich – Anzeichen dafür, daß es der milden Tochter Firuns wieder gelungen war, den kalten Zorn ihres Vaters zu besänftigen.

Rhuad lehnte sich seufzend mit verschränkten Armen auf das Geländer seines Balkons und blickte in die Nacht. Hier, vor seinen Augen, war im Boronmond Berthol Heff-Bennain von Fion ermordet worden. Der Prinz legte die Stirn in Falten und grübelte. Warum nur hatte er dem Herrn Vater nicht sogleich Bescheid gegeben, sondern erst einen Tag später? Berthol war gestorben, und in der nächsten Nacht hatte Fion Yantur umgebracht und beinahe auch ihn selbst, wenn Dhaman nicht gewesen wäre. Laut einer Notiz, die man im Stall gefunden hatte und die ganz sicher von Rhuads eigener Hand stammte, war er an jenem schicksalshaften 18. Boron sogar noch mit Fion verabredet gewesen!

Der Prinz vergrub das Gesicht in den Händen und verweilte so über das Geländer gebeugt. Wie er sich auch das Hirn zermarterte, er wurde nicht schlau daraus. So vieles verstand er nicht. Hatte Fion ihn beherrscht? Aber er war doch nicht der Zauberei mächtig gewesen … Oder doch? Schließlich hatte Rhuad ja auch nicht geahnt, daß er ein Vampir war.

Er mußte an den wunderschönen Abend im *Esche*

und Kork denken, den er mit Fion verbracht hatte, als er aus Gareth heimgekehrt war … Das *konnte* doch nicht derselbe Fion gewesen sein, der sich auf Yantur und ihn gestürzt hatte, blutigen Mord im Sinn?

Es pochte an der Tür. »Ja? Herein!« befahl er, ohne sich umzudrehen.

Wind rauschte über ihm in den kahlen Bäumen, ein Rabe krächzte. Schritte näherten sich zögernd, es folgte ein Räuspern, dann: »Hoheit?«

Rhuad wandte sich um und blickte Bran entgegen, der ein wenig unbehaglich im Raum stand und lächelte.

»Euer Gnaden. Es ist mir eine Ehre.« Rhuad war überhaupt nicht nach Gesellschaft zumute, doch er lächelte und trat wieder in das Zimmer.

»Aber nein, Hoheit, die Ehre ist ganz meinerseits«, erwiderte der Hesindegeweihte hastig. »Ich störe Euch doch hoffentlich nicht?«

»Aber nein, Euer Gnaden. Setzt Euch nur. Rotwein?«

»Gerne.«

Rhuad ergriff die Kristallkaraffe und schenkte zwei Gläser voll. Dann stießen sie an: »Auf Euer Leben hier am Hofe!«

»Vielen Dank, Hoheit.« Bran begann: »Alle hier sind so freundlich zu Cereborn und mir. Dieses kleine Mädchen, Giall, hat meinen Jungen unter ihre Fittiche genommen – die beiden sind unzertrennlich.«

Die beiden Männer saßen einander gegenüber, und Bran fuhr schließlich zögernd fort: »Ich hoffe, Ihr habt mir meine Worte bei unserer ersten Begegnung, damals im Stall, nicht übelgenommen, Hoheit. Ich wollte Euch schon seit einigen Tagen darauf ansprechen, doch gab es so viel zu lernen und zu tun …« Er verstummte.

»Ich sagte damals schon, daß Ihr Euch darum keine Gedanken zu machen braucht. Ihr konntet ja nicht wissen, daß mich diese Geschehnisse so direkt betroffen haben. Ich will also keine Entschuldigung von Euch hören. Vielmehr fasse ich diesen ersten Besuch als Euren

Einstand bei mir auf und wünsche mir, daß dem noch viele weitere folgen werden.« Rhuad lächelte Bran zu, sein Blick ruhte einen Augenblick länger als angemessen auf dem Gesicht des Geweihten – verflucht, er hatte denselben offenen Ausdruck wie Fion!

Bran blickte verwirrt zu Boden.

»Euer Sohn ist wunderbar, Euer Gnaden, Ihr seid sicherlich sehr stolz auf ihn! So jung und schon so gelehrig – er wird sicherlich auch einmal den Weg des Geistes wählen, nicht wahr?«

Bran nickte stolz. »Ja, ich hoffe doch sehr, daß er in meine Fußstapfen treten wird und nicht in die meiner Gemahlin.« Mit Bedacht fügte er noch hinzu: »Wir streiten uns seit jeher darüber, allerdings glücklicherweise niemals ernsthaft«, und sah Rhuad dabei prüfend an.

Der Prinz ahnte, daß Bran das Gespräch absichtlich auf seine Frau gebracht hatte. Er blickte in sein Weinglas und murmelte: »Wer in die Fußstapfen eines großen Mannes tritt, hinterläßt keine eigenen!«

Bran musterte ihn aufmerksam und stimmte dann erstaunt zu: »Da ist etwas dran. Ist das Euer Leitspruch?«

Doch Rhuad schüttelte lächelnd den Kopf. »Nein, das ist nicht von mir. Mein Lehrmeister zu Lowangen, Meister Elcarna Erillion, pflegte dies zu sagen, wenn die Eltern ein begabtes Kind nicht an die Akademie geben wollten, weil es ein großer Krieger, ein Staatsmann, ein Rondrianer oder Ähnliches werden müsse, eben das, was Mutter oder Vater ebenfalls waren … Er hält nicht viel von solchen Dingen, sondern wünscht sich, daß jeder nach seinen Fähigkeiten erzogen werde.«

»Das ist sehr weise. Ja, von Meister Elcarna habe ich schon viel gehört, man sagt er sei ein Meister auf dem Gebiet der Verwandlung von Lebewesen und der Heilung.«

Mit einem charmanten Lächeln schenkte Rhuad

beide Gläser noch einmal voll. »Ein bißchen frische Luft?« Er deutete auf die Tür zum Balkon. Er folgte Bran hinaus und sog tief die laue Luft ein. Bran lehnte sich auf das Geländer und sah auf die Wiese zwischen Palast und Stall hinab. Beide Männer schwiegen eine Weile gedankenverloren.

Noch immer wehten leichte Windböen durch die Baumwipfel, fegten über die Dächer hinweg und trugen kühle Strömungen vor sich her.

Rhuad sah zum Stallgebäude hinüber. In der Kammer von Cailyn brannte noch Licht. Ein Krächzen ließ ihn aufmerken. Wie seltsam, wieder saß der Rabe auf dem Stalldach und sah zu ihm hinunter. Schließlich flog er hinab und verschwand im Schatten des Stalles. Unwillkürlich mußte der Prinz an Fion denken, der große Furcht vor den Tieren des dunklen Herrn Boron gehabt hatte, zumindest vor dem Schoßraben Doto Runwalds, des Krämers, den die beiden aus dem *Esche und Kork* kannten. Traurig schloß Rhuad die Augen. »Ihr habt nichts geahnt, nicht wahr?« fragte Bran mitfühlend, als habe er seine Gedanken gelesen.

»Nein, gar nichts. Und abgefunden habe ich mich damit noch lange nicht. Es gibt so viele Fragen, die beantwortet sein wollen, so viele Ungereimtheiten, die ich nicht verstehe! Vor allem, warum das alles geschehen mußte.«

Rhuad holte tief Luft und blickte dem Geweihten tief in die Augen. »Ihr seid ihm ähnlich.« Unwillkürlich trat der Prinz näher und legte Bran sanft eine Hand an die Wange. »Und du bist sehr schön«, flüsterte er.

Ein Rabe krächzte. Über den Wind hinweg hörte man das kraftvolle Schlagen seiner Schwingen.

Bran senkte kurz verwirrt den Blick und sah Rhuad dann entschuldigend und mitleidig zugleich an. »Ich kann Euren Schmerz verstehen, mein Prinz. Und ich will Euch gerne helfen, ihn zu überwinden. Doch ... nicht auf diese Weise.« Seine Stimme klang fest.

Rasch zog Rhuad die Hand zurück, wandte sich wieder der Wiese unterhalb des Balkons zu und stürzte den Inhalt seines Glases hinunter. »Verzeiht«, murmelte er. »Ich habe mich gehen lassen. Es wird nicht wieder vorkommen.«

Bran dachte kurz nach. Beließe man es dabei, würden sie einander in Zukunft immer aus dem Wege gehen. »Es ist eigentlich nicht an mir, das anzubieten, Hoheit, doch Ihr habt mit dem ›Du‹ angefangen. Wenn Ihr es wünscht, können wir gerne dabei bleiben.«

Überrascht musterte ihn der Prinz, nickte und lächelte dann. »Gerne, Bran. Es ist mir eine Freude.« Sie stießen mit den leeren Weingläsern an und gingen dann lachend in das Zimmer, um sie nachzufüllen.

Eigentlich wollte Fion noch nach seiner Mutter sehen, natürlich ohne daß sie ihn bemerkte. Er hatte sie schon so lange nicht mehr gesehen. Im Schatten des Stalles nahm er wieder seine menschliche Gestalt an, denn so vorteilhaft sich ein Rabe auch bewegen konnte, es fiel ihm doch schwer, Türen oder Fensterläden zu öffnen.

Er trat eben auf die Tür des Gebäudes zu, als seine feinen Sinne leichte Schritte auf dem festgetretenen Boden des Weges zum Stall wahrnahmen. Ruhig blieb er stehen und lehnte sich unauffällig gegen die Holzwand. Er vertraute auf den Zauber, den Sagarta ihn gelehrt hatte und der es ihm ermöglichte, sich unbemerkt von den Menschen zu bewegen. Verharrte er, gab er zudem keinerlei Geräusche von sich, da ihn immerhin nicht einmal mehr sein Atem verraten konnte.

Eine kleine, schmale Gestalt wanderte langsam vorbei. Fion erkannte sie sogleich: Es war Giall, die Tochter der Wachfrau Maire, die mit Lasóg an ihrer Seite am Stall vorbei zur Remise schritt. Als sie an dem Vampir vorbeikam, hielt sie inne, drehte sich langsam zu ihm um, und blickte ihn mit großen Augen an.

Das kann nicht sein, dachte Fion. Du siehst mich nicht!

Doch das Mädchen musterte den ehemaligen Stallknecht, der sie vor einigen Monden noch vor den Hufen eines Streitrosses bewahrt hatte, streichelte den zappelnden Hund flüchtig und näherte sich.

»Fion?« fragte sie leise, hielt inne und sah zu ihm auf.

»Giall.« Fion wußte nicht weiter.

Lasógs Ohren richteten sich beim Klang der bekannten Stimme auf, er wedelte mit der Rute und lief jaulend auf Fion zu. Als er ihn jedoch erreicht hatte, schnüffelte er an den Hosenbeinen des jungen Mannes, an den zum Streicheln vorgestreckten Händen, und das freudige Fiepen verwandelte sich in ein ängstliches, verwirrtes Gejaule. Einmal leckte er Fion die Hand, sprang dann jedoch mit eingezogener Rute zurück und beobachtete ihn hechelnd.

Resigniert richtete sich Fion wieder auf und warf ihm einen letzten Blick zu, dann beobachtete er das Mädchen, das ihn immer noch unbewegt und schweigend ansah.

Dem Vampir wurde unbehaglich zumute. Was sollte er nun mit dem Kind machen? Sollte er ihm auch das Gedächtnis löschen, damit es ihn nicht verriete? Das widerstrebte ihm außerordentlich, er mochte die Kleine sehr und wollte zudem nicht die gleichen Mittel anwenden wie Dhaman.

»Die anderen glauben, du wärst ein böser Mann. Sie haben Angst vor dir«, sagte das Mädchen unvermittelt.

Langsam ging Fion in die Hocke, so daß er sich beinahe auf Augenhöhe mit dem Kind befand. »Und was glaubst du? Hast du keine Angst, Giall?« fragte er leise.

Wie selbstverständlich schüttelte sie den blonden Schopf, der in der Dunkelheit ebenso auffiel wie Fions. »Du bist nicht böse. Du hast Augen, die sagen, daß du mich magst! Dann kannst du doch nicht böse sein, richtig?« belehrte sie ihn.

Unwillkürlich mußte Fion lächeln. »Richtig. Du bist sehr klug, Giall.«

»Du bist ein Vampir, nicht wahr?« fragte das Mädchen ungerührt.

Fion konnte nur nicken.

»Aber du tust mir nichts«, stellte sie fest. Fion nickte wieder.

Giall musterte ihn eindringlich, so gut dies im Dunkeln möglich war, und fuhr fort: »Du mußt keine Angst haben, daß ich Mutter oder Coír oder Fianna verrate, daß du hier warst. Du bist doch auch mein Freund, und Freunde müssen zusammenhalten.«

Liest sie meine Gedanken? kam es Fion in den Sinn. Das Kind ist doch gerade einmal fünf Götterläufe alt! Lag Borons Hand auf ihr, daß sie erkannte, was er war und in seinen Augen las wie in einem Buch? Er mußte mit Sagarta darüber sprechen.

»Ja, da hast du recht, Giall. Freunde müssen zusammenhalten.« Er sah auf und erkannte Rhuad, der inzwischen wieder auf den Balkon getreten war, dieses Mal in Begleitung eines Fremden.

Giall folgte seinem Blick und beantwortete seine stille Frage: »Das ist Seine Gnaden Bran, der neue Hesindegeweihte. Er ist sehr nett und sein Sohn auch. Er heißt Cereborn und ist schon acht!« Auf einmal war sie wieder das kleine Mädchen von fünf Jahren.

»Geh nun, Giall. Vielleicht werde ich dich bald einmal wieder besuchen. Paß auf dich auf! Und Giall«, er hielt sie noch einmal zurück, als sie sich abwenden wollte, »halte dich von Dhaman fern, hm?«

Mit einem Nicken bestätigte das Mädchen seine Warnung: »Den mag ich gar nicht. Und Lasóg hat Angst vor ihm! Und vor Fianna auch.« Damit nahm sie den Hund beim Nackenfell und zog ihn hinter sich her.

Vor Fianna? Lasóg hatte Angst vor ihr? Die Magd

liebte den Hund doch über alles ... Oder wenigstens hatte sie dies einmal. Fion hoffte, daß Dhaman ihr nichts Schlimmes angetan hatte. Er wußte es noch von seiner Zeit als Knecht, daß sie unter seinem Einfluß stand, doch seitdem waren drei Monde vergangen ...

Fion sah zu dem Balkon hoch und beobachtete Rhuad, der so schön wie immer war, wenn sich auch eine leichte Melancholie in seine Züge geschlichen hatte. Wie erstarrt beobachtete er, wie der Prinz dem Hesindegeweihten mit sanften Fingern über die Wange strich, eine Geste, die Fion fast auf seiner eigenen Haut spürte, so vertraut war sie ihm.

Einen Augenblick blieb der Vampir noch wie angewurzelt stehen, während es in ihm vor Eifersucht bohrte und schmerzte. Dann verwandelte er sich mit einem verzweifelten Krächzen in den schwarzen Raben und floh mit dem Wind in die Nacht hinaus.

Die helle Morgensonne sandte ihre warmen Strahlen durch die Ritzen in den Fensterläden. Aldare setzte sich auf, streckte sich, gähnte herzhaft und sprang dann auf. Sie öffnete die Fensterläden weit und atmete tief ein.

Ein Murmeln und Grummeln aus den Decken des großen Kastenbettes zeigte ihr an, daß ihre Schwester Thalionmel den morgendlichen Sonnengruß nicht so sehr schätzte wie sie selbst, doch das störte Aldare kaum: Thal stand immer viel später auf als sie, manchmal mußte sie ihren Zwilling sogar unter Androhung von einer kalten Wasserdusche oder durch das Wegziehen der Federbettdecke aus dem Bett werfen, was sich jedesmal als eine äußerst mühselige Angelegenheit erwies.

Auf einem schaukelnden Ast der Linde vor dem Fenster landete eine Singdrossel und sah sich mit ruckendem Köpfchen um. Ihr hellbraun gesprenkeltes Gefieder glänzte im Licht mit den schwarzen Knopfaugen um die Wette. Sie drehte sich auf dem Ast einige Male hin und her, wobei der gefiederte Schwanz auf und ab zuckte.

Aldare blieb entzückt stehen und beobachtete bewundernd den unscheinbaren Vogel, der nun zu singen begann. Die Drossel sang so schön, daß Aldare Thalionmel, ihr Zimmer und ganz Havena um sich herum vergaß.

›Komm mit!‹ lockte der Vogel die Elfe. ›Komm und folge mir in deine Heimat, in die Wälder und Flußauen, in die Wiesen und Haine. Dort gehörst du hin, kleine Elfe, nicht in diesen Steinkasten zwischen all den anderen Steinkästen, wo die Menschen dich zu einem der ihren machen. Siehst du nicht die Blütenjungfern auf den madabeschienenen Hügeln tanzen, die schönen Holde die Harfen schlagen und Dachs und Fuchs durchs Gehölz lugen? Dorthin gehörst du, kleine Elfe, in das Leben, und nicht in den toten Stein!‹ Vieles mehr sang die Drossel, und Aldare lauschte ihr und sah die kleinen Wesen mit den hauchfeinen, schillernden Flügeln einander an den Händchen halten und im schwankenden Reigen fliegen, sie hörte sie dabei kichern, jauchzen und glokkenhell lachen. All diese Geschöpfe des Waldes waren schön, jede auf ihre ganz eigene Art, und Aldare sehnte sich danach, zu ihnen zu gehen und mit ihnen zu tanzen und zu lachen. Sie träumte, sie säße unter ihnen und tränke Blütenwein aus dem gelben Kelch eines Löwenmäulchens. Ihr gegenüber, auf der anderen Seite der Lichtung, sah sie Elodiron stehen, mit der kristallenen Flöte in der Hand, die *ihre* Melodie spielte, die sehnsüchtigen Töne von Freiheit und Ferne, die in Aldares Herz wohnten.

Dann verblaßten die Bilder, und Aldare stand im Nachtgewand an ihrem Fenster und lauschte noch immer dem Gesang der Drossel. »Aber ich kann doch nicht«, dachte sie und bewunderte dabei den schlichten Vogel. »Was wird dann aus Thalionmel und Sulpiz und der kleinen Sula?«

»Träumst du mal wieder, Schwesterherz?« Thals Stimme klang verschlafen, und erst jetzt bemerkte Aldare, daß sie ihre Gedanken laut ausgesprochen hatte.

»Hier draußen sang gerade ein Vogel!« erwiderte sie und zog sich widerwillig vom Fenster zurück. »Na und? Was hat er dir erzählt?« »Nichts!« Aldare wußte, daß Thal sie sowieso nur verspotten würde. Die Zwillingsschwester sah auf und grinste ein wenig: »Natürlich nicht, Schwester. Wie soll dir ein Vogel etwas erzählen? Und selbst wenn er es könnte, wäre es vermutlich nur dummes Geschwätz!« Sie setzte sich mühsam auf und streckte sich ebenfalls.

Geheimnisvoll lächelnd wandte sich Aldare ab und zog sich ihr Schlafgewand über den Kopf. Was wußte Thal schon? Natürlich konnte man mit Vögeln sprechen, genauso wie mit der Scheunenkatze und dem Maultier. Elodiron hatte es sie gelehrt, und es war ein ganz wunderbares Gefühl gewesen, als es ihr zum ersten Mal gelungen war.

Elodiron selbst war wunderbar. So freundlich und traurig, immer hilfsbereit und so ganz anders als jede andere Elfe, der Aldare jemals begegnet war. Sie war sehr geduldig und berichtete Aldare von den eisigen Weiten, aus denen sie stammte und in denen es nie einen echten Sommer gab, und von den fremden Ländern im Norden und Osten. Von den Nivesen und Norbarden erzählte sie, von den großen Städten Festum und Lowangen, Gareth und Punin. Die Lieder der Elfen sang sie, die Aldare zum Lachen oder Weinen brachten und in denen sie die alten Legenden der Völker wiedergab. Dazu spielte sie auf ihrer Flöte.

Inzwischen bereute es Aldare fast, daß sie die Dukaten Doto Runwalds damals in den Traviatempel getragen hatte, statt dafür, wie geplant, die Flöte bei Markan

Ruggard zu kaufen, die sie schon so lange ersehnte. Doch jener Goldstücke hatte sie sich zutiefst geschämt, denn erstens hatte sie sie für unehrliche und hinterhältige Zwecke bekommen (sie hatte dem hübschen Brin damals bei dem Wett-Trinken die Schnapskrüglein voller geschenkt als Doto), und zweitens hatte sie diesen Auftrag nicht einmal zu Ende geführt, denn ihre Schwester Thal hatte sie mit dem Elfenblick darum gebeten, in die Küche zu gehen – und diesem Blick zu widerstehen war äußerst schwer. Das Gold hatte also nicht ihr gehört, auch wenn Doto nicht gewußt hatte, daß Thal Aldare vertreten hatte, da die Schwestern sich wirklich zum Verwechseln ähnlich sahen und er zudem schon ziemlich betrunken gewesen war.

»Träumst du schon wieder, Schwester?« Thal stand nun auch auf.

Hastig band sich Aldare die langen schwarzen Haare im Nacken hoch und klatschte sich das eisige Wasser aus der Schüssel über Gesicht und Brust. Puh, wie kalt das war!

Das helle Linnentuch lag schon über dem Stuhl zum Abtrocknen bereit, und Aldare schlüpfte rasch in ihre wollenen Beinkleider und das Leinenhemd. Dann warf sie sich den Umhang über und griff nach den Fußlappen für die Stiefel.

»Du bist schon weg, so früh?« fragte Thalionmel sie erstaunt.

»Ja, Schwester, ich bin mit Elodiron verabredet. Wir wollen zum Delta hinuntergehen.« »Liebst du sie?« Die Frage kam völlig unvermittelt und überrumpelte Aldare. Liebe? Sie wußte es nicht, hatte darüber noch nicht nachgedacht.

»Blödsinn!« sagte sie dann und verließ den Raum.

Unten im Schankraum wartete Elodiron bereits auf sie. Die weißen Haare hingen glatt herab und die bernsteinfarbenen Augen funkelten. Der helle kurzhaarige Pelz, den sie trug, sah warm aus, die Hose bestand aus

Bausch und die Stiefel, die sie selbst gefertigt hatte, aus Robbenleder, wie sie der Freundin anvertraute.

»Also gehen wir«, stellte Elodiron in ihrer ruhigen Art fest, und sie verließen das *Esche und Kork*. In den Straßen lag noch leichter Nebel, viele Havener gingen schon ihrem Tagewerk nach. Bedienstete wie Bürgersleute erledigten ihre Einkäufe, mancher Marktschreier pries mit grölender Stimme und kecken Reimen seine Hühner oder den winterharten Firunskohl an, Fuhrwerke ratterten über das holprige Kopfsteinpflaster.

Angewidert sog Elodiron die Luft ein. »Menschenorte riechen nicht sehr gut«, sagte sie dann, »ich bin froh, daß wir die Stadt verlassen!«

Überrascht schnupperte Aldare, was den Unmut der Firnelfe ausgelöst haben mochte, doch ihr fiel das Gemisch aus Pferdegeruch, Fisch- und Schweinedünsten und dem Schweiß der Menschen kaum auf. Viele Menschen allerdings wandten sich zu ihnen beiden um, was Aldare erfreute. Sie zog die Schleife aus dem schwarzen Haar, warf es über die Schultern zurück, so daß es genauso prachtvoll aussah wie Elodirons weißes Haar, und strich sich eine Strähne hinter ihr Elfenohr.

Bald durchschritten sie das Nostrianer Tor, und zu Aldares großem Erstaunen sagte Elodiron: »In den Augen der Menschen wächst Angst, wenn sie uns sehen. Fürchten sie uns *fey*?«

»Nun, sie haben Angst vor Zauberei.« Elodiron mußte sehr aufmerksam sein.

»Das *taubra* fürchte ich auch. Doch die Menschen kennen den Unterschied nicht zwischen *taubra,* der schlechten Kraft, und *mandra,* der guten Kraft.«

Aldare nickte, davon wußte sie auch. Doch sie hatte noch nie darüber nachgedacht. Vielleicht hatten die Menschen sie deshalb nicht so sehr gefürchtet, weil sie sie gut kannten und weil sie so gut wie nie ihr *mandra* verwendete? Thalionmel tat es bisweilen, aber heimlich, sie bediente sich beispielsweise des Freundschaftsblicks oder erspürte die Gefühle anderer. Aldare hingegen besserte nur manchmal verdorbenes Essen auf oder lauschte oder spähte besonders gründlich: Dies war nichts, was den Havenern auffiel.

Rasch näherten sie sich den kleinen Wäldchen und Wiesen, die Havena umgaben, denn auch wenn hier viele Felder und Höfe lagen, gab es doch noch einige unberührte Flecken. Elodiron schien sich hier draußen weit besser auszukennen als Aldare, die jetzt erkannte, wie selten sie Havena tatsächlich verließ.

Eine Weile marschierten sie an einem Bächlein flußauf, bis sie zu seinem Quell kamen, einem kleinen hellen Teich, der inmitten eines Wäldchens am Fuße eines Hügels lag und an dessen rahjawärts gelegener Seite sich ein paar Felsen türmten. Elodiron kletterte mit einigen geschickten Sprüngen hinauf, die jüngere Elfe folgte langsamer und vorsichtiger.

»Dieses Land ist ein schönes Land«, begann die Firnelfe leise. »Viele Erinnerungen sind daran geknüpft. Es liegt wie ein grünes Juwel mit blauem Band zwischen der Küste und den Bergen, die Brüder und Schwestern aus der Anderswelt lieben es. Liebst du es auch?«

Aldare saß auf dem Felsen, die Arme um die Knie geschlungen, den Kopf leicht schräg gelegt und beobachtete das Leben um sich herum. Zwar war es noch Tsa, so daß die ersten Knospen gerade erst zu sprießen begannen, sich noch keine Hummel und keine Biene regte und die Bäume und Sträucher winterkahl ihre feuchtbraunen Äste in den grauen Himmel reckten, doch trotzdem verbarg sich gerade in diesem zerbrechlichen Übergang vom Stillstand zum Leben eine ganz eigene Schönheit. Wenn man genau hinsah, erkannte man, daß der hauchzarte Grünton auf dem Boden von winzigen Spitzen herrührte, die in wenigen Wochen zu weißblühenden Ifirnsglöckchen heranwüchsen. Mancherorts krabbelte schon ein Käfer, und ein Eichhörnchen rannte flink durch das Unterholz, um auf einer Buche zu verschwinden, auf der man dann und wann noch den buschigen Schwanz über die Borke huschen sah.

Aldare nickte. »Ja, es ist wunderschön hier. Aber ich weiß so wenig über das Land, die Tiere und die Pflanzen. Willst du es mich nicht lehren? Du weißt so vieles, daß ich mir neben dir gar nicht wie eine Elfe vorkomme.«

Erstaunt antwortete Elodiron: »Aber das bist du auch nicht. Dein Körper ist der einer Elfe, dein Geist aber der eines Menschen.«

Aldare ließ traurig den Kopf hängen. »Ja, vielleicht hast du recht. Aber ... könntest du es mich nicht lehren? Ich fühle, daß in meinem Innern eine Elfe wohnt!«

»Ich kann dich das Wissen um Pflanzen und Kräuter lehren, Alara'wê, und das Wissen um die Tiere und Völker. Auch dein *mandra* zu beherrschen könnte ich dir beibringen. Doch wie ein Elf zu denken lernst du nur, wenn du unter Elfen lebst. Wenn du weggehst und sie dich aufnehmen wollen, vermagst du das Erbe deiner Eltern zu erkennen.«

»Weggehen ... Und Thalionmel, Sulpiz und Sula?« Sie alle müßte sie verlassen, vielleicht für immer. Besonders um Sula würde es ihr leid tun. Das Bettlermädchen lebte seit drei Monden im *Esche und Kork* und blühte mit jedem Tag mehr auf, seit sie den Überfall eines Vampirs überlebt hatte, vor dem Fion sie gerettet hatte.

»Sie müssen ihr eigenes Leben leben, wie du deines leben mußt. Wähle wohl: Ist es deine Bestimmung, ewig in dieser stinkenden Stadt zu sitzen und Bier und Brot an die Menschen zu verteilen?« »Ich weiß es nicht. Hat mein Leben denn eine Bestimmung?« Die schwarzhaarige Elfe bezweifelte es. Kaum ein Mensch, den sie kannte, hatte eine Bestimmung.

»Die Menschen haben vergessen, daß sie ihr Leben leiten können, daß jedes Leben einem Zwecke dient. Bist du schon so sehr Mensch geworden, daß du dich nicht mehr lösen kannst, Alara'wê?«

Aldare antwortete nicht – sie wußte es nicht. So viele Menschen bedeuteten ihr so viel. Sie zu verlieren bedeutete Schmerz.

»Dann ist es zu spät.« Elodiron sprang vom Felsen hinunter und ging mit weiten Schritten um den Teich herum, bis sie zwischen den Bäumen verschwand. Aldare blieb verwirrt und weinend zurück. Sie war hin- und hergerissen zwischen dem Bedürfnis, Elodiron hinterherzulaufen und sie anzuflehen, sie mitzunehmen, und dem Wunsch, sich irgendwo zu verkriechen und ihr Leben ohne die Not, eine Entscheidung treffen zu müssen, jenen Gang gehen zu lassen, den es schon die letzten zwei Jahrzehnte genommen hatte. Doch keine Entscheidung zu treffen wäre auch eine Entscheidung.

Kapitel 10

Zierat

Fiannas Herz klopfte wild. Hatte sie Angst? Nein, nicht Angst, vielleicht war sie aufgeregt, aber bestimmt nicht ängstlich. Sie schlüpfte in den Flur, der in den Ostflügel des Palastes führte. Sie ging an Dhamans Zimmer vorbei und hielt auf die Tür der Hesindekapelle zu, die neben den Gemächern des neuen Hofgeweihten Bran Juce lag.

Die Mosaiktür des hesindianischen Andachtsraumes öffnete sich, und Bran und Cereborn traten heraus. Sie waren auf dem Weg zum Essen mit der königlichen Familie, an dem auch Dhaman teilnahm. Fianna versteckte sich hinter einem schweren Samtvorhang, sie wagte kaum zu atmen. Jetzt müßte eigentlich gleich … Ja, tatsächlich, sie hörte weitere Schritte auf dem Gang, dann erklang Brans Stimme:

»Hesinde zum Gruße, Cailyn. Suchst du etwas oder jemanden Bestimmtes?«

Fianna konnte das vorsichtige Nicken der Stallmagd beobachten und lächelte. Cailyn ging weiter auf die Hesindekapelle zu. Bran sah ihr zwar noch erstaunt hinterher, zuckte dann aber mit den Schultern und führte seinen Sohn den Gang entlang auf die versteckte Fianna zu, die sich ganz still verhielt. Sie gingen an ihr vorbei. Die Tür schloß sich, dann kam nach einiger Zeit auch Cailyn aus der Kapelle zurück. Sie sah sich noch einmal fragend im Flur um, verließ dann aber kopfschüttelnd den Palast durch den Nebenausgang.

Ein letztes Mal noch lauschte Fianna, ob auch niemand käme. Schließlich schlich sie mit einem triumphierenden Lächeln auf die Hesindekapelle zu und öffnete vorsichtig die Tür. Bran hatte Cailyn gesehen, wie sie in die Kapelle gegangen war. Wenn jetzt daraus etwas fehlte, würde man die sowieso verrückte Stallmagd beschuldigen ... Fianna hatte ja keiner beobachtet. Und Dhaman hatte recht: Cailyn könnte sich selbst nicht gut genug verteidigen, um den Verdacht abzuschütteln, selbst wenn man die Sachen bei ihr nicht fände.

Die Kapelle der Hesinde lag vor ihr, still und dunkel bis auf die geweihte Schale auf dem Altar, die nun nicht mehr in einem hellen Licht erstrahlte, sondern in der die Flüssigkeit wie der nächtliche Sternenhimmel funkelte. Darüber erhob sich die ehrwürdige Statue der Hesinde, deren gütige Weisheit Fianna ein verächtliches Schnauben entlockte. Dhaman hatte ihr die Augen geöffnet, wie schwach die Zwölfgötter waren und daß das meiste, was sie taten, nur aus Selbstsucht und Eigennutz geschah.

Dhaman! Seit jener Nacht unten in den unterirdischen Kammern des Palastes hatte sich einiges in Fiannas Leben verändert. Die Furcht vor und die Abneigung gegen Dhaman waren so umfassender Anbetung gewichen, daß die Magd sich wunderte, wie sie den Vampir – denn daß er einer war, wußte sie nun – jemals hatte ablehnen können. Sicherlich, er hatte ihr Leben verändert und aus dem Lamm eine Wölfin gemacht, doch war dies so schlimm? Es bereitete Fianna eine namenlose Freude, dem Edlen zu dienen, sich ihm hinzugeben und nicht zuletzt das Blut zu trinken, das er ihr gab. Dies geschah zwar selten, doch häufig genug, um ihre Erwartung wachsen zu lassen, bis es wieder soweit war. Das Gefühl, das sie dabei überkam, war unbeschreiblich – sollte sie es trotzdem versuchen, würde sie es erregend, ekstatisch und machteinflößend nennen, bis zu dem Punkt, an dem es ihr die Sinne und den Verstand zu rauben schien.

Erschreckt schüttelte Fianna die Erinnerungen ab. Sie mußte sich nun beeilen, vielleicht käme sonst noch jemand und erwischte sie… Dhaman wäre nicht erfreut. Er hatte gesagt, es müsse an einem Efferdstag im Tsa geschehen, und heute stünden die Sterne günstig… Wozu er das alles nur brauchte, diese Flüssigkeit, den Blutstropfen Invhers, den sie ihm schon gebracht hatte? Er hatte etwas Großes vor, das ahnte Fianna. Er sammelte Ingredienzen und Zutaten, als plane er ein alchimistisches Experiment, ein Gebräu – allerdings ein sehr ungewöhnliches, wenn man bedachte, was er alles dafür brauchte…

Leise ging die Magd auf den Altar zu, auf dessen grüngoldener Decke zwischen den goldenen Schlangenkerzenständern, die Seine Gnaden Bran aus Gareth mitgebracht hatte, die Schale stand, aus der es bisweilen immer noch funkelte. Die Oberfläche der Flüssigkeit erinnerte Fianna an einen wunderbar geschliffenen Kristall oder Diamanten, der jedoch fast ohne den Einfall von Licht glitzerte. Fianna holte die gläserne Phiole und den kleinen Trichter aus ihrem Gewand und stellte sie auf den Altar. Dann griff sie nach der Schale.

Oh, wie das kribbelte! Fast hätte sie das Artefakt mit dem kostbaren Inhalt fallengelassen, denn das Kribbeln fühlte sich so intensiv an, daß es schon fast schmerzhaft war. Fianna schalt sich eine Närrin. Dhaman hatte ihr gesagt, daß das passieren würde, und es war dumm von ihr, daß sie es vergessen hatte! Das Wasser in der Schale schwappte bedrohlich an den Rand, ein kleiner Tropfen lief darüber und rann über Fiannas Hand.

Mit Tränen in den Augen biß die Magd die Zähne zusammen, denn der Tropfen hinterließ eine brennende Spur schmerzhaft geröteter Haut, wie Gratenfelser Schwefelquell. Schließlich gelang es ihr, einen kleinen Teil der Flüssigkeit in die Phiole abzufüllen. Sie stöpselte sie sorgfältig zu, steckte sie in die Rocktasche und verstaute dann noch mit einem mulmigen Blick zu der strafend herniederblickenden Hesinde die beiden Schlangenkerzenständer samt Kerzen in dem grünen Altartuch. Dann huschte sie zurück zur Tür, wo sie nach einem atemlosen Augenblick des Lauschens auf den Flur und in Dhamans Zimmer zurückkehrte. Dort stellte sie die Gegenstände und die Phiole in die Luke unter dem Teppich und kehrte schließlich zu dem Gesindehaus zurück, um aufgeregt darauf zu warten, ob Dhaman sie heute nacht noch einmal zu sich rufen würde.

Bard Cheannard kochte vor Wut. Nahmen denn diese Ereignisse niemals ein Ende? Als Obrist der Palastgarde war er verantwortlich dafür, daß das Leben bei Hofe seinen geregelten Gang ging, sich Gesinde und Wache an die Gesetze des Königs hielten und Verbrechen schleunigst aufgeklärt wurden. Mit Maegwyns Vergewaltigung durch Fion war eine Lawine ausgelöst worden, die ihn, Bard, einfach überrollt und als unfähigen Dummkopf hingestellt hatte, der seinen Pflichten nicht nachzukommen vermochte. Die Morde, die verschwundenen Leichen – und nun schon wieder eine Tempelschändung.

Die Hände hinter dem Rücken verschränkt ging der Oberst in der Hesindekapelle auf und ab. Kronprinzessin Invher und Seine Gnaden Bran starrten ebenso finster wie ratlos auf den geplünderten Altar.

»Das ist ein Sakrileg!« sprach der Geweihte ernst. Am Beben seiner Stimme erkannte Invher, wie sehr ihn der Vorfall erschütterte. »Wer kann es nur wagen? Wer wagt Derartiges?«

Traurig und immer noch verwirrt schüttelte die Prinzessin den Kopf. »Ich weiß es nicht, Euer Gnaden. Aber wir werden es herausfinden!«

Cheannard fuhr auf dem Absatz herum und nickte nachdrücklich mit dem Kopf. »Oh ja, Allerprinzlichste Hoheit. Ich werde mich persönlich darum kümmern! Die Angelegenheit hier erinnert mich an die Entweihung dieser Kapelle im Boronmond. Vielleicht ist die Ursache wieder die gleiche?«

»Ihr meint Fion«, war die ruhige Antwort der Prinzessin.

»Allerdings, das tue ich. Wer außer ihm würde es wagen, ein Heiligtum der Zwölf zu entweihen?«

Invher schwieg und überlegte. Dann nickte sie langsam. Wer sollte es auch sonst gewesen sein? Auch wenn Pádraigín sie ermahnt hatte, an ihre Gefühle zu glauben, erschien es ihr naheliegend, Fion dafür verantwortlich zu machen.

Bard schlug seinen Verhörton an und wandte sich an den Geweihten. »Ihro Gnaden, habt Ihr irgendeinen Verdacht, wer es gewesen sein könnte? Habt Ihr jemanden beobachtet, wie er um die Kapelle herumgeschlichen ist oder hat Euch jemand seltsame Fragen gestellt?«

»Nun…« Bran legte seine Stirn in Falten und fuhr sich mit der Hand durch das seidige schwarze Haar. »Ja. Die Stallmagd kam her. Ihr wißt schon, die von Hesindes Gaben Verlassene…« Er verstummte und grübelte über das nach, was er da gerade gesagt hatte. »Ich meine damit nicht, daß sie von Hesinde verlassen ist… Cailyn heißt sie, glaube ich. Sie kam her und ging in die Kapelle. Ich wollte mit Cereborn nicht zu spät zum gestrigen Abendtisch kommen, Ihr erinnert Euch, Hoheit, und da sie anscheinend mich nicht sprechen wollte, ließ ich sie gewähren. Ich verwehre keinem nach Weisheit Strebenden die Hallen der Göttin…« Er unterbrach sich selbst und ließ unausgesprochen, was er gedacht hatte: Besonders, wenn man es so nötig hat wie Cailyn…

»Cailyn. Was könnte sie für einen Grund haben?« überlegte Bard laut, den Kopf gesenkt.

»Fragt sie. Aber ich ermahne Euch, vorsichtig mit ihr zu sein, Cheannard, ihr Geist ist schon gefährdet. Gebt Euer Bestes! Dann durchsucht das Schloß mit allen Gebäuden. Vergeßt auch die unterirdischen Gänge nicht!« befahl Invher dem Oberst, der erstaunt die Hacken zusammenstieß und die Kapelle verließ. Zwar würde sicherlich auch diese Suche ergebnislos verlaufen, genau wie die vor drei Monden, doch es mußte getan werden. Vielleicht war die Ursache dieses Mal ja eine andere, hoffte Invher. Die Aussicht auf eine weitere Vampirgeschichte war beunruhigend, wenn auch unausweichlich. Das mußte ein Ende haben.

Als der Tsamond seinem Ende entgegensah, begannen die Bewohner Havenas und des Fürstenpalastes trotz aller Wirrnisse, sich auf den Tag der Erneuerung vorzubereiten, einem Fest der Tsa, das allerdings auch von den Anhängern Phexens gerne begangen wurde. Die Göttin des Lebens und der Gott, der den Lebenden so nahe steht, teilten sich auch die Mitternacht des 30. Tsa zum ersten Phex, diesen kurzen, vergänglichen Moment, der die Junge Göttin an den junggebliebenen Gott band und ihren Mond beendete, auf daß er im nächsten Götterlauf neugeboren werden könne.

Im Fürstenpalast zu Havena feierte man zu diesem Anlaß seit den Tagen Halmans alljährlich ein Fest, zu dem der Adel Albernias und ausgewählte Bürgerliche eingeladen wurden. Pádraigín liebte dieses Fest und freute sich eigentlich jedesmal darauf, doch dieses Jahr war die Freude getrübt und ihre Aufmerksamkeit auf andere Dinge gerichtet. Königin Idra bedurfte zwar ihrer Hilfe für die Vorbereitungen, doch sie grübelte noch viel über alles nach, was sie inzwischen erfahren hatte. Die Baronin war zu der Ansicht gekommen, daß Hesinde sie mit der Aufgabe betraut hatte, an Fions

Seite gegen Dhaman zu kämpfen und dafür zu sorgen, daß er kein Unheil anrichten konnte. Die Existenz einer solch unheiligen Kreatur, die die königliche Familie an der Nase herumführte und sogar eines ihrer Mitglieder schändlich verzaubert hatte, frevelte den Zwölf und machte sie, Pádraigín ni Bennain, ganz persönlich wütend.

Mit einem gelangweilten Seufzer legte sie die Listen aus der Hand, die sie angefertigt, verändert und nun noch einmal überprüft hatte, denn Königin Idra hatte ihr die Zusammenstellung des Mitternachtsmahles überlassen. Es galt, Marzipantorten und Sahneküchlein in angemessener Zahl zu bestellen, mit den Zuckerbäckern auszuhandeln, wie sie verziert werden sollten, es mußte Blumen- und Girlandenschmuck angefertigt und Mitternachtspunsch in ausreichender Menge zubereitet werden.

All das erschien Pad so nebensächlich und hinderlich! Feinfühlige Gemüter sahen ihr das anscheinend an, denn als Königin Idra sie so über den Pergamenten brüten sah, lächelte sie nur, hielt ihr die offene Hand entgegen und meinte: »Das kann ich nun auch gut machen, Pádraigín, geh nur. Es gibt sicherlich viel Wichtigeres zu erledigen, hm?«

Pad lächelte die Königin dankbar an, die sicherlich auch viel lieber mit dem alten Lúan die Gärten für das Frühjahr planen wollte. »Vielen Dank, Herrin. Es tut mir leid, ich kann mich auf diese Pflichten nicht recht konzentrieren.« Sie gab der Königin die Listen, erhob sich und wollte gehen, sah dann jedoch noch einmal auf: »Sagt, habt Ihr schon etwas von Raidri gehört? Wird er kommen?«

»Das weiß ich nicht, Kind, doch ich befürchte fast, daß er nicht kommen wird. Auf unsere Einladung hat er nicht geantwortet. Aber dein Bruder kommt doch?« Abwesend nickte Pad, lächelte die Königin noch einmal dankbar an und verließ den Raum. Sorgenvoll umwölkte sich ihre Stirn. Mochte dem Freund und Ziehvater etwas zugestoßen sein? Dunkelheit zog über Dere herauf, die Orakelsprüche von Balträa prophezeiten gar eine neue Dämonenschlacht, und Raidri Conchobair, der Markgraf von Winhall war und vom Volke Schwertkönig genannt wurde, besaß einen außerordentlichen Sinn dafür, sich immer genau dort zu befinden, wo die umwälzendsten Ereignisse stattfanden – und die gefährlichsten. Doch ein kleines Lächeln umspielte Pads Lippen, denn wer, wenn nicht Raidri, könnte solche Situationen meistern? Ein Stoßgebet zu Phex mochte ihm das nötige Glück, das jeder Krieger einmal brauchte, bescheren, und sie wollte ihre gute Beziehung diesbezüglich in die Waagschale werfen...

Doch nun gab es anderes zu bedenken. Eilig hastete sie auf ihr Zimmer, um sich umzuziehen: einfachere und praktischere Kleider als ihr grünes Seidenkleid mit den vielen Unterröcken, das durch Flecken und Falten sofort zeigte, ob Pad sich wie eine brave Hofdame benommen oder weniger anständige Pfade beschritten hatte... Ein Wollkleid und ein dicker Umhang reichten nun auch.

In Gedanken faßte sie ihre bisherigen Erkenntnisse noch einmal zusammen: Rhuad hatte ihr die Ereignisse aus seiner Sicht beschrieben, und obwohl sich der Großteil mit dem deckte, was Fion berichtet hatte, zeigten sich an ihren Schilderungen des 17. und 18. Boron doch deutliche Unterschiede. Der junge Prinz hatte inzwischen selbst einige Widersprüchlichkeiten zwischen seiner Erinnerung und den restlichen Geschehnissen festgestellt, eine Tatsache, die ihn natürlich um so mehr verwirrte, als er nun an sich und seinem Gedächtnis zweifelte. Nun, Pad wußte die Wahrheit, sie hatte ja nachträglich mit daran teilgenommen. Es ist eine sehr verwirrende Angelegenheit, aus der Gegenwart Geschehnisse zu beeinflussen, die in der Vergangenheit schon lange beendet waren...

»Herrin Hesinde, ich danke Dir für die Gnade dieser Einsicht. Möge Dein heller Geist den meinen erleuchten, daß ich Dein Vertrauen in mich rechtfertige!« betete sie kurz. Vielleicht sollte sie Bran einweihen, der ja immerhin Priester Hesindes war? Doch dem Mondschatten in ihr widerstrebte es, jemand anderem solch wichtige Dinge zu früh anzuvertrauen. Aber sie könnte Bran doch einmal darauf hinweisen, daß irgend etwas mit Rhuad nicht stimmte – die Macht eines Hesindepriesters konnte solch einen Zauber vielleicht brechen. Wenn Rhuad allerdings zum dritten Male seine Meinung über Fion änderte, glaubte ihm sicherlich niemand mehr... Es mußten mehr Beweise her! Zudem plante Dhaman irgend etwas, das *ahnte* Pad.

Kurzentschlossen nahm sie sich vor, Fianna zu befragen. Die Magd hatte sich verändert, sehr zu ihrem Nachteil, wie die Baronin fand. Aus dem einst offenen und freundlichen Mädchen war ein verschlagenes und kriecherisches Weibsbild geworden. Pad wußte nicht genau, wie das passiert war, doch daß Dhaman ui Mharfad seine Finger im Spiel hatte, bezweifelte sie keinen Augenblick.

Die Mittagssonne lachte der Baronin entgegen, als sie aus dem Palast trat. Draußen führte die neue Pferdemagd Ginte gerade Rhuads Braunen vom Stall heran und wartete mit ihm vor dem Eingang. Pad nickte ihr kurz zu, als sich hinter ihr die Tür noch einmal öffnete und Rhuad heraustrat.

»Pad, wie schön, dich zu sehen. Hat die Frau Mutter dich denn gar nicht für die Vorbereitungen eingespannt? Sonst entkommt man ihr doch nur mit dringenden Terminen«, er wandte seinen Blick bedeutungsvoll zu seinem Pferd.

»Sie hatte ein Einsehen. Invher hilft ihr ja hingebungsvoll, und auch wenn Romin nicht hier ist, schaffen die beiden das gut alleine. Wo ist er eigentlich, Rhuad?«

»Romin? Ich glaube, sie haben unten im Horasreich

einen Kronkonvent, zu Arivor, da soll so einiges geklärt werden. Ob er daran teilnimmt, weiß ich allerdings auch nicht, zumindest ist er vor knapp zwei Wochen nach Kuslik gefahren...«

Die Geschehnisse im Horasreich waren erschrekkend. Man sagte der Kaiserin Amene-Horas nach, sie wolle den Göttersohn Horas als obersten Gott ausrufen lassen und die heiligen Zwölf verbieten... Pádraigín konnte sich das zwar nicht gut vorstellen, denn Amene war nicht dumm. Ein solcher Schritt würde sie mit allen zwölfgöttergläubigen Ländern in Fehde stürzen. Doch die hartnäckigen Gerüchte über ihre Pläne hielten sich wacker.

Lachende Kinderstimmen erschallten, und zwei Blondschöpfe rannten um die Ecke des Gebäudes auf den Platz.

»Ich hab dich, du Zwerg! Ich werde dich auf ein Pferd setzen, damit du tot hinunterfällst!« rief Giall und schlug Cereborn ab.

Der ältere Junge tat so, als verlöre er das Gleichgewicht, purzelte auf den hellen Kies und flehte spielerisch: »Bitte kein Pferd, Frau Elfe, ich will auch geloben, nie wieder Holz aus Euren Wäldern zu schlagen, doch bitte kein Pferd!«

Mit strenger Miene und in die Seiten gestützten Armen raunzte Giall: »Nun gut, so will ich Gnade mit dir haben, du kleiner Wicht. Aber nimm dich in acht, erwische ich dich noch einmal, werde ich dich...«, das Mädchen entdeckte die Erwachsenen und das Pferd am Eingang und jauchzte: »Nein, du kommst mir jetzt gleich auf das Pferd da!«

Erschreckt erkannte Cereborn die Herrschaften und zupfte Giall am Ärmel, die ihn hinter sich her zog, auf das Pferd Prinz Rhuads zu.

»Aber Giall, das ist doch der Prinz, und wir können doch nicht...« »Blödsinn, Cereborn, komm nur mit!« wehrte das Mädchen jeden Einwand ab.

Bei Pádraigín und Rhuad angekommen, setzte sie ihr Liebmädchengesicht auf und bettelte: »Hoheit, ob wir wohl mal auf den Galahan steigen dürfen? Cereborn hat das noch nie gemacht!« Der Junge hinter ihr blickte ein wenig betreten drein, da er sich als Vorwand mißbraucht sah, auch wenn er den Shadif bewundernd musterte.

Der Prinz und die Baronin tauschten einen amüsierten Blick, dann schritten sie die Treppe hinab.

»Halte gut fest, Ginte!« wies Rhuad die Magd an. Pad entging nicht, daß die junge, wohl etwa achtzehnjährige Magd leicht errötete und den schönen Prinzen kaum aus den Augen ließ, als sie nickte. Schließlich schnappte sich Rhuad erst Giall, dann Cereborn und setzte sie gemeinsam auf den Sattel.

»Nun, wohin soll die Reise gehen?« fragte er die Kinder, und Cereborn antwortete mit hochroten Wangen: »Nach Gareth, Hoheit!« Auch seine kleine Freundin nickte, und so wiederholte Rhuad gehorsam: »Nun gut, also Gareth.« Er nahm Ginte den Zaum aus der Hand und führte Galahan auf den Weg vor dem Palast, der einmal rund um die grüne Insel führte und begann die Besichtigungsreise: »Nun, wir kommen auf den Brig-Lô-Platz, der zum Gedenken an die zweite Dämonenschlacht so heißt, in der das Mittelreich seine Unabhängigkeit vom Alten Reiche errang ...« Pad hörte schon bald nicht mehr, womit er fortfuhr.

Die Stallmagd Ginte stand neben der Baronin und sah dem Prinzen bewundernd nach. Das Mädchen war nicht unbedingt eine Schönheit. Wie so viele Albernier hatte sie rötlich-blondes Haar und grüne Augen. Das Haar trug sie kurz geschnitten, manche Strähnen ragten jedoch vorwitzig in das runde und rosige Gesicht.

Als das Pferd seine zweite Runde beschritt, sagte der Prinz: »Nun kommen wir also zum Hesindetempel, und den kann der junge Herr Cereborn sicherlich viel besser beschreiben, als ich es vermag!«

Cereborn glühte vor Stolz und begann: »Ein wunderschönes Pentagon umgeben von prachtvollen Blutulmen…«, und wurde sogleich von der Jungmädchenstimme unterbrochen: »Was ist ein Pentagon?«

Bereitwillig erklärte er: »Ein Pentagon ist ein Gebäude mit der Grundfläche eines Fünfeckes. Es hat also auch fünf gleichlange Seiten.« Wieder verschwanden die drei um die Wegrundung hinter den kahlen Büschen und Bäumen.

Nach der dritten Runde war die Besichtigung Gareths abgeschlossen, und Rhuad kehrte zurück. Er drückte der Magd die Zügel in die Hand und hob die Kinder von Galahans Rücken. Das Pferd hatte das Spektakel bereitwillig, manchmal etwas tänzelnd und kopfschlagend, über sich ergehen lassen und schnaubte nun erleichtert.

»Sattele schon einmal nach, Ginte!« ordnete Rhuad an, und die Magd zog den Sattelgurt nach. Die beiden Kinder bedankten sich artig und stoben davon, um ihr Zwerg-und-Elfe-Spiel zu beenden. Rhuad und Pad sahen ihnen nach.

»Sie sind beide so gelehrig und aufmerksam«, murmelte der Prinz seiner Halbschwester zu, die nur mit einem versonnenen Nicken antwortete. Er fuhr fort: »Der Junge hat etwas ganz Besonderes an sich, Pad. Ich weiß noch nicht recht, was es ist, aber er ist begabt!« »Giall auch, Rhuad. Sie versteht es, in den Augen der Menschen zu lesen wie kein anderes Kind. Ich werde sie beobachten. Vielleicht ist sie für den Dienst an einem der Zwölf geeignet!« »Und ich ihn. Obwohl eigentlich ja sein Vater die besten Voraussetzungen für einen klugen Jungen mitbringt!« Sie lachten.

Einem plötzlichen Anreiz folgend, fragte Pádraigín: »Kennst du eigentlich eine Maire von Dela?«

Doch Rhuad schüttelte nur den Kopf. »Nein. Von Dela? Den einzigen, den ich da kenne, ist Dhaman. Und unsere Wachfrau Maire meinst du ja wohl nicht.«

»Ich glaube nicht. Es ist eine Seitenlinie derer von Dela, von der auch ich noch nie etwas gehört habe. Ich dachte, du wüßtest mehr!« »Nein, es tut mir leid, da kann ich dir nicht helfen. Nun will ich aber selbst los. Möchtest du nicht mitkommen? Ich wollte ein wenig ausreiten!« Rhuad ließ sich von Ginte den Sattel gegenhalten und schwang sich auf Galahans Rücken, der erfreut die Ohren aufstellte und schnaubte.

»Nein, Rhuad, ich habe noch zu tun.« Die Baronin hob die Hand und wandte sich schon gen Gesindehaus, als Rhuad noch abschließend fragte: »Sag, kommt Pádraig zum Fest?«

»Natürlich. Du glaubst doch nicht etwa, daß er sich so etwas entgehen ließe? Du kennst ihn doch selbst!« Die beiden lachten und trennten sich. Ginte ging zum Stall zurück, sah aber dem Prinzen noch lange hinterher.

Beim Gesindehaus angekommen, ließ sich Pádraigín von der verwunderten Waschfrau Sláthach den Weg zu Fiannas Zimmer weisen. Tatsächlich wohnte die Magd alleine in einem Raum, den sie sich zuvor mit ihrer älteren Schwester Fiall geteilt hatte. Diese hatte jedoch vor einigen Jahren einen Freien geheiratet, Bennwir Faihc, den Sohn einer stadtbekannten Heilerin, und so blieb der Tochter des königlichen Vorarbeiters Coír ein eigenes Zimmer hinter dem ihres Vaters – ein wahrer Luxus für eine unverheiratete Bedienstete.

Nach kurzem Lauschen klopfte Pad vorsichtig an Coírs Tür. Es erfolgte keine Antwort, und so drückte sie vorsichtig die Klinke herunter. Tatsächlich war kein Riegel vorgeschoben, der Raum, in den sie blickte, war leer.

Die leisen Schritte der Baronin hätte wohl nur eine Elfe erlauschen können, als sie auf die zweite Tür in dem schlichten Raume zuging und ihr Ohr an das Holz legte: Nach einer Weile machte sie leise und regelmäßige Atemzüge aus. Schlief die Magd? Am hellichten Tage? Nun, was wunderte sie sich eigentlich? Wenn das Mädchen mit Dhaman unter einer Decke steckte, hatte sie nachts vermutlich viel zu tun ...

Auch diese Tür ließ sich einfach öffnen, so daß Pad ungehindert in den Raum hineinschlüpfen konnte. Sie blickte in eine Dachkammer, dessen kleines Fenster gen Westen hinaus ging. Auf einer schmalen Bettstatt lag Fianna auf der Seite zusammengerollt und schlief, ihre braunen Locken ringelten sich lieblich um ihr süßes Antlitz. Doch selbst im Schlaf erkannte Pad noch den Schatten über ihrem Gesicht, nahm die etwas zusammengezogenen Augenbrauen und den leicht verächtlich verzogenen Mund wahr. Die einst offenen und mädchenhaften Züge hatten ihre Unschuld verloren und waren einem Ausdruck von Gier und Verderbnis gewichen. Leise hob sich Fiannas Brustkorb im Takt ihrer Atmung, was Pad sehr beruhigte. Denn daß die Magd noch atmete, bedeutete, daß sie noch nicht verloren war.

Plötzlich schreckte Fianna aus dem Schlaf in eine halb sitzende Position auf und sah die Baronin teils verärgert, teils erschreckt, aber sehr verschlafen an.

»Euer ... Hochgeboren, was tut Ihr denn hier?« Pádraigíns schlechter Eindruck verstärkte sich bei der wachen Fianna noch: Die Magd beobachtete sie abschätzend, und es schien, als sei die Magd ständig auf der Hut, während sie das liebe und unschuldige Mädchen vorzugeben versuchte, das sie bis vor kurzem noch gewesen war. Sie sah müde aus, als habe sie die ganze Nacht gearbeitet. Pad entging auch nicht, daß Fianna auf der Bettseite lag, auf die noch kein Nachmittagslicht fiel.

Fieberhaft überlegte Pad. Es müßte schon einen triftigen Grund haben, wenn eine Baronin die Bedienstetenquartiere aufsuchte ... Oder sollte sie es einfach mit einem Bruchteil der Wahrheit versuchen?

»Weißt du, Fianna«, begann sie vorsichtig, »ich habe

den Eindruck, daß du krank bist. Ich mache mir Sorgen um dich und wollte mich einmal persönlich erkundigen. Geht es dir auch wirklich gut?« Nicht gut, aber auch nicht gänzlich schlecht, gab sie sich selbst Antwort. Kein schlechter Anfang, vielleicht bekäme sie ja noch etwas Wichtiges heraus. Und gelogen hatte sie nicht direkt...

»Danke, Euer Hochgeboren, es geht mir sehr gut«, sagte Fianna rasch. Sie klang ein wenig erleichtert. »Ich hatte viel zu tun, wißt Ihr, und bin ein wenig müde. Habt vielen Dank für die Nachfrage.«

Pad nickte scheinbar einsichtig. »Das ist doch selbstverständlich, Fianna. Schlafe dich erst einmal richtig aus. Du hast doch heute abend nicht etwa Dienst?«

»Nein, Herrin, habe ich nicht. Seid unbesorgt.« Ihr Lächeln beunruhigte Pad. Was geschah heute abend?

»Nun, dann kannst du ja den Rest des Tages schlafen. Es ist auch einmal gut, einfach gar nichts zu tun.« Pad erhob sich und trat in das Licht, das schräg zum Dachfenster hereinschien. Es galt noch etwas zu überprüfen. Scheinbar in Gedanken versunken, zog sie ihr Vollmondamulett hervor, ließ es über dem Kleid baumeln und spielte damit. Dann drehte sie die Kette so, daß die silberne Scheibe in leichte Drehungen um die vertikale Achse versetzt wurde. Der dadurch widergespiegelte Lichtschein der Sonne hüpfte an der Wand der Mansarde hin und her, während die Baronin wie selbstvergessen sagte: »Was für ein wundervoller Ausblick, Fianna. Man kann ja sogar bis zur Stadtmauer und darüber hinaus sehen!« Die Magd gab einen erstickten, halb erschreckten Laut von sich, was Pad traurig bemerkte. Doch sie ließ sich nichts anmerken und sprach weiter: »Und auf der anderen Seite sieht man Bladud ui Naills königliche Hoftortenbäckerei. Ich habe mich bei seinem Ladenschild schon immer gefragt, was denn wohl eine *Hoftorte* ist...« Den nebensächlichen Ton ihrer Worte Lügen strafend, wandte sich Pad schnell um und ließ dabei Sonnenstrahlen, gespiegelt von ihrem phexgeweihten Amulett, direkt auf das auf dem Bett zusammengekauerte Mädchen fallen. Fianna verbarg hastig ihr Gesicht hinter ihren Händen und stöhnte leise. Pad ließ das Amulett sinken und sah mitleidig zu der Magd hinüber. Wie gut, daß Phex und Praios, wenn es um solche Dinge ging, Hand in Hand zusammenarbeiteten … Sie schritt zu dem Bett, setzte sich auf die Kante und strich Fianna über das lockige Haar. Dabei baumelte das Amulett *wirklich* zufällig in der Nähe von ihrem Kopf, so daß die blasse Magd aufsah und zur Wand zurückwich, allerdings so tat, als setze sie sich nur bequemer zurecht. »Was wollt Ihr wirklich?« fragte sie trotzig.

»Dir helfen, da habe ich nicht gelogen«, erwiderte Pad traurig. »Ich sagte doch, es geht mir außerordentlich gut. Ihr habt mich geblendet, meine Augen waren noch ganz verschlafen. Darf ich jetzt weiterschlafen, Euer Hochgeboren?« Sie klang bockig, obwohl sie versuchte, nicht frech zu werden.

»Natürlich, Fianna. Ich wollte dich nicht stören. Ich möchte aber, daß du weißt, daß du mit allen Sorgen jederzeit zu mir kommen kannst. Hörst du? Vielleicht wollen wir uns heute abend, wenn du ausgeschlafen bist, noch ein wenig unterhalten?« Sie von Dhaman fernzuhalten, schien Pad der beste Schutz.

»Aber … nein, heute abend kann ich nicht!« Fianna sah ängstlich aus, als ringe sie um eine Ausrede, doch Pad fiel ihr ins Wort. »Sagtest du nicht eben noch, du hättest frei?«

»Ja … nein … doch, habe ich. Aber der Herr Dhaman hat mich in die Stadt eingeladen. Da darf ich doch nicht nein sagen! Es ist sehr wichtig!« Die Stimme der Magd klang kläglich, als sei die Verabredung äußerst dringend. Was hatte der Kerl heute mit ihr vor?

»Wo führt er dich denn hin, Mädchen? Ins *Esche und Kork*?« Das war nur ein Schuß ins Blaue, sie erinnerte sich an Fions Erzählung, daß der Edle dort den Jungen Mi getötet hatte, doch es zeigte sich, daß sie damit ins Schwarze getroffen hatte.

»Nein, *Esche und Kork*? Warum denn – ich weiß es nicht«, stammelte Fianna halb ängstlich, halb zornig.

»Nun, dann gehe ich mal besser. Aber du mußt mir versprechen: Wenn du etwas auf dem Herzen hast, kommst du zu mir, ja?«

Fianna nickte verstockt und zögerlich. Dann verließ Pádraigín den Raum. Sie war voller Trauer. Sie verstand noch immer nicht, was mit Fianna geschehen war, doch daß ihr Herz, vielleicht sogar ihre Seele verdorben waren, hatte sie nun gesehen. Das Licht hatte sie nicht verbrannt, wie es das wohl mit einem Vampir getan hätte, doch es hatte sie, genauso wie das Phexensamulett, zurückgetrieben und geschwächt. Das bedeutete nicht nur, daß sie den Zwölf den Rücken gekehrt hatte, sondern vermutlich auch, daß deren Widersacher, der Namenlose, sie bereits zum Teil in seinen Fingern hatte. Tränen traten Pad in die Augen, solch ein Verlust entsetzte und betrübte sie. Doch vielleicht war noch nicht alles verloren! Vielleicht konnte man, wenn Dhaman vernichtet wurde, Fianna retten! Doch das mußte schnell geschehen, vielleicht sogar schon heute nacht! Was hatte Dhaman mit Fianna vor? Wollte er sie ebenfalls zur Vampirin machen, oder war sie nur seine Gespielin? Darauf durfte man sich nicht verlassen.

Die Baronin beschleunigte ihren Schritt und straffte die Schultern. Wie konnte sie nur Fion Bescheid geben? Sie mußte mit ihm sprechen. Nun halfen nur noch ihre vereinten Kräfte. Allein konnte sie kaum etwas tun. Eindringlich betete sie zu Phex, daß Fion sie bald aufsuchen würde, denn sie wußte ja nicht, wo sich das *Kind der Nacht* aufhielt.

KAPITEL 11

Der Fuchs auf der Fährte

Der Himmel war blaß und wolkenverhangen, nur manchmal ließ die trübe Decke Sonnenstrahlen hindurchdringen. In diesen seltenen Momenten konnte Fianna die wunderbaren Rot-, Violett- und Blautöne am Horizont über dem Meer der Sieben Winde erhaschen, die das Ende des Tages und den Beginn der Nacht verkündeten. Früher hatte sie diesen fragilen Moment nicht einmal bemerkt, hatte nicht gerochen, daß sich die Luft veränderte, daß der Atem Sumus innezuhalten schien, die Tiere verstummten und lauschten und eine Anspannung von ihrem Körper Besitz ergriff, die sie nicht verstand.

Die meisten Menschen starben bei Sonnenauf- oder -untergang, sagte man, und die Legenden und Sagen der Feen kamen ihr in den Sinn: Die Tore zu der Anderswelt stünden für die wenigen Augenblicke offen, in denen es weder Tag noch Nacht war und weder Phex noch der Götterfürst regierten, so daß Wurzelbolde und Necker, Holde und Blütenjungfern und garstige Kobolde nach Dere kommen konnten, um mit den Sterblichen ihren Schabernack zu treiben. Ob die Menschen ihretwegen zu diesen Zeiten starben? Raubten sie ihnen die Seelen?

Die Dämmerung war auch der Zeitpunkt, zu dem Vampire erwachten, da des Götterfürsten strafendes Auge nicht mehr am Himmel stand und sie verbrennen konnte. Jetzt öffnete Dhaman in den Katakomben unter dem Palast sicherlich die Augen, hob den Deckel des Sarges und stieg langsam heraus. Was wartete heute auf sie? Er wollte mit ihr ins *Esche und Kork,* warum allerdings, hatte er ihr nicht gesagt. Sie mußte ihn unbedingt warnen, daß diese Bennain-Hure den Treffpunkt aus ihr herausbekommen hatte... Fianna wurde angst und bange bei dem Gedanken daran, wie Dhaman reagieren würde. Sicherlich würde er sie schlagen, das tat er bisweilen, und nicht immer wenn er einen Grund hatte, doch seltsamerweise gefiel ihr selbst das. Die Magd wußte um seine Grausamkeit und seine körperlichen Kräfte, die ausreichten, einem Sterblichen mal eben das Genick zu brechen. Im Zorn war er fürchterlich anzusehen, doch wenn er ihr von seinem Blut gab, das nach Haß und Macht schmeckte, war alles andere egal. Diesen Geschmack hatte sie ständig auf der Zunge, alles in ihr gierte danach, und in der Aussicht auf mehr erfüllte sie dem Edlen jeden Wunsch. Das Blut hatte übrigens noch eine weitere Wirkung, die Fianna zunächst gar nicht bemerkt hatte, aber sehr begrüßte: Alle ihre Sinne verfügten über eine neugewonnene Schärfe, die es ihr sogar ermöglichte, sich in der Dunkelheit der Nacht zurechtzufinden. Sie roch es auf drei Schritte Entfernung, wenn sich einer der Heizer heimlich einen Brannt gegönnt hatte, konnte Gespräche der Herrschaften erlauschen, die zwei Räume weiter halblaut geführt wurden und las mit Silberstift geschriebene Dokumente bei völliger Dunkelheit, wenn sie mit dem Zeigefinger die eingedrückten Rillen entlangfuhr, die die Mine hinterlassen hatte.

Das letzte Licht der Dämmerung wich nun vollends der Nacht, doch Fianna bewunderte die Stadt von ihrem Mansardenfenster noch eine Weile, stellte ihren Blick auf Passanten unter ihrem Fenster ein und lauschte, was sie sagten. Sie roch das Salz der Meeresbrise und atmete tief ein. All das verdankte sie Dhaman, der ihrem langweiligen Leben eine wunderbare neue Richtung gewiesen hatte.

»Du magst die Nacht, nicht wahr, mein Rehlein?« ›Fianna‹ bedeutete in der alten Mundart Albernias, die angeblich viele feeische Begriffe enthielt, ›Reh‹ oder ›Wild‹. Sie wurde nicht gerne so genannt, doch paßte der Begriff außerordentlich gut zu ihren rotbraunen Locken und den braunen Augen, die sich bei Angst oder Unglauben weiten konnten.

Erschreckt fuhr die Magd herum und erstickte mit der Hand einen Schrei – Dhaman stand hinter ihr im Raum! Sie hatte ihn weder gehört, noch ahnte sie, wie er ins Zimmer gekommen war. Sie nickte nur und versuchte, ihren Schrecken so schnell wie möglich zu verwinden.

Der Edle lächelte hintergründig und trat näher, nahm ihr Kinn zwischen zwei Finger und bog ihren Kopf hoch, so daß sie ihm ins Gesicht sehen mußte.

»Du bist schön, mein kleines Reh«, murmelte er, doch der harte Glanz verschwand nicht aus seinen Augen, auch nicht, als er sie küßte.

Als die Magd wieder zu Atem kam, hub sie mit klopfendem Herzen und gesenktem Blick zu reden an: »Herr, ich hatte heute nachmittag Besuch.« »Oh? Von wem denn?« »Von der Baronin von Fairnhain, Herr. Sie weiß Bescheid, glaube ich. Über Euch, über mich und… auch über heute abend!« Die erwartete Ohrfeige blieb aus, so daß Fianna nach einigen stillen Augenblicken vorsichtig den Kopf hob – da explodierte etwas vor ihren Augen und ihre Wange schmerzte heftig. Sie stöhnte leise auf.

»Du hast es ihr also verraten? Ich mag es nicht, wenn meine Sklaven zu schwatzhaft sind, Gör!« Sklavin? fragte sich Fianna. Vergebens wollte sie dagegen aufbegehren. Einerseits fürchtete sie, ihn noch weiter in Zorn zu versetzen, andererseits dämmerte es ihr, daß sie genau das war: eine Sklavin – ihrem Herrn auf Gedeih und Verderb ausgeliefert. Sie schwieg mit gesenktem Haupt, während sie sich mit der Linken die schmerzende Wange hielt.

»Nun. Natürlich weiß sie von mir, das ist mir nicht neu. Sie weiß, daß wir heute abend in die *Esche* gehen? Wie interessant! Was hast du ihr erzählt, was wir dort vorhaben, hm?« Der Edle strich Fianna mit dem rauhen Handrücken über die Wange, was jedoch keine Geste der Zärtlichkeit, sondern eine unterschwellige Drohung zu sein schien.

»Nichts, Herr, wirklich nichts! Aber sie hat mich so seltsam angesehen.« Als sie den Edlen leise lachen hörte, sah sie ihn dann doch an. Ein böser Ausdruck lag über seinen Zügen, und er musterte sie leidenschaftslos.

»Gut. Soll sie doch denken, was sie will, wir werden trotzdem in die *Esche* gehen. Von so jemandem lassen wir uns doch den Abend nicht verderben, nicht wahr mein Reh?«

Dieses Mal freute sich Fianna über den Kosenamen, denn Dhamans Zorn schien heute recht glimpflich verraucht zu sein.

»Hör zu, Fianna, dort begegnen wir vielleicht einem alten Freund von dir – Fion. Möchtest du ihn wiedersehen?«

Sicherlich... Fianna erinnerte sich an Fion. Sie war einmal in ihn verliebt gewesen, er aber hatte es nicht einmal bemerkt. Für ihn war sie immer die kleine Schwester Fianna gewesen, die nicht wichtig gewesen war. »Aber gerne, Herr. Er war mal ein guter Freund.«

»Mir schwant, daß die ehrenwerte Baronin mit ihm unter einer Decke steckt. Wenn wir ihn in eine Falle locken könnten, wäre das sehr gut. Wenn seine Leiche neben der der Baronin gefunden wird – um so besser. Dann hat dieses entsetzliche Drama endlich ein Ende gefunden. Diese *Kinder der Nacht* haben mir zum letztenmal Schwierigkeiten bereitet! Zieh dich an! Und dann hör genau zu …«

Fianna nickte freudig und lief, ihre Schuhe anzuziehen. Den kalten und berechnenden Blick, den Dhaman ihr nachsandte, sah sie nicht.

Phex, der Gott des Glückes, der Nacht und der Diebe, hatte ein Einsehen mit seiner Dienerin, denn kaum eine Stunde nach Sonnenuntergang hörte Pad, die sich absichtlich in der Nähe des Stalles aufhielt und ab und zu ein Auge auf das Gesindehaus warf, Fions leise Stimme:

»Hier bin ich, Herrin, doch seht zu, daß Euch niemand sieht!«

Vorsichtig sah die Baronin sich um und verschwand dann in den Schatten hinter dem Stall.

»Fion! Wie gut, daß du gekommen bist. Es ist schon lange her, daß ich dich das letzte Mal sah. Seitdem hat sich einiges verändert.« Pad berichtete dem Vampir rasch von ihrer Vision in der Hesindekapelle, davon, daß sie die Szene seiner Flucht aus dem Palast beobachtet hatte und daß Dhaman ebenfalls bemerkt hatte, daß sie von ihm wußte.

Der ehemalige Stallknecht lauschte mit großen Augen, die Verwunderung stand ihm ins Gesicht geschrieben. »Aber … das alles ist doch schon drei Monde her! Wie könnt Ihr da … jetzt erst dafür gesorgt haben, daß er mich gehen läßt? Das ist sehr verwirrend!« »Ja, das ist es. Die Wege der Götter sind unergründlich, besonders die Hesindes, scheint mir. Was jetzt aber viel wichtiger ist: Fianna ist in Gefahr. Ich sprach heute mit ihr und hörte heraus, daß Dhaman sie ins *Esche und Kork* ausführen werde. Ich weiß weder genau, *ob* er da etwas mit ihr vorhat, noch *was*, aber ich habe so ein ungutes Gefühl … Dieses Treffen schien ihr schrecklich wichtig zu sein!«

Das Gesicht ihres Gegenübers verfinsterte sich.

»Meint Ihr damit, daß er sie ... zu einem *Kind der Finsternis* machen will?«

»Ich weiß es nicht, Fion. Vielleicht irre ich mich ja auch, denn ich wüßte nicht, warum er dazu ins *Esche und Kork* gehen sollte, das macht doch keinen Sinn. Aber ich mache mir Sorgen!«

Fion nickte. »Fianna und ich waren einmal unzertrennlich – wie Geschwister. Wenn er ihr etwas antut ...« Er ballte in stummem Zorn die Fäuste. »Ich hoffe nur, daß er ihr nicht bereits etwas angetan hat!«

In tiefem Mitgefühl legte Pad Fion eine Hand auf die Schulter und antwortete leise: »Die Zeichen der Götter scheut sie bereits, auch wenn sie sie nicht verletzen. Vielleicht ist es noch nicht zu spät!«

Fion atmete einmal tief durch, obwohl er eigentlich keiner Luft bedurfte, lugte dann um die Ecke des Stalles und versuchte durch das Gebüsch hindurch einen Blick auf das Gesindehaus zu werfen. »Sind sie schon fort?«

»Nein, ich glaube nicht. Aber zur Sicherheit sollte einer von uns schon zur *Esche* gehen. Am besten ist es, wenn du das machst. Ich folge ihnen dann von hier aus. Wir treffen uns dort.«

»Gut. Ich werde im Hinterhof warten. Ach, Pádraigín«, Fion benutzte gedankenverloren ihren Vornamen, »habt Dank.«

»Wofür, Fion? Dafür, daß ich den Zwölf diene?« Pad faßte an ihr Madamalamulett und betrachtete Fions halbsichelförmige Brosche am Mantel.

»Nein. Für Vertrauen und Hilfe.« Damit verwandelte sich der junge Vampir vor Pads Augen in einen Raben und verschwand mit kräftigen Flügelschlägen gen *Esche und Kork*.

Als der Rabe fort war, näherte sich Pádraigín dem Gesindehaus. Sich vor den Blicken unerwünschter Beobachter zu verbergen, war ein Kinderspiel für sie. Sie nahm den Weg durch Königin Idras Gärten, von wo sie beide Ausgänge im Auge behalten konnte und trotzdem genug Deckung hatte.

Lange mußte die Baronin auch nicht mehr warten: Als das Glockenspiel vom Praiostempel zur neunten Stunde erklang, öffnete sich die Seitentüre, und Fianna trat, in weite Kleidung gehüllt, heraus und schaute sich vorsichtig um. Die Nacht war kalt, so daß der Magd der Atem vor dem Munde gefror, als sie zum Hintertor eilte.

Pad folgte ihr in sicherem Abstand. Nach kurzem Gespräch ließen Maire und Firga, die wachhabenden Gardistinnen, Fianna hinaus. Die Baronin wartete noch einige Herzschläge lang und ging dann auf die Frauen zu, die das Mannloch im Tor wieder geschlossen hatten.

»Phex zum Gruße, Maire, Firga«, Pad setzte ein Lächeln auf. »Ich habe noch etwas in der Stadt zu erledigen!«

Beide Frauen nickten freundlich zurück. »Natürlich, Euer Hochgeboren!« Maire schloß die Tür wieder auf.

Wie erwartet beschritt Fianna die Marschenstraße, bog dann aber rasch wieder links ab, um an den Villengärten entlang zur Fürstenallee zu eilen. Pad folgte ihr vorsichtig durch die dunklen Straßen, denn die Magd sah sich häufig nach Verfolgern um. Als Fianna auf der Fürstenallee angekommen war, ließ sie das Immanstadion hinter sich und huschte zum *Esche und Kork,* der Stammkneipe der Immanspieler und -zuschauer. Als sie durch die Tür verschwunden war, näherte sich auch Pad. Sie schaute zunächst durch die durch keine Läden versperrten Fensteröffnungen in den gut gefüllten Schankraum, aus dem Lautentöne herausdrangen. Fianna hatte sich an einen der Tische gesetzt und schien zu warten.

Pad umrundete das Haus und ging zum Tor in der Seitengasse rechter Hand der Taverne, das nicht verschlossen war. Hier würde sie sicherlich auf Fion treffen, der vielleicht Dhaman schon erspäht hatte. Gedanken quälten die Baronin, was wohl geschehen würde, wenn zwei derartige Kreaturen aufeinanderträfen. Sie mochte sich nicht ausmalen, was für Ausmaße ein solcher Kampf erreichen würde.

Sie betrat den dunklen Innenhof, der an drei Seiten von den hufeisenförmig angeordneten Gebäuden und an der vierten von dem hohen Lattenzaun eingegrenzt wurde. Das ganz im Westen gelegene Gebäude bestand aus Scheune und Stall, das im Norden beherbergte Schankraum und Küche und einige Schlafplätze für jene, die es nachts nicht mehr nach Hause schafften. Das Eckgebäude im Osten schließlich diente Sulpiz und Familie als Wohnhaus. Pádraigín bewunderte das schöne Fachwerk mit den kunstfertig geschnitzten Balken und stellte erstaunt fest, daß Sulpiz ein reicher Mann war. Er besaß diese beiden Häuser, eine der besten Schenken vor Ort, die trotz ihrer Nähe zum Orkendorf von dem schlimmsten Gesindel gemieden und eher von den besseren Bürgern der Stadt besucht wurde.

›Imman verbindet halt‹, dachte die Baronin schmunzelnd, denn jemand, der die Stammkneipe der *Havener Bullen* überfiel, hatte mit dem Zorn aller Einwohner der Stadt zu rechnen, egal ob arm oder reich …

Vor dem Kücheneingang sah Pad einen Brunnen, mitten auf dem Hof stand eine weit ausladende Linde. Vorsichtig spähte sie in die Dunkelheit, schließlich konnte man ja nicht wissen, ob Dhaman hier bereits irgendwo lauerte.

»Scht!« Pad fuhr herum – das Geräusch kam von der Linde.

Ein dunkler Schemen trat dahinter hervor. Als er näherkam, erkannte sie, daß es Fion war. Sie atmete aus und entspannte die verkrampften Fäuste.

»Fion, wie gut, daß du da bist. Hat sich schon etwas getan? Fianna sitzt allein im Schankraum und wartet auf Dhaman. Er hat sie nicht begleitet.«

»Das dachte ich mir. Ich werde nun am besten hineingehen und sie beobachten. Erkennt sie Euch dort drinnen, wird sie sehr mißtrauisch werden, denke ich. Wartet Ihr hier draußen?«

Nachdenklich schwieg Pad einen Augenblick. Dann antwortete sie: »Sie muß mich nicht bemerken. Ich könnte mich ebensogut unter die Leute mischen, ohne daß sie auf mich aufmerksam wird!« Mit diesen Worten faßte sie an ihr Madamalamulett.

Fion trat unwillkürlich einen Schritt zurück und stammelte dann ungläubig: »Ihr … Ihr seid eine Dienerin des Phex? Und Ihr verflucht meine Existenz nicht, sondern helft mir gar?«

»Ich erzählte dir von meinen Visionen. Wie könnte ich sie ignorieren und auch, daß du mir offensichtlich von Phex und Hesinde zur Seite gestellt worden bist – oder ich dir, wie man das betrachten will. Du bist weder mein Feind noch der anderer Zwölfgöttergläubiger.«

In der Dunkelheit konnte sie das Gesicht ihres Gegenübers nicht gut erkennen, doch sie hatte den Eindruck, daß etwas wie Erleichterung darüberhuschte. »Habt Dank«, murmelte Fion. »Ihr wißt gar nicht, was mir Eure Worte bedeuten. Ich weiß zumindest, daß ich den Fluch vieler Götter trage, die meine Existenz verdammen. Es tut gut zu wissen, daß einige anders darüber denken.«

»Phex beurteilt nach den Taten und Gedanken. Ich muß gestehen, daß ich mir am Anfang nicht sicher war, doch mein Gefühl sagte mir, daß du mein Vertrauen verdienst. Deshalb ließ ich dich gehen. Mein Gespür hat mich nicht getrügt.« Sie legte ihm eine Hand auf die Schulter und nahm ihn kurz in den Arm, dann nickte sie ihm zu und rief ihnen beiden die Dringlichkeit ihres Vorhabens ins Gedächtnis zurück. »Laß uns gehen. Ich möchte nicht, daß es an diesem Morgen zwei solcher Kreaturen wie Dhaman gibt!«

Damit gingen sie auf die Hintertür zum Schankraum zu. Kurz davor hielten beide noch einmal inne. Fion berührte leicht seine Augen und Ohren und murmelte etwas dabei, Pad vertiefte sich über ihrem Amulett ins Gebet zu Phex, auf daß er einen Mantel der Unscheinbarkeit über sie werfe. »Nun gut, Grauer«, beschloß sie stumm den Handel mit ihrem Gott, »Imo soll noch eine Handvoll Rubine für seinen Tempelschmuck bekommen. Das sollte für dieses Mal aber reichen, du weißt, ich habe noch etwas bei dir gut!« Sie lauschte in die Stille ihrer Gedanken und vermeinte, statt einer Antwort ein leises Lachen zu vernehmen. Verwirrt nahm sie dies als Zustimmung hin und betrat hinter Fion den Schankraum des *Esche und Kork*. Sie erriet an der Reaktion der Umstehenden, die fluchend zur Tür hinübersahen, die offensichtlich vom Wind aufgestoßen wurde, daß niemand sie wahrnahm. Dann kam eine der Elfen und schloß die Türe wieder, um Kälte und Dunkelheit auszusperren. Sie machte dabei einen kleinen Bogen um die Stelle, an der Fion und Pad nahe beieinanderstanden.

›Phex sei Dank!‹ dachte Pad und grübelte kurz darüber nach, was jenes Lachen wohl zu bedeuten hatte. Hatte Phex seinen Teil des Handels erst einmal festgelegt, konnte man nicht mehr davon zurücktreten.

Aldare sah zu dem Tisch hinüber, an dem die Firnelfe Elodiron allein saß, denn die Havener wahrten respektvollen Abstand zu der fremden Schönen. Die Schankmagd überkam Trauer, sie wußte, daß die Freundin – so nannte sie sie schon selbstverständlich – bald abreisen würde, hinaus in die Welt. Hatte sie selbst denn ihre Entscheidung bereits getroffen? So gerne ginge sie mit ihr fort, wußte allerdings nicht, ob sie dazu den Mut aufbrächte.

Einige Akkorde übertönten den Lärm des mäßig gefüllten Schankraumes des *Esche und Kork*. Aldare folgte

Elodirons Blick und machte an einem Tisch neben dem Stammtisch unter den Immanschlägern eine Bardin aus, die gerade bedeutungsvoll in die Runde sah, bis es ein wenig ruhiger geworden war. Dann wurden die Töne, die sie auf dem schönen Instrument anschlug, bekannter, eine Melodie entwickelte sich, die jeder sofort erkannte: Es war der *Hetmann Faenwulf,* eine der schönsten und beliebtesten Balladen an der nördlichen Westküste.

Still und in sich gekehrt trug die weißblonde Bardin das traurige Lied über den kühnen Hetmann vor, der mit seiner Otta ins Wintermeer fuhr, um eine Passage zum Rand der Welt zu suchen und niemals wiedergekehrt war. Dabei sah sie nicht auf, das Haar verbarg das zarte Gesicht fast vollständig, nur die schlanken Finger huschten über die Saiten, und die volltönende rauhe Stimme füllte den Raum.

»... zehntausend Taler gäb ich gerne her ..., wüßt ich, daß Faenwulf noch am Leben wär ...«, schloß die letzte Strophe sehnsüchtig. Die Bardin ließ sie verklingen und dankte artig für die Heller, die auf dem Futteral der Laute landeten. Nachdem sie das Instrument und die Münzen verstaut hatte, ging sie auf Aldare zu und fragte: »Du hast doch sicherlich nichts dagegen, daß ich in der Taverne einige Heller verdiene? Ich bin Idra«, und damit streckte sie der Elfe eine schlanke Hand entgegen. »Aber nein«, versicherte ihr Aldare. »Das war ganz wunderschön!«

»Nun, ich meine ja auch nur, ob ich hier spielen *darf*«, erwiderte die Bardin lächelnd. »Manche mögen es nicht, aber wenn ich sie nach dem ersten Lied frage, dann bekomme ich meistens mehr Zusagen ...« Sie lächelte schelmisch.

»Mein Vater sieht das sehr gerne, Idra. Es lockt die Kundschaft herein. Und es war wirklich wunderschön. Ich liebe dieses Lied – es ist so voller Sehnsucht.«

Eine andere sanfte Stimme mischte sich ein: »Ja,

Schwester, das war zauberhaft. Dein Herz weint, wenn deine Stimme singt.« Elodiron stand neben den beiden und lächelte Idra traurig an. »Es ist das Lied eines tapferen Mannes.«

Idra sah von der einen zur anderen Elfe. »Gibt es hier in Havena viele Elfen?« fragte sie dann lächelnd. »So viele habe ich noch nie auf einmal gesehen. Eigentlich habe ich sowieso noch kaum welche getroffen. Ich stamme aus Brabak, müßt ihr wissen!«

Freundlich zuckte Elodiron mit den Schultern, doch Aldare antwortete: »Nun, da gibt es noch meine Schwester, Thalionmel«, sie winkte sie herbei, »dann sind wir schon drei. Und Galenion Silberblüte, der Bogenbauer, wohnt in Unterfluren, gleich bei der Prinzessin-Emer-Brücke. Sonst ... Ich weiß nicht, in der Efferdschule wohnte mal eine Elfe, und dann gibt es noch die alte Safiriel.« »Safiriel?« Elodiron zog erstaunt eine schmale, helle Augenbraue hoch, die bernsteinfarbenen Augen blickten fragend.

»Ja, Safiriel. Eine echte Saufnase von einer Elfe! Sie schnorrt sich mit dem Freundschaftsblick vom *Garether Tor* bis hierher durch und trinkt auf Pump, und wenn man sie dann von der Garde festsetzen läßt, zeigt sie ein Dokument noch aus den Zeiten Fürst Halmans vor, das ihr Straffreiheit gewährt ... Aber inzwischen können wir sie uns gar nicht mehr wegdenken und machen uns Sorgen, wenn sie markttags nicht zur elften Stunde hier auftaucht!« Die schwarzhaarige Elfe und Idra lachten, doch Elodiron murmelte so leise, daß die beiden anderen Frauen es nicht hören konnten: »Arme Safiriel. Hat der lachende Krieger auch dir das Herz gebrochen ...« Ihr Blick wanderte in weite Fernen.

»... ich wünschte nur, ich könnte die Flöte ebenso gut spielen, wie Ihr, Idra!« schwärmte Aldare gerade. Nun, da die beiden Zwillingsschwestern nebeneinander standen, bot sich einem Betrachter ein wahrhaft beeindruckendes Bild: Alle drei Elfen besaßen schöne

Züge, die von Elodiron waren wild und entrückt, die von Aldare und Thalionmel für einen Menschen leichter zu lesen. Zwei schwarzhaarige Schöpfe und zwei sehr helle, der eine weiß, der andere weißblond, ließen so manchen Gast schmunzeln, und bei dem Anblick warteten ausnahmslos alle gerne ein wenig länger auf ihr Havenabräu. Idra paßte erstaunlich gut zwischen die Spitzohren, zwar besaß sie eine süße menschliche Schönheit mit einem außerordentlich unschuldigen Augenaufschlag (den ihr manches Opfer ihrer Spottverse nicht mehr so recht abkaufte), doch auch ihr Haar war seidig und lang, das Gesicht zart, der Körper wirkte zerbrechlich.

Aldare zapfte der Bardin noch einen Humpen Bier, überreichte ihn ihr augenzwinkernd und entschuldigte sich dann: »Verzeihung. Thal, ich glaube die Gäste warten!« Rasch machte sie sich daran, für das leibliche Wohl der Anwesenden zu sorgen. Zum flüchtigen Abschied wisperte sie der Bardin noch ins Ohr: »Ihr wißt doch sicherlich ein gutes Premer zu schätzen, hm? Wenn es hier nicht noch voller wird, kann ich mich nachher sicherlich einmal davonstehlen… Mein Vater besitzt ein kleines Privatfäßlein unten im Keller…« Idra zwinkerte als Antwort mit einem Auge, nippte an dem Humpen und grinste Elodiron an: »Verspricht ja ein fröhlicher Abend zu werden!«

Kapitel 12

Der Lockvogel

Wie lange Pádraigín und ich an der Wand des *Esche und Kork* standen und warteten, weiß ich nicht, nur, daß jeder Moment, der verstrich, mich mehr und mehr an schönere Zeiten erinnerte. Der Schankraum füllte sich mit der Zeit noch ein wenig, Fianna jedoch saß ungerührt an ihrem Tisch, nippte an dem Bier und schien sich kaum zu wundern, daß ihr Begleiter nicht erschien.

Am Nebentisch hatte sich der Stammtisch versammelt: Unter anderem waren dies mein alter Bekannter Doto Runwald, der Krämer aus dem Orkendorf, auf dessen Stuhllehne wie immer sein zerzauster alter Rabe saß, Nhaira Vreon, die halbthorwalsche Wappenstickerin, der Seilermeister Niando Ruanail, die Gebrüder Mankow von der angesehenen Schlosserei und zu guter Letzt der greise Dalbach Necht, der eine Menagerie besaß. Man spielte Boltan, Inrah oder trank einfach nur, während der alte Rabe bisweilen sein »Die Pest holt den Rest!« in die Menge krächzte.

Ich weiß nicht, wie alt Raben werden. Doch inzwischen kannte ich die Legenden von der Schwarzen Pest Al'Anfas und wunderte mich nicht mehr, daß Antiarna, die tote Vampirin, bei dem Schlachtruf des Raben zutiefst erschrak. Sagartas Geschichten zufolge stammte Antiarna Paligan tatsächlich aus Al'Anfa, allerdings nicht aus dem heutigen, sondern aus der Kolonie, über die vor Jahrhunderten noch die Garether Kaiser geherrscht hatten. Vor etwa dreihundertfünfzig Jahren hatte Boron Al'Anfa mit einer entsetzlichen Pest geschlagen, um diese sündige Stadt, in der die Menschen Dämonen gehuldigt und Götzen angebetet hatten, zu strafen. Diese Seuche war überbracht worden von zerzausten Raben, die mit einem Mal tot und ohne Federn von den Dächern fielen …

»Die Pest holt den Rest! Äh! Die Pest holt den Rest!« krakeelte der struppige Rabe.

Antiarna war zu jener Zeit in Al'Anfa gewesen, als Vampirin hatten ihr Krankheiten nichts anhaben können, doch sie hatte das Sterben und das Leid um sie herum miterleben müssen, ohne helfen zu können.

Zwar sah ich Raben nun nicht mehr so sehr als Todesboten, wie ich das noch als Lebender getan hatte, doch der Wahlspruch von Dotos gefiedertem Freund ließ mich trotzdem schaudern, nun, da Sagarta mir von der Rabenpest in der Schwarzen Perle des Südens berichtet hatte. Wer auch immer ihm das beigebracht hatte, besaß einen äußerst eigenartigen Humor.

Nur mühsam kehrten meine Gedanken zurück in das Hier und Jetzt des *Esche und Kork*, und ich war froh, daß mich die anwesenden Gäste nicht sehen konnten. Gerade nämlich beendete Idra, die Bardin, von deren Blut ich bereits getrunken hatte, ihr Lied und sah auf. Obwohl Sagarta ihr Gedächtnis gesteuert hatte, so daß sie sich an die peinliche Szene an der Tür des *Lorbeerzweiges* nicht mehr erinnerte, zog ich es vor, ihr nicht wieder zu begegnen.

Idra gesellte sich zu Aldare und einer faszinierenden anderen Elfe mit weißem Haar, und als sich Thalionmel auch noch dazustellte, bot sich wahrhaftig ein zauberhafter Anblick: vier wunderschöne Frauen, drei mit spitzen Ohren, zwei mit schwarzem, zwei mit hellem Haar.

»Hübsch, die vier«, hörte ich Pad an meiner Seite murmeln. An ihrer Stimme war zu erkennen, daß sie lächelte. Doch ich antwortete nicht, denn Fianna begann, sich unruhig umzusehen.

»Ich möchte nicht, daß ihr etwas passiert«, sprach ich leise in die Leere neben mir. Es war tragisch genug, daß wir sie so als Lockvogel benutzen mußten und so unabwendbar in Gefahr brachten. Noch mehr schmerzte es mich, daß von der früheren Fianna nur noch wenig übrig zu sein schien. Eine lauernde Aufmerksamkeit, zusammen mit hinterlistig aufblitzenden Augen, zeigte, daß die so einfühlsame und hilfsbereite Freundin der Vergangenheit angehörte.

»Fion«, zischte Pádraigín mir warnend zu. Fianna hatte sich erhoben, einige Heller auf dem Tisch zurückgelassen und bewegte sich nun zwischen den Tavernengästen hindurch direkt auf uns zu. Bei jedem Schritt, den sie sich näherte, befürchtete ich mehr und mehr, daß auch sie, ähnlich wie Giall, durch meinen Zauber hindurchsehen konnte. Doch als sie dann direkt neben uns stand (Pad hielt sicher die Luft an, denn ich hörte nicht den geringsten Atemzug aus ihrer Richtung), blickte sie sich noch einmal nach hinten um, ließ ihren Blick aufmerksam durch den Schankraum schweifen und öffnete dann, als sie sich unbeobachtet wähnte, die Hoftür, durch die sie verschwand.

Einige Herzschläge lang warteten wir, dann tat ich es ihr vorsichtig gleich. Ich lugte zunächst durch den Spalt, bevor ich hindurchschlüpfte und die Tür für Pad offenhielt. Rasch verharrte ich, um zu erlauschen, welche Richtung Fianna gewählt hatte, und machte leise Schritte aus. Links von der Tür, in einer Ecke des Hofes, schmiegte sich eine Kellertreppe an das Gebäude.

»Hier entlang!« wies ich Pad an, die mir folgte. »Laß uns unsere Verschleierung abwerfen, ich finde mich im Dunkeln zwar gut zurecht, aber ich kann Euch nicht leiten, wenn ich Euch nicht sehe!« Pad erschien hinter mir aus dem Nichts und lächelte mich an, als ich ebenfalls meinen Zauber abbrach.

»Ich werde mich an deinem Gürtel festhalten!« Ich nickte und ging vor. Wir stiegen die Treppe hinab und erreichten einen Kellerraum, der zur Aufbewahrung von haltbaren Lebensmitteln genutzt wurde. Auch Fässer mit Havenabräu, rotem Valporaner und Gebranntem lagerten hier. Eine weitere Tür an der hinteren Wand stand ein wenig offen. Ich ging darauf zu. Ein anderer Vorratsraum mit Eingemachtem, Marmelade und Sauerkrautfässern öffnete sich, nachdem ich auch hier noch einmal gelauscht hatte. Wie fand sich Fianna hier ohne Licht zurecht? Eigentlich durfte sie hier genauso wenig sehen wie Pad, die sich sehr geschickt an meinem Gürtel festhielt und auf die kleinsten Veränderungen meines Schrittes sofort reagierte.

Auch durch diese weitere Tür konnte ich nichts Verdächtiges hören. Ich öffnete und zog die Baronin hinter mir her. Diese hatte, wie ich kurz sah, die ihr hier sowieso nutzlosen Augen geschlossen und schien sich gänzlich auf ihr Gefühl zu verlassen.

Wir betraten einen Raum, der mit allerlei Gerümpel vollgestellt war, das sich im Laufe der Jahre in einem Haushalt ansammelt: alte Möbel, Holzlatten, Truhen, zu reparierendes Spielzeug und Fässer voll Werkzeug. Hier erblickte ich keine andere Tür mehr. Dennoch war der Raum leer.

»Hier ist niemand! Obwohl es eine Sackgasse ist!« rief ich. Pad ließ meinen Gürtel los und entzündete eine Kerze. Die Flamme brannte mir fast schmerzhaft grell in den Augen. Außerdem besaß ich, seit ich ein Vampir war, eine fast panische Angst vor Feuer jeder Größe, so daß ich einige Schritte zurückwich. Doch langsam gewöhnte ich mich an das bedrohliche Flakkern.

Nun sah die Baronin sich ebenfalls um, ging von Ecke zu Ecke, stampfte hier und da mit dem Fuß ein wenig auf, bis sie schließlich bei dem Werkzeugfaß stehenblieb. Eine Schleifspur war auf dem Boden im Staub zu sehen. Pádraigín zog ihren Dolch und stocherte zwischen einigen Bohlen herum, bis sie schließlich eine Luke hochhebelte.

»Keine Sackgasse!« Sie hob die Abdeckung an und lehnte sie an das Faß. Von unten war leises Plätschern zu hören. »Nur frage ich mich, warum sie hier verschwindet. Was haben die beiden vor? Ist es eine Falle?«

Ich zuckte mit den Schultern. »Sie ist in Gefahr, das spüre ich. Ich kann sie nicht einfach in seinen Händen lassen und ihre Seele aufgeben. Das müßt Ihr doch verstehen!«

»Das verstehe ich sehr gut. Wir sollten uns nur darüber im klaren sein, daß wir es hier mit einem klugen und umsichtigen Feind zu tun haben.« Damit wies sie mit einer höflichen Geste auffordernd auf das Loch im Boden, um mir den Vortritt zu lassen.

Die Öffnung führte in die Kanalisation, in der ein Rinnsal steten Wassers floß. Langsam ließ ich mich hinuntergleiten und sah mich um – meine geschärften Sinne erwiesen sich hier als sehr hinderlich, denn der Gestank war entsetzlich. Schließlich half ich der erstaunlich gewandten Baronin ebenfalls herab und lauschte auf den Hall von Schritten. Dann schloß ich die Klappe und beschrieb Pad die Situation.

»Es ist ein hoher Rundbogentunnel. Ein Fußtritt, daneben eine tiefe Rinne, in der noch Wasser fließt. Fianna ist gegen den Strom verschwunden. Ich werde ihr folgen.«

»Siehst du sie?« »Nein, sie ist recht flink. Das ist seltsam in dieser Dunkelheit, früher hat sie sie immer gehaßt.«

»Ich werde mir ein wenig Licht machen. Möge Phex

seinen Schein nicht allzu weit voraussenden.« Wieder entzündete sie ihre Kerze, deren schwaches Licht zuckende Schatten an die Wände warf. Ich ging trotzdem vor, da mein Blick die Dunkelheit weiter durchdrang.

»Ich habe Geschichten von der alten Kanalisation gehört. Meistens waren es Gruselmärchen von Kindern gewesen, die niemals wieder daraus zurückgekehrt waren. Aber ich habe niemals geglaubt, daß sie wirklich noch begehbar ist. Wie groß mag sie sein?«

Pádraigíns Schritte erklangen leise hinter mir. »Sie ist sehr groß, einige der Gänge sollen sogar noch in die Unterstadt führen. Auch unter dem Palast gibt es einige, durch die man in die Stadt oder aus ihr hinauskommt. Einige kenne ich recht genau, aber ich vermute, daß es unter dem Palast noch geheime Gänge gibt.«

»In jenen muß sich Dhaman verstecken. Ich kann mir nicht vorstellen, daß er tagsüber in seinem Zimmer schläft. Es ist erstaunlich, daß ihm niemals jemand auf die Schliche gekommen ist.«

Nachdenklich musterte Pad einen abzweigenden Gang, an dem ich vorbeigegangen war. »Er gilt eben als sonderbar. Zudem wird seine Magie ihm helfen, die Leute davon zu überzeugen, daß an seinem Verhalten nichts Schlimmes ist. Zwar bin ich nicht ständig am Königshof, aber ich habe auch nichts gemerkt, und das, obwohl ich die Weihe eines Zwölfgottes trage. Andererseits«, schloß sie dann, »habe ich ihn nie gemocht.«

»Ich ihn auch nicht«, fügte ich leise hinzu. Dhaman hatte jedem, den ich geliebt hatte, auf irgendeine Weise Schaden zugefügt. Mein Vater war tot, meine Mutter geschändet und verwirrt, Rhuads Gedächtnis verzaubert, Fianna verdorben.

Meine Stimme schallte bedrohlich von den Wänden wider, das Echo trug weit, zu weit. Allerdings hinderte der Hall Dhaman, wenn er denn hier war, daran, unseren Aufenthaltsort zu bestimmen, da jedes Geräusch buchstäblich von überallher kommen konnte.

Die Tunnel der Kanalisation verzweigten und trafen sich häufig, so daß ein verwirrendes Netz unter der Stadt entstanden war. Das Rumpeln eines Fuhrwerkes, das Schlagen von einem Hammer oder andere Geräusche des Alltags verrieten bisweilen, daß es noch weitere Zugänge zu diesem Labyrinth gab, doch ansonsten herrschte hier unten dunkle Abgeschiedenheit. Ich nahm mir vor, diese Gänge genauer kennenzulernen – wenn ich dazu noch die Gelegenheit bekäme.

Pfeifend und gut gelaunt hüpfte Aldare die Kellertreppe hinunter. Was für ein schöner Abend! Idra spielte unermüdlich ein Lied nach dem anderen, lockte damit Gast um Gast in den Schankraum, so daß sie selbst und die *Esche* daran gut verdienten. Besonders ihre brabakischen Spottlieder über die Al'Anfaner waren bei den Havenern beliebt. Einige hatte Idra ihnen sogar beibringen müssen, und da das Singen die Kehlen austrocknete, machte Aldare sich nun zum zweiten Mal auf den Weg, Nachschub an Bier zu holen. Sula, die sich beim Ausschenken gar nicht dumm anstellte, vertrat sie oben in der Stube.

Nanu, warum stand denn die Kellertür offen? Aldare war sich ganz sicher, sie bei ihrem letzten Gang fest verschlossen zu haben! Erlaubten sich da ein paar Säufer einen Scherz, oder hatte es hier jemand auf ihre Vorräte an Havenabräu abgesehen? Die Elfe schob die Tür einen Spaltbreit auf, eine Laterne in der einen, den Dolch in der anderen Hand, doch kein Lichtschein drang aus dem Raum dahinter hervor, kein Geräusch war zu hören. Sie schlüpfte hinein und zählte rasch im Schein der Lampe Fässer und Mehlsäcke. Nichts fehlte.

Um sicherzugehen, daß sich hier keine Maus in der

Käserei einschließen ließ, überprüfte Aldare auch noch den zweiten und den dritten Raum – vielleicht hatte der Gauner sie ja kommen gehört. Doch auch hier fand sie niemanden. Verwirrt sah sie sich in der Rumpelkammer um und erinnerte sich daran, daß sie Sula noch ein abgetragenes Kleid heraufholen wollte. Die Kiste war rasch gefunden und das Kleidungsstück herausgesucht. Es war zwar vielleicht etwas verschlissen, aber ein wenig aufgebessert und gekürzt würde es das Mädchen gut tragen können.

Aldare mußte lächeln, als sie an den Tag dachte, an dem Sulpiz Sula zum ersten Mal gesehen hatte. Wie immer hatte er sich sofort für das Kind erwärmt und beschlossen, es nicht wieder auf die Straße zurückzuschicken, sondern sie in der Taverne ›erst einmal ihre Verpflegung abarbeiten‹ zu lassen. Sula hatte sich murrend gefügt und am Anfang noch gefragt, wann denn diese Zwangsarbeit wohl beendet sei. Doch mit jedem Tag, den sie hier verbrachte, stahl sich mehr Angst in ihren Blick, daß sie irgendwann wieder gehen müßte.

Daß diese Gefahr nicht bestand, konnte sie ja nicht wissen – Sulpiz' Haus schien Arme und Waise anzuziehen. Thalionmel und sie hatte er regelrecht adoptiert, den kleinen Mi, der nun tot war, ebenfalls aufgenommen, damit er ein Dach über dem Kopf hatte und nicht mehr betteln mußte, und bei Sula war es ebenso: Sulpiz empfand es als seine traviagefällige Pflicht, den Armen und Obdachlosen zu helfen und sie an seinem Reichtum teilhaben zu lassen. So dankte er der Göttin der Gastfreundschaft und des heimischen Herdes für seine Taverne und seine liebenden ›Töchter‹.

Aldares Blick fiel auf Spuren am Boden, hervorgerufen durch Schuhe und … Hände? Neugierig beugte sich die Elfe hinunter und untersuchte die Flecken im Staub, der an einer Ecke des Raumes fast vollständig verwischt war. Selten kam jemand aus der Taverne hier in die Rumpelkammer, und warum sollte derjenige dann auf dem Boden herumrutschen? Es war seltsam.

Mit schlanken Fingern tastete sie den Fußboden nach etwas ab, das diese Spuren rechtfertigen würde – und siehe da: Hervorragend eingepaßt in die Dielen spürte sie die Fugen einer Klappe, die sie mit dem Dolch vorsichtig anhob. Fürchterlicher Gestank schlug ihr entgegen, so daß sie würgen mußte, doch auch Aufregung ergriff von ihr Besitz. In *ihrer* Taverne gab es einen Geheimgang!

Einen kurzen Augenblick lang zögerte Aldare, überlegte, ob sie nicht vielleicht Thal oder Sula oder wenigstens Elodiron Bescheid geben sollte, wo sie war – aber würden diese nicht versuchen, sie zurückzuhalten? Wie ein Kätzchen vor einer neuen, halb geöffneten Tür, hinter der es Unbekanntes zu erforschen gab, kniete Aldare vor der Luke und spähte hinab. Schließlich steckte sie sich kurzentschlossen den Dolch in den Gürtel und band die Lampe daran fest. Dann ließ sie sich an den Händen so hinabgleiten, daß sich die Abdeckung über ihr wieder schloß. Sie merkte kaum, daß sie sich dabei die Finger klemmte.

Die dunklen Gänge der Kanalisation erwarteten sie. Sie sah flüchtigen flackernden Lichtschein in einer Richtung.

»Irgendwann, meine liebe Aldare, bringt dich deine Neugierde noch in die Klauen des Namenlosen!« sprach sie laut zu sich selbst, während sie schon dem Gang folgte, in dem das Licht zu sehen war.

Plötzlich vermeinte ich, aus einem der Gänge leise Schritte zu hören. Ein tanzendes Licht näherte sich. Mit einer Geste bedeutete ich Pad, die Kerze zu löschen und sich an die Wand zu drücken. Ich bewegte mich selbst lautlos an der Mauer entlang. Gedanken wirbelten durch meinen Geist. Fianna hatte es bis hierher ohne Licht geschafft, und Dhaman sah im Dunkeln sicherlich ebenso gut wie ich. Wer also mochte das sein? Gedungene Handlanger? Schmuggler? Man erzählte sich von den *Nebelgeistern* der Unterstadt, die mit ihren Waren die königlichen Kontrollen umgingen und in Havena teils bewundert, teils gefürchtet wurden – der König jedenfalls ließ sie erbarmungslos jagen. Zwar hatte Rondriane Kevendoch, selbst eine ehemalige Schmugglerin, mit ihren ›Jägern‹ den Kopf der Nebelgeister aufgebracht, der von König Bennain daraufhin zum Tode verurteilt worden war, doch nach einigen Jahren schien die Bande unter neuem Oberhaupt zu alter Größe zurückgekehrt…

Ein seltsames, leises Trippeln und Schlurfen näherte sich mit flackerndem Licht, und wäre ich sterblich gewesen, mir hätte das Herz bis zum Hals geschlagen und der Schweiß auf der Stirne gestanden. So aber stand ich recht ungerührt, aber angespannt direkt an der Ecke und wartete darauf, daß, wer immer auch da in der Kanalisation entlangschlich, in meine Reichweite käme.

Tatsächlich kamen Licht und Geräusch langsam auf mich zu und schoben sich näher an die Ecke heran. Ich sprang vor, griff dorthin, wo ich den Kragen des Schleichers erwartet hätte, und faßte ins Leere. Mit entsetzlichem Kreischen sprangen vier halbwüchsige Kinder auf und rannten schreiend in die Dunkelheit. Die Laterne des einen krachte gegen eine Wand: Feuer floß in das Rinnsal im Kanal, das Öl brannte auf dem Wasser weiter, die sengende Lache trieb auf uns zu und vorbei, bis der Schein verschwand. Über den Gängen lag wieder Nacht. Ich entspannte mich langsam, denn wieder einmal hatte mich der Anblick der Flammen vor Angst gelähmt.

»Kinder?« Pádraigíns Stimme klang besorgt. »Die finden doch hier nie wieder heraus, jetzt, wo sie ihre Lampe verloren haben!« Die Baronin entzündete ihre Kerze erneut.

Traurig schüttelte ich den Kopf. »Verdammt. Wir können ihnen aber jetzt nicht helfen! Wenn Ihr recht habt, erschafft Dhaman jetzt vielleicht gerade ein neues *Kind der Finsternis:* Fianna! Das werde ich nicht zulassen!«

»Wir können diese Kinder hier aber auch nicht verhungern lassen! Ich werde sie suchen, versuche du, Fianna zu finden.«

Ärger stieg in mir auf, über die Gören, die hier nichts zu suchen hatten, den Schrecken, den sie mir eingejagt hatten, und über Pad, die anscheinend nicht begriff, worum es hier ging.

»Nun, macht, was Ihr wollt.« Ich drehte mich um und huschte den Gang entlang, Pads »Phex mit dir« klang mir noch leise in den Ohren.

Aldare erstarrte, als sie ganz nah ein niederhöllisches Kreischen hörte. Sie durfte die Lampe nicht löschen, verbarg das Licht aber, so gut es ging, mit Händen und Körper. Einige Augenblicke noch erklang Tumult aus den Gängen, dann näherte sich rasch Licht. Hastig ergriff Aldare ihre Lampe und zog wieder den Dolch. Dann verschwand sie in einem Seitengang und wartete ab, wer denn da noch in den Kanälen herumschlich.

»Efferd steh mir bei!« entfuhr es der Elfe, als in der Rinne neben ihr das Wasser zu brennen begann. Wie eine schwimmende Insel trieb das Feuer den Kanal hinunter. Aldare blickte ungläubig hinterher. Eine Weile verging, bis sie wieder zu atmen wagte: Ihre feine Elfennase erschnupperte den Geruch verbrannten Öls.

»Heilige Lata, da bin ich aber froh!« murmelte Aldare und schlug das Zeichen Efferds vor sich. Brennendes Wasser gehörte für einen Efferdgläubigen geradezu zum Weltuntergang.

Die Neugier obsiegte aber auch dieses Mal über die

Furcht, und die Elfe nahm, Fluch und Gestank hin oder her, ihre Lampe wieder auf und schlich weiter in Richtung der Geräusche.

Nach Verlassen des *Esche und Kork* waren wir Fiannas Spur in einem sich mehrfach verzweigenden Gangsystem gefolgt. Eigentlich blieb mir nichts anderes übrig, als in dem Gang zu bleiben, in dem ich zum letzten Mal ihre Schritte gehört hatte.

Die Steine unter meinen Füßen waren feucht und schlüpfrig, was mir früher vielleicht Schwierigkeiten bereitet hätte, doch wie meine Nachtsicht und meine Sinne hatten sich mit meinem Tod auch meine körperlichen Kräfte verändert. Sie kamen mir nun zugute.

Zwei Zuflüsse, einer von rechts, der andere von links, stellten mich vor die Wahl. Ich lauschte, doch kein hastiger Schritt, kein Atmen, kein einziges Geräusch half mir weiter. So mußte ich mich auf mein Gefühl verlassen, eine Wahl, die mir recht schwer fiel, denn Fiannas Seelenheil mochte davon abhängen.

Ich stand noch an dieser Kreuzung, als ein gellender Schrei die Stille zerriß und schnell erstickt wurde. Ein Frauenschrei – was mochte Pádraigín passiert sein? Zumindest glaubte ich nun, daß Dhaman hier war, denn Fianna würde es kaum gelingen können, die Baronin, die immerhin bei Raidri Conchobair ihre Knappinnenzeit verbracht hatte, zu besiegen. Oder war es gar Fianna selbst, die da schrie? Mit einem Mal war ich mir weder sicher, wer den Ruf ausgestoßen haben mochte, noch aus welcher Richtung er gekommen war.

Stumm betete ich zu Boron, daß ich nicht zu spät kommen würde. Das Poltern eines Steines oder eines anderen schweren Gegenstandes lockte mich in den Gang zur Linken. Vorsichtig folgte ich diesem einzigen Anhaltspunkt, der mir blieb.

Ich verfluchte die Erbauer dieser Anlage. Die Gänge

hier waren völlig wirr, grüne schimmlige Flechten hatten sich hie und da im Mauerwerk eingenistet, wo es stetig von oben tropfte. Risse und Nischen zwischen den Steinen zeugten von Verfall und der Baufälligkeit einiger Abschnitte. In dem Gang, in den ich nun schlich, lagen sogar bereits große Teile der Bogendecke zu großen Haufen auf dem Grund. In der Rinne floß das Wasser um Steine und Brocken herum.

An meinem Kopf zischten einige geflügelte Schatten vorbei – Fledermäuse, in deren Reich ich gerade eindrang. In vielen dunklen Nischen hingen diese kleinen Leiber mit dem Kopf nach unten, die ledrigen Schwingen eng an den Körper gefaltet. Ich beachtete sie nicht weiter, sondern kletterte über die Steinhaufen am Boden.

Plötzlich traf mich etwas Hartes am Rücken und schleuderte mich schmerzhaft gegen die Kanalwand, dann fiel ich in die Wasserrinne. Schnell rappelte ich mich auf und versuchte, einem neuerlichen Angriff auszuweichen, doch wiederum war er – Dhaman – schneller. Seine Hand mit den klauenartigen Nägeln riß mir Brust und linke Halsseite auf. Der brennende Schmerz traf mich wie ein Keulenhieb.

Lachend und mit gebleckten Zähnen stürzte er sich ein drittes Mal auf mich, da ich keine Anstalten machte, mich wieder zu erheben. Doch dieses Mal warf ich mich im letzten Moment zur Seite. Wieder landete ich in der stinkenden Wasserrinne, sprang auf und erwartete ihn, der sich ebenfalls erst aufrappeln mußte. Diese drei Attacken zeigten mir einmal mehr, mit was für einem Gegner ich es hier zu tun hatte: Seine Kraft überstieg die meine bei weitem, zudem war er viel schneller und kampferprobter als ich. Die Jahrhunderte seiner unheiligen Existenz hatten ihn gestählt.

Wie zum Sprung geduckt stand er vor mir, die Hände zum Zupacken vorgestreckt, und belauerte mich grinsend.

»Nun, Fion, ich hatte dich gewarnt! *Der Moha, der nicht hören will, muß fühlen,* sagt ein alanfanisches Sprichwort, denn sonst lernt dieses dumme Pack seine Lektionen nie. Leider wird dich diese Lehrstunde nur endgültig vernichten, mein Lieber. Du hättest besser verschwinden und dich nicht mit meiner Freundin Sagarta einlassen sollen!« Ein heiseres Lachen folgte seiner Rede.

»Wo ist Fianna?« fragte ich ruhig, auch wenn es in mir tobte. Wenn nicht noch ein Wunder geschähe, würde er mich hier und jetzt zur Strecke bringen, und Fianna wäre trotzdem nicht geholfen.

»Fianna? Oh, dem kleinen Rehlein geht es gut, nicht war, Süße?« Aus einer Seitennische hinter ihm erschien eine blasse Figur, die in den dunklen Mantel gehüllt war, den sie den ganzen Abend schon getragen hatte. Ihre früher so sanften Rehaugen funkelten mich selbst in der Dunkelheit hier unten haßerfüllt an – sie sah mich offensichtlich ebenso gut, wie ich sie. Sie nickte trotzig.

»Ich dachte mir doch, daß unsere liebe Baronin sogleich zu dir laufen würde, da ihr Mißtrauen nun einmal geweckt war. Und Fianna hat mir die Ehre erwiesen, euch beiden hier eine Falle zu stellen, in die ihr freundlicherweise sehr blauäugig getappt seid. Äußerst unvorsichtig, Fion. Aber gewisse Fehler macht man eben nur einmal ...« Er kam langsam näher, sein Gesicht war eine Maske des Hasses und der Grausamkeit.

»Fianna«, flüsterte ich traurig. »Fianna, warum tust du das? Gilt dir denn unsere Freundschaft gar nichts mehr? All die Geheimnisse und die Erinnerungen, die wir teilen? Fianna, komm zu dir!« Ihre Antwort war ein kaltes Lachen, das mir ins Herz schnitt. Inbrünstig fügte sie hinzu: »Fion, ich hasse dich! Dhaman hat mich endlich gelehrt, meine Gefühle richtig zu verstehen. Wer mich nun herumschubst, muß damit rechnen, daß ihm etwas sehr Unangenehmes widerfährt ... Ich bin nicht mehr die kleine dumme Gans, die dir nachgelaufen ist und dir beisteht, Fion! Nun sind wir Feinde.« Und tatsächlich waren ihre Worte Ausdruck von tiefstem Haß, so daß ich nicht glauben konnte, dieselbe Person vor mir zu sehen wie früher im Fürstenpalast.

»Fianna ...«, brachte ich noch heraus und ließ meine kampfbereiten Fäuste sinken – auf einmal war alles so sinnlos geworden. War in dem, was sie sprach, nicht ein Fünkchen Wahrheit? Hatte ich sie nicht immer, wenn Rhuad gerufen hatte, im Regen stehengelassen, als ob mir ihre Gefühle gleichgültig wären? Besaß sie gar ein *Recht*, so zu denken? Zweifel kamen in mir auf und lähmten mich, und wie früher schon einmal wünschte ich mir, Sagarta hätte mich sterben lassen.

Dhamans Angriff kam so plötzlich und unerwartet für mich, daß ich den Schmerz spürte, bevor ich ihn über mir sah. Ein zweiter Hieb warf mich gegen die Wand, in meinem Kopf tanzten helle Sonnen. Dann hielt er meine Arme, die er mir, noch während mein Überlebenswille wieder erwachte, auf den Rücken drehte. Schließlich drückte er mich zu Boden.

Ohne Rücksicht auf den Schmerz wand ich mich in seinem Griff, doch wie damals im Stall, als er mich festgehalten hatte, besaß ich kaum eine Möglichkeit zur Gegenwehr. Mein Leib schmerzte, wo seine Klauen mir Haut und Fleisch zerrissen hatten, doch es gelang mir, ihn mit einem Tritt aus dem Gleichgewicht zu bringen. Fluchend stürzte er über mich, während sein Griff mir den linken Arm aus dem Gelenk kugelte. Der Schmerz schien übermächtig. Ich drängte ihn zurück und griff mit der Rechten nach dem Dolch, dem Geschenk Raidri Conchobairs. Den ersten Hieb fing er ab, hielt meinen Arm am Handgelenk zurück und drückte mit aller Macht zu. Ich biß die Zähne knirschend zusammen und ließ schließlich los. Der Dolch fiel klirrend auf die Steine.

Ein untoter Körper heilt schnell. So hatte sich mein Arm fast wieder eingerenkt, als ich versuchte, Dhaman von mir hinunterzuwälzen. Doch bevor ich wieder auf die Beine kam, fühlte ich einen heftigen Schmerz am Kopf, und es wurde dunkel um mich.

Kapitel 13

Borons süße Gnade

Das helle und schrille Lachen einer Frau drang an mein Ohr. Das Geräusch schwoll an und ab. Mein ganzer Körper schmerzte: die geschundenen Gliedmaßen und meine Brust, auf der ich nun, da ich die Augen öffnete, klaffende Kratzwunden erblickte. Doch auch aus meinem Innern rührte der Schmerz, wütend, gierig, entsetzlich. Es war Hunger. Der Kampf und die Verletzungen hatten zuviel des Blutes, das in mir war, aufgezehrt.

Ich versuchte meine Arme zu bewegen, doch irgend etwas hielt sie fest. Langsam wandte ich den Kopf und sah dicke Ketten am Handgelenk. Nun spürte ich auch die festen Ringe an meinem Hals und an meinen Fußgelenken.

Wieder erklang das Lachen. Als ich mühsam den Kopf hob und in das trübe Licht blinzelte – Fackeln und Kerzen, deren Flackern mich ein wenig ängstigte – erkannte ich zwei Gestalten vor einer dritten, die genau wie ich an die Wand einer kleinen Kammer gekettet war: Es war Pádraigín. Ihre Gewänder schienen mir in wesentlich besserem Zustand als die meinen, und bis auf verkrustetes Blut am Kopf wies sie keine Verletzungen auf. Doch Fianna holte gerade mit einer Lederpeitsche aus und schlug die Baronin kräftig. Pad gab keinen Ton von sich, auch wenn sie sich schmerzerfüllt aufbäumte.

Aus der Kammer führten rechts von mir einige Stufen nach unten durch einen Durchlaß hinaus, ansonsten erkannte ich keinen Zugang. Über Pádraigíns Kopf befand sich ein Sims unter der Krümmung zur Decke, einige Mauerbrocken und Steine lagen in der Ecke neben ihr. Auf einige davon hatte man Kerzen gesetzt. Eine auf Decken und Stroh gelegte alte Tür diente offensichtlich als Liege und sogar ein Wasserschlauch war vorsorglich in einer Ecke verstaut. Dies und die Eisenringe mit den Ketten, an denen Pad und ich hingen, sagten mir, daß dies ein sehr sorgfältig ausgewähltes Versteck war.

Ein Schrei zog meine Aufmerksamkeit wieder auf die drei Personen. Fianna hatte Pad ein zweites Mal gepeitscht.

»Das bereitet dir Freude, mein Reh, was? Eine echte Baronin vom Blut der Bennains auszupeitschen ist ein ganz besonderer Leckerbissen, das gebe ich zu. Vergnüge dich mit ihr, solange es dir Spaß macht!« Ein dritter Schlag führte zu einem neuerlichen Aufbäumen und einem weiteren Schrei.

Ich bewegte meine Arme nun etwas stärker, rüttelte an den Ketten, um sie zum Klirren zu bringen. Dhaman hatte recht: Mein Körper war schon tot, ihm konnten die Schläge nicht mehr so viel anhaben wie dem Pádraigíns.

Wie erwartet, ruckte Dhamans Kopf sofort zu mir herum, und auch Fianna wandte sich von der Baronin ab.

»Sieh nur, meine Liebe, dein Freund ist erwacht und rüttelt an seinen Ketten! Das ist zwecklos, *Rabenbrut*! Die Fesseln sind dafür geschmiedet, Wesen wie dich für die Ewigkeit zu binden. Und vielleicht werde ich genau das tun … Dich hier verrotten lassen!«

Bei Dhamans Worten zog Fianna ein enttäuschtes Gesicht und ereiferte sich: »Aber … ich will, daß er leidet, ich will ihm das Fell in Streifen schneiden, sein

Blut soll fließen...!« Ihre Hände krampften sich um den Griff der Peitsche, dieser mit Pádraigíns herrlichem Blut besudelten Peitsche... Bei dem Geruch überkam mich stärker als zuvor wieder der gierige Hunger und ließ mich erzittern. Ich sog den Duft des Lebenssaftes tief ein und ertappte mich dabei, wie ich die offenen Striemen auf Pads Körper anstarrte. Meine Zähne glitten aus dem Kiefer, und ich stellte mir vor, sie der Baronin in den zarten, weißen Hals zu schlagen, bis der üppige rote Saft daraus hervorquoll, sich meine Lippen wie zum Kusse um die Wunden schlössen und ich ihn genußvoll in mich aufnähme, bis die Quelle langsam versiegen würde und der zerrende Hunger in mir besänftigt wäre...

Nein! Mit gewaltiger Willensanstrengung beherrschte ich die Gier in mir. Ich durfte nicht daran denken, das nicht zulassen! Ich ließ den Kopf hängen und schloß mühsam die Augen. Als ich wieder aufsah, bemerkte ich, mit welch wachsamem Blick mich die Baronin musterte. Sie schien jedoch halbwegs beruhigt, als ich ihn nun matt, aber warm erwiderte. Ich zitterte.

Einige Wimpernschläge lang herrschte Schweigen. Wohl hatte nicht nur Pad meinen Kampf mit mir selbst beobachtet. Dhaman lachte leise, man sah ihm förmlich an, daß er sich im Geiste schon einen Plan zurechtlegte. »Hungrig, was, mein Freund? Ja, die Gier wohnt in uns allen, ob wir nun vorgeben, dem Raben und seinem gnädigen Täubchen zu dienen oder nicht. Es ist, als hocke ein Dämon in dir und versuche dich zu übermannen, wenn du es am wenigsten erwartest, nicht wahr? Vielleicht *ist* es ein Dämon, Fion, der deinen Hunger peitscht?«

Auch wenn ich mir sagte, daß er mich verunsichern, meinen Glauben erschüttern und mich zermürben wollte, fielen seine Worte doch irgendwo in mir auf fruchtbaren Boden. Zweifel an Sagartas Worten sproß.

Wer sagte, daß es einen Unterschied gab? Was hatte die Priesterin noch gesagt?

›Du trinkst den Lebenssaft deiner Opfer, und tötest du sie, sind sie tot und kehren in die Halle der Toten ein, um von Borons Seelenwaage Rethon für wert befunden zu werden, in eins der zwölf Paradiese eingelassen zu werden. Ein *Kind der Finsternis* aber stiehlt dem Menschen mit dem Blute auch noch Sumus unsterblichen Lebenshauch, so daß ihre Seelen nach dem Tode zwischen den Sphären umherirren und den Weg in die vierte Sphäre nicht von Golgari gewiesen bekommen. Und manches Mal erheben sich die Opfer selbst zu Kreaturen der Finsternis und verwehren den Sterblichen den Weg in die Paradiese. Ein *Kind der Nacht* schafft niemals unabsichtlich einen Vampir, denn dafür ist sein Blut auf den Lippen des Toten erforderlich. Es ist nicht in Borons Sinne, daß wir den Fluch an jeden Toten weitergeben. Doch es ist das Wirken des Namenlosen, daß die *Kinder der Finsternis* es tun, denn sie stärken seine Macht!‹

Ich hoffte, daß Sagarta wußte, wovon sie sprach, denn diese Worte spendeten mir hier und jetzt Hoffnung und die Kraft, daran zu glauben, daß es diesen Unterschied gab.

»Schlage sie!« befahl Dhaman Fianna. »Ihr Blut wird ihn verrückt machen.« »Aber *er* soll die Peitsche spüren! *Er* ist es doch, den …« Eine schallende Ohrfeige brachte sie abrupt zum Schweigen. Unwillkürlich zuckte ich zusammen, als habe Dhaman mich getroffen.

»Schlag *sie!* Es interessiert mich nicht, was du willst!«

Einige Augenblicke lang noch hielt Fianna sich die schmerzende Wange, und funkelte Dhaman trotzig und aufsässig an, doch die Angst schien den Zorn zu überwiegen. Mit einem häßlichen Schrei drehte sie sich um, hob die Peitsche und schlug sie Pádraigín quer über das Gesicht, wo ein blutiger Striemen aufsprang – ein gequältes Stöhnen war die einzige Antwort.

Der Duft des frischen Blutes beunruhigte mich wieder. Ich beobachtete, wie es Pads Haut hinabfloß, ihren Hals entlang bis in den Kragen des wollenen Kleides und sog unwillkürlich tiefer die Luft ein. Doch die sich zaghaft regende Gier schreckte mich auf und schärfte meine Wachsamkeit. Ich durfte nicht nachgeben, denn das war es, was Dhaman bezweckte.

»Hunger?« Sein grinsendes Gesicht war ganz dicht vor mir, und ich schnappte mit ausgefahrenen Zähnen nach ihm – doch einen halben Finger vor seiner Haut riß mich die Kette am Hals zurück. Dhaman zuckte mit keiner Wimper. Pad schrie unter einem neuerlichen Hieb auf, der meine Aufmerksamkeit auf eine Wunde quer über ihre Brust zog, dann schloß ich zitternd die Augen. Ich durfte nicht an den Hunger denken, dann würde er sicherlich aufhören, und so konzentrierte ich mich auf das wunderbare Gefühl des Windes unter Rabenschwingen, den Geruch der Nacht, in den sich der von süßem Blut – nein, es roch nach Salz und Meer. Pad schrie – nein, es war eine Möwe, der Schrei einer Möwe ...

Es wollte mir nicht gelingen, mich abzulenken, jeder Muskel in meinem toten Leib verlangte danach, auf sie losgelassen zu werden, aufzugeben.

»Warum kämpfst du dagegen, Fion? Ist es nicht viel leichter, nachzugeben, den Hunger herauszulassen und auszuleben, dich darin zu wälzen, bis er befriedigt ist? Sieh! Fianna, komm her!«

Mißtrauisch sah ich auf und folgte jeder seiner Bewegungen. Er winkte die Magd herbei, nahm ihr die Peitsche aus der Hand und warf sie mir an die Brust – nun klebte auch an meinem Hemd Blut. Jetzt legte er Fianna einen Arm um die Hüften, und fuhr die Zähne aus. Fiannas Kopf lag zurückgelehnt, sie hatte die Augen geschlossen.

»Nein! Dhaman, nicht, laß sie in Ruhe!« Er konnte Fianna doch nicht ... »Das klingt aber unfreundlich«, grinste der Edle. »Ich bin sicher, daß du das auch anders kannst!«

»Bitte«, ich mußte ihn davon abhalten! »Bitte, ich flehe dich an, laß sie am Leben!« Er sah mir in die Augen, ohne zu lächeln. »Nein.«

Ich riß an meinen Ketten, die meine Gliedmaßen und meinen Kopf mit eisernem Griff an die Wand fesselten, und mußte mit ansehen, wie er das Mädchen auf die Liege drückte. Ich sah die Gier in seinen Augen, das Blitzen der scharfen Zähne. Er würde sie töten, das wußte ich, und ich war dazu verdammt, hilflos zusehen zu müssen. Er und ich, wir kannten die gleiche Gier, er aber wußte nichts von Borons süßer Gnade.

Dhaman riß den scharfen Daumennagel schnell über Fiannas Hals und hinterließ eine rote Spur. Ich atmete schneller, schnüffelte ungewollt nach dem Geruch. Dann zog er die anscheinend willenlose Magd wieder mit sich hoch, nahm sie hinter ihr stehend wie ein Tänzer in den Arm. Die eine Hand auf ihrer Taille, die andere hob ihren linken Arm wie zum Paarschreiten der Kuslikana leicht empor. Dann führte er sie zu mir hinüber.

»Nein, nimm sie fort!« flüsterte ich und beobachtete aus zusammengekniffenen Augen die blutende Wunde an ihrem Hals.

Unwillkürlich versuchte ich zurückzuweichen, doch Wand und Ketten boten mir Widerstand. Wieder drang der süße Duft frischen Blutes an meine Nase, näher, immer näher, und ich schüttelte den Kopf. »Nein! Geh weg!« doch meine Stimme klang matt und heiser.

Schließlich lehnte Fianna an mir, ich spürte den Herzschlag in ihrer Brust. Das Pulsieren in ihren Adern rauschte in meinen Ohren, ihr Atem streifte meinen Hals. Und über all dem schwebte unwiderstehlich der

Geruch ihres Blutes, fachte Wellen der Gier in mir an, in denen mein Verstand langsam aber sicher ertrank.

Von Ferne drang eine Stimme an mein Ohr, leise und doch verzweifelt: »Fion! Fion, hörst du mich! Fion!« doch sie bedeutete mir nichts, gar nichts.

Dann zerrte der Hunger mit einem letzten machtvollen Aufbegehren an meiner Selbstbeherrschung und übermannte mich. Ich fixierte die blutende Wunde an Fiannas Hals, riß den Mund auf und biß kraftvoll noch tiefer hinein. Ihr Lebensquell sprudelte mir munter entgegen, füllte meinen Mund. Ich nahm ihn gierig, erleichtert und wollüstig zugleich in mich auf, trank, bis der Strom versiegte und schließlich ein Körper schlaff vor meinen Füßen zu Boden sank.

Als ich die Augen unter Dhamans häßlichem Lachen und Pádraigíns Weinen wieder öffnete, den Geschmack von Fiannas Blut noch auf der Zunge, schrie ich meinen Haß, meine Qual und die Verachtung meiner Selbst hinaus, so daß es von den Wänden der Kanäle widerhallte. Dann brach es in meinen Ketten zusammen. Der Schmerz, mit dem mir die Eisenringe in die Gelenke schnitten, war mir willkommen.

Kapitel 14

Rattenjagd

Am Abend des 28. Tsa, zwei Tage vor dem Tag der Erneuerung, kehrte Rhuad mit seinem Hengst Galahan von dem Ausritt im *Esche und Kork* ein. Sein braunes Haar hing ihm zerzaust in die Stirn, er schien gebeutelt von dem schnellen Ritt und dem Frühjahrssturm, der sich seit dem frühen Abend von einer starken Brise stetig gesteigert hatte. Nun beugten sich die Bäume, Ziegel wurden von den Dächern gerissen und auf die Straßen geschleudert und der Große Fluß warf hohe Wellen an die Ufer. Der Wasserpegel war wie in jedem Frühjahr sehr hoch.

Erschöpft, doch guter Dinge näherten sich Pferd und Reiter dem Stall, wo sich der Prinz aus dem Sattel gleiten ließ. Galahan rieb seine Stirn an der Schulter des Mannes.

»Sula!« rief Rhuad. Er führte das dampfende Tier auf dem Hof vor dem Stall auf und ab, bis sich die Tür zur Tavernenküche auftat und das junge Mädchen herauseilte.

»Ihr seid es!« Rhuad war hier als Brin gut bekannt und hatte auch in der letzten Zeit die Taverne gerne besucht. Heute hatte er sich mit Bran verabredet, der nun, da er wieder in Havena wohnte, die beste Kneipe der Stadt kennenlernen mußte. Sula hängte die Lampe an einen Nagel und lief, um dem Besucher das Pferd abzunehmen.

»Reibe ihn sorgfältig ab und lege ihm eine dicke Decke über, die du mit Stroh ausfütterst. Dann führe ihn noch ein Weilchen, damit er nicht heiß im Stall steht, und gib ihm erst ganz zum Schluß etwas zu saufen, sonst verdirbst du mir den guten Jungen!« ordnete Rhuad an, schnallte selbst den Sattel los und zog ihn vom Rücken des Pferdes. Das Fell glänzte vor Schweiß.

Mit müden Beinen trug Rhuad den Sattel zum Sattelschrank und warf ihn davor auf einen Bock.

»Halt still, du dummer Hund. Ich will dir doch nicht weh tun!«

Rhuad stutzte ungläubig und lauschte auf die murmelnde Knabenstimme, die von dem Zwischenboden herunterdrang, auf dem Heu und Stroh gestapelt wurden und wo er mit Fion manch fröhlichen Abend gemütlich hatte ausklingen lassen. Als Kinder hatten sie hier, in der Scheune des *Esche und Kork,* mit Fianna gespielt und die Leute beobachtet.

Langsam ging er zu der Stiege, die aus dem Stallbereich zu dem Zwischenboden führte und stieg hinauf, während er weiter lauschte: »Nun, nun, nicht zappeln. Du mußt ganz ruhig sitzen, sonst tust du dir nur noch mehr weh! Sei ein kluger Hund!« Die Antwort war ein gequältes Jaulen und Fiepen.

Jemand anderer mischte sich ein: »Cereborn, wir sollten doch deinem Vater Bescheid sagen! Er wird schon nicht böse sein. Wie können wir denn ahnen, daß ein Hund so feige sein kann und Angst vor einer Ratte hat! Wir hätten eine Katze mit hochbringen sollen!« »Wir hätten Lasóg gar nicht mitbringen dürfen, und schon gar nicht auf den Heuboden, das weißt du doch genau! Erst beißt ihn die Ratte in die Nase, dann tritt er auch noch in ein Astloch! Ich glaube, der Lauf ist gebrochen.«

Trotz der mißlichen Lage konnte Rhuad ein Grinsen nicht unterdrücken. Hunde auf Rattenjagd und dann noch dieser Feigling von Lasóg, der schon Fersengeld gab, wenn man ihn nur anknurrte! Der Prinz hatte den Heuboden erreicht und schritt nun leise und langsam an die beiden Kinder heran, die ihm zugewandt an der Rückwand saßen und sich über das rote Fellbündel beugten, das bisweilen elendig jaulte. Hatten sich die beiden hinter Bran hergeschlichen, hatte dieser sie mitgebracht oder waren sie aus eigenem Antrieb hier?

»Cereborn! Was machst du da, du tust ihm ja weh!« Giall klang entrüstet. Neben ihr beleuchtete eine weitere Sturmlaterne die Kindergesichter.

Rhuad beobachtete, wie der Junge den Lauf des Hundes in beide Hände nahm und die Augen schloß. Dann machte er ein angestrengtes Gesicht, der Schweiß trat ihm auf die Stirn. Er hörte nicht auf Giall, die weiter auf ihn einredete: »Laß ihn los, du Hundeschänder! Du brichst ihm das Beinchen ja gleich noch mal –« Das Mädchen stockte plötzlich und hielt, genau wie Prinz Rhuad, den Atem an, denn das Beinchen des Hundes fügte sich aus seinem unnatürlichen Winkel wieder gerade zusammen, als sei nichts passiert.

Dann geschah alles sehr schnell. Cereborn plumpste vor lauter Erschöpfung wie ein Sack Mehl über dem Hund zusammen, der daraufhin jaulend aufsprang. Giall schrie auf und warf sich beiseite, als eine Sturmbö durch die Dachritzen pfiff, in das Stroh fuhr und ein kleines Männchen aus Stroh und Luft auf dem Boden umherwirbelte. Durch Gialls Ausweichmanöver kippte die Laterne um, Lasóg stieß dagegen, so daß sie zerbarst, eine Flamme sprang auf und fraß sich rasch in das Stroh hinein. Zuallerletzt huschte das Strohmännchen durch das Feuer und ging in einer einzigen großen Stichflamme auf, die nun brennend durch die Scheune raste.

Rhuad überlegte kühl. Hier mußte schnell gehandelt werden. In Lowangen, der Akademie, an der er die magische Kunst gelernt hatte, waren die Elfen genauso willkommen gewesen wie die Menschen, so daß auch ein reger Austausch der Zaubersprüche stattgefunden hatte. Eine Errungenschaft, die ihn eine wirklich bezaubernd schöne Auelfe gelehrt hatte, war der *Axxeleratus Blitzgeschwind,* ein Zauber, der einen Menschen sich schnell wie der Wind bewegen ließ.

Die Spruchdauer war nicht lang, zwei Atemzüge vielleicht, doch als Rhuad mit übermenschlicher Geschwindigkeit auf die Kinder zurannte, brannte bereits ein Großteil des Strohs auf dem Boden und leckte die trockenen Holzpfeiler hinauf. Unten im Stall stampften unruhig die Pferde.

Schnell warf sich Rhuad den bewußtlosen Cereborn über die Schulter. Giall kreischte noch lauter, als er auftauchte. Doch dann hatte er auch das Mädchen auf dem Arm und trat die Heuluke zu der Seitengasse linkerhand des *Esche und Kork* mit einem kräftigen Fußtritt auf. Funken stoben auf, eine Windbö fuhr ihm entgegen und warf die Flügel der Heuluke krachend wieder zu. Rhuad umgaben brennende Heubündel in einem prasselnden Inferno, die Flammen loderten bis zum Dachstuhl hoch.

Das Mädchen schrie wieder panisch auf. Rhuad sah aus den Augenwinkeln das hüpfende Feuermännchen herbeihuschen, trat die inzwischen brennende Luke noch einmal auf, so daß der eine Laden krachend gegen die Scheunenwand prallte und nur noch an einer Angel hing. Die zwei Meter zur Gasse sprang der Prinz hinab.

Als er unten ankam, erklang vom Hof bereits der Ruf der Magd Sula: »Feuer! Schnell, die Scheune brennt, die Pferde sind noch drinnen!« Die ersten panischen Schreie der eingesperrten Tiere hallten schrill durch die Nacht.

Rhuad setzte Cereborn und Giall bequemer auf seinem Arm zurecht – Rahja, waren Kinder in dem Alter schon schwer! – und überprüfte rasch den Zustand des Jungen. Dessen Puls schlug, auch der Atem ging recht normal. Zwar war er kein ausgebildeter Heiler, doch der Prinz sah, daß der Bursche nur ohnmächtig wegen der Überanstrengung war. Dann schritt er durch die Hoftür wieder zur Rückseite des *Esche und Kork,* wo Bran mit den anderen Gästen schon eine Feuerkette bildete.

»Rhuad!« rief der Geweihte und löste sich aus der Menge. Er hielt ungläubig inne und rannte dann schnell auf ihn zu, nahm seinen rußgeschwärzten und bewußtlosen Sohn auf den Arm und drückte ihn an sich. »Rhuad, was ist denn geschehen? Was machen die beiden dummen Gören hier? Seid ihr Kinder denn von Sinnen? Cereborn, mein Junge, was ist nur mit dir?« Thalionmel, Aldares Zwillingsschwester, scheuchte die ersten Pferde aus dem brennenden Gebäude und rannte todesmutig wieder hinein, um weitere hinauszuführen.

Der Prinz schüttelte warnend den Kopf und führte den Geweihten, die leise schluchzende Giall noch immer auf dem Arm, in den nun leeren Schankraum. Draußen kämpfte die Löschkette verzweifelt gegen Sturm und Feuer an.

»Die beiden Kinder können eigentlich nichts dafür, Bran«, seufzte Rhuad schließlich, und ließ sich auf einen Stuhl fallen. »Es war ein Unfall. Lasóg, der Hund, hatte eine verletzte Pfote, und Cereborn hat ihn geheilt. Er besitzt die *Kraft,* Bran. Ich vermute es schon seit einigen Tagen. Wie das bei ungeübter Magie so ist«, jetzt flüsterte der Prinz, damit niemand zufällig mithörte, »entstand dabei ein Mindergeist. Der Hund stolperte über die Laterne, die das Stroh entzündete, und der Mindergeist hat dann den Rest besorgt. Ich hoffe nur, daß sie die Pferde aus dem Stall bekommen! Die dummen Tiere sperren sich ja meist noch gegen die Rettung!«

Bran starrte Rhuad ungläubig an und blickte dann auf seinen Sohn, der leise stöhnte. »Die *Kraft*!« wiederholte er ungläubig. »Aber – das kann nicht sein, niemand aus meiner Familie besaß je die Gabe. Zumindest, soweit ich weiß.«

»Vielleicht stammt es ja von Rondrike? Oder es ist einfach ein Geschenk Hesindes, mein Freund! Tu mir einen Gefallen und verbaue ihm nicht den Weg zur Magie, ja? Versprich es mir!«

Der Hesindegeweihte stimmte dem Prinzen zu. »Das verspreche ich. Er soll selbst wählen.« Dann sah er verzweifelt zu seinem Freund auf: »Rhuad, wie soll ich das nur bezahlen? Es ist doch Cereborns Schuld, und so müssen wir auch dafür geradestehen!«

»Ich denke, mein Vater wird dafür die Verantwortung übernehmen!« beruhigte der Prinz Bran, der jedoch heftig den Kopf schüttelte.

»Nein, das will ich auch nicht. Ich möchte nicht, daß er damit anfängt, meine Schulden zu begleichen. Ich hätte dich nicht fragen sollen!« Seinem Gesichtsausdruck war abzulesen, daß er sich in seiner Ehre verletzt fühlte.

»Aber es ist nicht die Schuld deiner Familie. Es ist meine Schuld!« Der Prinz nickte nachdrücklich, seine Lippen umspielte ein kaum wahrnehmbares amüsiertes Lächeln.

Der Hesindegeweihte starrte Rhuad einen Augenblick lang verwirrt an. »Deine? Wieso?«

»Nun, ich habe hier früher häufig mit Fion gespielt, so wie Giall und Cereborn heute. Unter anderem haben wir auf den obersten Stützbalken einige ›magische Runen‹ eingeritzt, von denen wir früher noch nicht viel wußten. Als wir hier vor einigen Monden wieder waren, erinnerten wir uns – es war das Zeichen des elementaren Feuers dabei. Ich weiß noch genau, wie ich sagte, daß das hoffentlich kein böses Omen war – ich fürchte, es war doch eins. Also ist es meine Schuld!« Rhuad grinste unschuldig, doch Bran blickte ihn äußerst verwirrt an.

Noch bis spät in die Nacht war die Dunkelheit vom Feuer erleuchtet, viele Schaulustige und freiwillige Helfer hatten sich um das *Esche und Kork* versammelt. Die einen hatten gestaunt und getuschelt, die anderen mit Eimern dafür gesorgt, daß die Flammen nicht auf das Tavernengebäude oder die umliegenden Häuser übergriffen. Die Scheune jedoch lag in Schutt und Asche und hatte Rhuads und Fions schönste Erinnerungen an Kindheit und Jugend unter sich begraben.

Der Prinz stand noch eine Weile vor den rauchenden Trümmern und ging dann zu Galahan hinüber, der mit den anderen geretteten Pferden an der gegenüberliegenden Seite des Hofes stand und ihn mit freudigem Schnauben begrüßte.

»Guter alter Junge!« Mit kräftigen Fingern kraulte Rhuad dem Pferd die Stirn unter dem Lederriemen. »War eine aufregende Nacht, wie? Nun, du hast dich wenigstens tapfer gehalten, dieses alberne Maultier von Doto ist vor Angst ja halb verrückt geworden. Nur gut, daß ich ihm seinen Wetteinsatz damals wieder geschenkt habe!« Die Erinnerungen an das Wett-Trinken vor drei Monden waren noch sehr lebhaft, besonders daran, daß er selbst das von Doto gewonnene Maultier an einem der nächsten Tage vom *Esche und Kork* bis zum Krämerladen des alten Fuchses geritten hatte – der schrecklichste Ritt seines Lebens übrigens –, um es Doto mit den Worten zurückzugeben: »Ich weiß, alter Knabe, daß das ein Anschlag auf mein Leben war und du mich das Maultier hast gewinnen lassen, aber ich gedenke nicht, darauf hereinzufallen. Laß dich von dem Tier selbst umbringen, Doto, oder dir den letzten Nerv rauben – ich hänge am Leben!«

Zwar sperrte sich der Krämer dagegen, »ein Almosen« im Austausch gegen ein hübsches kleines Rosenholzkästchen mit Einlegearbeiten anzunehmen (in dem ein geckenhaftes Monokel an einer Silberkette war, eines jener ›garantiert hochmagischen Artefakte‹ aus

Dotos Regalen), doch er hatte das Tier zurückgenommen. Schließlich hatte Rhuad weder vorgehabt, ein Maultier zu gewinnen, noch einen armen Krämer seines einzigen Lasttieres zu berauben. Ein lustiger Abend und die Tatsache, daß sein stolzer Shadifhengst aus dem Gestüt der Fürsten von Kuslik-Galahan noch in seinem Stall stand, genügten ihm.

Doto Runwald, den ausnahmsweise stillen Raben auf der Schulter, stapfte nun ebenfalls zu seinem Maultier und ergriff es bei den Zügeln. Als er Rhuad neben seinem Hengst stehen sah, grinste er schief und lachte: »Ah, Brin!« Unter diesem Namen kannte man den Prinzen hier, der sich nicht als Hoheit, sondern als Mensch amüsieren wollte. »Zu schade, daß ich dich damals nicht unter den Tisch gesoffen habe! Das Tier hätte mir gut und gerne ein paar hundert Dukaten eingebracht. Hast du nicht Lust, noch einmal darum zu trinken?«

»O nein, Doto, verloren ist verloren! Das Risiko gehe ich nicht noch einmal ein.« Zudem war dieser letzte Trinkwettstreit zu eng mit Fion verbunden, als daß er ihn wiederholen wollte ...

Als hätte er Rhuads Gedanken gelesen, brachte Doto die Sprache auf den ehemaligen Stallknecht: »Brin, weißt du übrigens, daß dein Freund Fion ein guter Bekannter des Prinzen Rhuad gewesen sein soll? Munterer Bursche das, Stallknecht am Königspalast, der in Ungnade gefallen und weggeschickt worden sein soll. Vielleicht hatte der Herr Papa Angst um die Erblinie des Prinzen?« Dabei grinste der Alte wieder schief, seine grauen Augen funkelten so eigentümlich im Fakkellicht, daß Rhuad nicht wußte, woran er war: Wußte Doto um seine wahre Identität, oder maß er diesem Grinsen zu viel Bedeutung bei?

»Mag sein«, antwortete er einsilbig. »Wer kann das schon ahnen?«

Doto blickte noch einmal auf die Ruine der Scheune

und murrte: »Bin nur froh, daß da niemand dringesteckt hat und sie die Tiere rausbekommen haben. So was Vertracktes aber auch, das wird dem Herrn Efferd nicht gefallen!«

Rhuad hörte nicht richtig zu, denn nun kannte er zumindest die Meinung des Volkes zu Fions Verschwinden. Doch er wünschte, er hätte niemals davon erfahren. Sicherlich gab es noch andere Gerüchte, die Fion mit den Morden im Palast in Verbindung brachten und mit dem Tod des Hesindepriesters Dialann, Fions Vater. Dem Volk hatte man von der Vampirgeschichte natürlich nichts mitgeteilt, Spukgeschichten des Gesindes allerdings sorgten auch für Getuschel und Vermutungen dieser Art. Jeder glaubte, was er glauben wollte, und das meiste erwies sich als nicht sehr schmeichelhaft für die Königsfamilie. Den Befürwortern der Unabhängigkeit Albernias gab all das sicherlich neuen Wind in die Segel, jenen, die Cuanus reichstreuen Kurs der Provinz schon immer angeklagt hatten.

Seltsam – noch immer wollte der Prinz Fion vor ›übler Nachrede‹, wie ihm solche Gerüchte vorkamen, schützen. War das nun Dummheit oder steckte da mehr dahinter, als er bis jetzt ahnte?

Sulpiz, der Wirt und Besitzer der *Esche,* überquerte mit besorgter Miene den Hof in ihre Richtung. Der beleibte Mann Ende sechzig war von oben bis unten mit Ruß beschmiert, auch das sonst schmuddelig braune Haar und die Stirn mit den tiefen Geheimratsecken wiesen schwarze Flecken auf.

»Alles in Ordnung mit den Tieren?« fragte er, doch ständig schweifte sein Blick über den Hof und die rauchenden Ruinen. »Sicher, Sulpiz, mach dir keine Sorgen«, beruhigte Doto den Wirt und klopfte ihm auf die Schulter. »Wird schon alles wieder werden!«

Halbherzig nickte der Angesprochene, dann fragte er mit mühsam beherrschter Stimme: »Hat einer von euch Aldare gesehen?«

Rhuad und Doto tauschten einen erschrockenen Blick, dann schüttelten sie gleichzeitig den Kopf. »Nein«, fügte der Prinz hinzu. »Ist sie nicht im Haus?«

Kläglich verneinte der Wirt. »Thalionmel hat sie das letzte Mal gesehen, als sie zum Bierholen in den Keller ging – aber das war bereits vor Stunden. Seitdem hat sie nicht im Schankraum geholfen, das Bier hat später dann Sula geholt, aber sie hat Aldare auch nicht gesehen.« Er atmete einmal tief ein, seine Stimme klang belegt. »Ich hoffe nur, sie hat nicht im Stall geschlafen.« Sein gleichgültiger Tonfall wirkte nicht sehr echt.

Im Stall geschlafen... Rhuad versuchte sich angestrengt an den Stall und die Scheune zu erinnern, als er die Kinder beobachtet und gerettet hatte. »Ich war ja im Stall, als das Feuer ausbrach, aber Aldare habe ich dort nicht gesehen, alter Freund!« Rhuad hatte Sulpiz erzählt, der Brand sei entstanden, als Lasóg ihn angesprungen und er mit dem Rücken die Lampe vom Nagel gestoßen hätte. Das verzweifelte Jaulen und Schreien des Hundes klang ihm immer noch in den Ohren. Ihn hatte er nicht retten können.

Sulpiz nickte kurz. Man sah ihm an, daß diese Worte ihn lange nicht beruhigten. Er verabschiedete sich, um zu einer Gruppe Handwerker hinüberzugehen.

»Wollen wir hoffen, daß die Kleine da wirklich nicht dringesteckt hat!« murmelte Doto, verzog den Mund zu einem entschuldigenden Grinsen, und fügte hinzu: »Wär schade um das hübsche Ding!«

Kapitel 15

Blut wie Tränen

Der körperliche Schmerz, den mir die in die Haut schneidenden Eisenringe verursachten, verdrängte den meiner Seele nur wenig. Noch immer lag Fiannas toter Körper zu meinen Füßen. In Pádraigíns Augen las ich eine Mischung aus Mitleid, Angst und Entsetzen, doch ich wandte den Blick schnell wieder ab. Ich konnte nicht ertragen, daß sie mich nun anders ansah als vorher – als habe sie jetzt erst wirklich begriffen, daß ich ein Vampir war und *was* das eigentlich bedeutete. Vielleicht war sie sich auch nicht im klaren darüber, ob sie mir tatsächlich vertrauen konnte, nun, da sie die dunkle Seite meiner Selbst gesehen hatte. Ich wollte es nicht wissen, und so vermied ich, ihr ins Gesicht zu schauen.

Dhaman, diese Bestie in Menschengestalt (aber war ich etwas anderes als er?), erschütterte der Tod Fiannas ganz offensichtlich überhaupt nicht. »Tja, schade um das süße Reh«, sagte er, doch seinem Gesicht sah man kein Bedauern an. »Ein sehr hübsches Spielzeug und bisweilen recht nützlich, aber doch noch zu naiv und unbedeutend, um eine dauerhafte und treue Sklavin abzugeben. Das ist bei dir hoffentlich anders, *Hochgeboren*«, damit ging er langsam und genüßlich lächelnd auf Pádraigín zu, die ihn voller Abscheu musterte. Dann beugte sie den Kopf auf die Brust, und ehe Dhaman oder ich begriffen hatten, was sie tat, hing das bislang unter ihrem Kleid verborgene Madamalamulett offen über dem Stoff. Der Edle wich fauchend zurück.

»Laß das, du Biest! Stecke es wieder zurück!«

Die schöne Baronin schüttelte bestimmt den Kopf, blickte Dhaman fest an und erwiderte: »Nein, niemals. Eher verhungere ich hier, als daß du Verfluchter mich dazu bringst, meine Götter oder meine Familie zu verraten, wie du es mit der armen Fianna getan hast! Mich wirst du nicht verderben!«

Fast meinte ich, Respekt über Dhamans Gesicht huschen zu sehen, doch dann lächelte er wieder geheimnisvoll. »Oh, wie fein! Ein Reh, das eine interessante Jagd bietet! Nun, dann bin ich mal gespannt, wie ernst es dir damit ist!« Damit kam er zu mir und hob Fiannas Dolch auf, den er mir ohne Warnung in den Bauch rammte. Schmerz durchzuckte mich, und ich fiel hart vornüber in die Ketten, doch kein Blut floß. Die Wunde schloß sich bald wieder. Trotzdem konnte ich ein gequältes Stöhnen nicht unterdrücken.

Wieder stach er die Klinge bis zum Heft in meine Brust, beim dritten Mal ließ er sie stecken – der Schmerz war entsetzlich. Als sich der Edle wieder zu der Baronin umdrehte, lächelte er nachlässig. Er trat vorsichtig auf sie zu, bis ihn das geweihte Phexamulett zurückhielt.

»Nun, bleibst du stur? Oder soll ich deinem Freund dort noch die Augen ausstechen und die Ohren und die Finger abschneiden und verbrennen?« Dabei äffte er Königin Idras freundlichen Tonfall nach, wenn sie einen Bediensteten bat, doch noch Wein nachzuschenken.

Zu meinem Entsetzen und meiner Erleichterung zugleich blieb Pad hart. »Damit kannst du mir nicht drohen, Dhaman. Dank dir weiß ich nun, daß Fion auch nicht besser ist als du selbst. Er ist genauso ein Mörder wie du, eine blutgierige Kreatur. Mache mit ihm, was du willst, mich wirst du nicht zu einer Sklavin des Namenlosen machen!« Ihre Worte entrangen mir ein Stöhnen, das nicht vom Schmerz der Wunde stammte, und ich schloß kurz die Augen. Versuchte sie, Dhaman zu täuschen, oder sprach sie aus, was sie empfand? Und wenn es ihr ernst war, hatte sie dann nicht sogar recht? Doch die Vorstellung, auch noch von einer Phexgeweihten die Verdammnis bescheinigt zu bekommen, raubte mir den Mut.

Dhaman kehrte ohne ein weiteres Wort zu mir zurück und riß mir die Klinge aus dem Fleisch. Ich schnappte nach Luft und wartete mit geschlossenen Augen darauf, daß die Wunde abheilte und das Stechen nachließ. Als ich wieder aufblickte, um Dhaman zu beobachten, stand er bereits wieder vor mir. In einer Hand hatte er eine brennende Kerze. Wie zuvor fuhr ich erschreckt so weit zurück, wie es die Ketten erlaubten, doch das waren nur wenige Fingerbreit.

Wie jedesmal, wenn ich eine Flamme sah, überkam mich namenlose Furcht, die meinen Verstand beeinträchtigte und mich zu überwältigen drohte: Ich wußte tief in mir, daß Feuer mich vernichten konnte.

»Ob dein Tod ein langsamer und schmerzhafter oder ein schneller, gnädiger ist, liegt ganz in Händen der Baronin«, sagte Dhaman mit vor Hohn triefender Stimme und hielt mir die Kerze unter die Hand. Er beließ sie dort für einige Augenblicke, bevor er sie wieder zurückzog.

Mein Schrei mußte in der Kanalisation unter ganz Havena zu hören gewesen sein, so schien es mir, als ich ihm nachlauschte. Brennende Flammen schossen durch meine Faust, und als ich meinen Blick wieder auf die Hand richtete, sah ich eine große schwarzgekohlte Brandwunde. Die Haut um die Wunde war trocken und aufgesprungen. Ich keuchte nach Luft, obwohl dies unsinnig war und keine Linderung brachte.

Dabei ließ ich Dhaman jedoch keinen Wimpernschlag lang aus den Augen.

Der Edle drehte sich halb zu Pad um, zog eine Augenbraue in der stummen Frage, ob es genug sei, halb hoch, doch Pádraigín starrte ungerührt zurück, so daß er die Schultern zuckte und die Kerze erneut unter die bereits verbrannte Faust hielt. Wieder spürte ich die Flammen mein Fleisch versengen, ich zerrte und riß an den Ketten, doch vor dem Schmerz gab es kein Entrinnen.

Mühsam hielt ich die Augen offen, aus denen vor Anstrengung Blut wie Tränen quoll. Die Umgebung um mich herum nahm ich nur noch wie in einem Traum wahr. Dann geschah etwas, womit ich so wenig gerechnet hätte wie mit blühenden Rosen im kalten Firunsmond. Verschwommen und in Rot getaucht sah ich eine schlanke schwarzhaarige Frau, die sich die Mauer hinter Pádraigín hinabließ. Sie huschte durch mein Blickfeld und machte sich an den Ketten der Baronin zu schaffen. Die Eisen rasselten leise, und Dhaman fuhr fauchend herum, aber dann taumelte er plötzlich zurück und stieß gegen mich, als der Ruf: *»Fial miniza dao ka!«* erscholl. Aldare deutete mit vorgereckter Faust auf das *Kind der Finsternis*. Vor Anstrengung traten die Adern an ihrem Hals hervor, Schweiß perlte auf ihrer Stirn. Die Wirkung ihres Zaubers auf Dhaman war erstaunlich: Er prallte zurück und ruderte mit den Armen, fauchend und vor Schmerz stöhnend. Das gab der Elfe genug Zeit, sich wieder den Ketten zuzuwenden. Wenige Augenblicke später hob Pádraigín ni Bennain, die Baronin von Fairnhain und geweihter Mondschatten, die Halskette mit dem madamalförmigen Anhänger vor sich und schritt auf Dhaman und mich zu, wobei sie in einer mir völlig unbekannten Sprache deklamierte.

Dhaman fauchte rasend auf, schlug mit Krallenhänden nach Pad in die Luft und versetzte mir noch einen ungezielten Hieb gegen die Brust, bevor er gen Ausgang zurückwich.

»Wir sehen uns wieder, Biest!« zischte er Pad zu. »Bald schon werde ich deine lächerliche Familie unterwerfen und versklaven, dich aber werde ich zu meinesgleichen machen und die nächsten fünf Jahrhunderte in Ketten im Keller des Palastes verrotten lassen! Dich langsam in den Wahnsinn zu foltern wird mir ein ganz außerordentliches Vergnügen sein!«

Die Geweihte schritt ungeachtet dieser geifernden Worte langsam, aber fest und ihr Gebet vollendend, auf das *Kind der Finsternis* zu. Als sie die letzten Worte gesprochen hatte, schrie Dhaman auf und rannte aus dem Raum. Seine Schritte hallten noch lange von den kalten Mauern wider.

Ich sackte in meinen Ketten zusammen, ein Stöhnen entrang sich meiner Brust. Der ganze Raum verschwamm vor mir, ich schloß die Augen. Kühle Hände tasteten über die meinen, ich zuckte zusammen, als sie meine Verletzungen berührten, dann sackte ich zu Boden. Die gleichen Hände fühlte ich dann auf meiner Stirn und meiner Brust, eine mir bekannte Stimme sang einige Worte.

Als ich aufsah, blickte ich in schwarze Augen mit blaukristallenem Schimmer darin – Aldares Augen, oder waren es Thalionmels? Nein, ich meinte, Aldare vor mir zu haben.

»Es tut mir leid«, jammerte sie, »ich kann dich nicht heilen. Dein Herz schlägt sowieso nicht mehr! Hast du also doch getan, was Oberst Cheannard sagte? All die Morde? Mi?« Ihre Augen flehten mich an, das zu verneinen.

»Nein, Aldare, das habe ich nicht. Ich weiß nicht, ob ich besser bin als Dhaman, aber ich versuche, Boron zu dienen, so gut ich es vermag.« Ich wollte noch mehr sagen, doch der Schmerz ließ mich zu meiner Hand schauen, die fast vollkommen skelettiert war.

Nun kniete auch Pádraigín neben mir, weinend. »Fion, es tut mir leid«, schluchzte sie, »aber ich *konnte* es ihm einfach nicht gestatten, nicht einmal, um dich zu retten! Ich konnte es nicht!«

Irgendwie brachte ich es fertig, ihr meine gesunde Hand auf die Wange zu legen, während ihre Tränen mein Gesicht benetzten. Aldare hatte ihre Wunden schon geheilt, ihre Haut war unverletzt. »Das ist schon gut«, brachte ich heraus. »Die Hand schmerzt nicht so sehr wie die Frage, ob Ihr das vorhin ernst gemeint habt.« Pádraigín wußte sofort, was ich meinte. Sie sah mir ernst in die Augen, zögerte allerdings einige Wimpernschläge, bevor sie antwortete: »Du bist ein Mörder wie er, Fion.«

Ich schloß stöhnend die Augen, um ihrem Blick auszuweichen, doch sie befahl mir: »Sieh mich an, ich bin noch nicht fertig! Ich sagte, daß du ein Mörder bist, wie auch Dhaman einer ist.« Sie sah auf Fiannas Leiche, die zu meinen Füßen noch genauso lag, wie sie gestürzt war. »Aber mein Gefühl – und meine Götter – sagen mir, daß wir beide auf der gleichen Seite stehen. Du sagst, du versuchst, Boron zu dienen, und so kann ich nur hoffen, daß, wenn deine Seele so verdammt ist wie die Dhamans, der Dunkle Herr dir für deine Reue vergibt. Und ich hoffe das sehr, Fion, denn dein Wille und dein … Herz … sind rein.« Sie strich mir das Blut von der Wange und fügte hinzu, auf die verkohlte Hand weisend: »Wird das wieder heilen?«

Ich nickte kaum merkbar. »Ja. Aber dafür brauche ich Blut.« Ich spürte, daß sich Fiannas Blut durch die erlittenen Wunden zu einem großen Teil bereits wieder aufgebraucht hatte, so daß der Hunger in mir wieder leise zu nagen begann.

»Wirst du dafür töten?« fragte Pad kühl, doch als ich unter ihren Worten zusammenzuckte und den Kopf schüttelte, raffte sie den Ärmel ihres Kleides hoch und hielt mir ihr Handgelenk hin. »Das bin ich dir, glaube ich, schuldig.«

Verwirrt versuchte ich, ihre Züge zu ergründen, doch sie nickte mir noch einmal bestimmt zu. Aldare half mir, mich aufzusetzen, und ich griff mit der gesunden Hand nach dem dargebotenen Arm, der sich weich und warm anfühlte, voller Leben. Einen Moment noch war ich mir gar nicht mehr so sicher, ob mich nicht wieder der Hunger übermannen und ich auch sie töten würde, doch ich verdrängte dieses Gefühl.

Ich biß zaghaft in ihre Ader, wobei Pad leicht zusammenzuckte, und schloß meine Lippen über die kleinen Wunden. Der Geschmack ihres Blutes war ausgesprochen köstlich und kraftvoll, ich ließ es vorsichtig über meine Zunge und die Kehle hinab perlen und spürte fast sofort eine Linderung des Schmerzes in meiner Hand. Ich sah kurz zu Pad auf, die neben mir kniete. Sie hatte die Augen ebenfalls geschlossen, der Mund war leicht geöffnet, die eben noch strengen Züge des edlen Gesichtes waren entspannt. Einige Augenblicke trank ich noch vorsichtig weiter, dann setzte ich ab und leckte über das Handgelenk, um die kleinen Wunden wieder zu schließen.

Pádraigín holte einmal tief Luft, bevor sie die Augen öffnete, sie schien wie aus einem tiefen Traum zu erwachen. »Rahja!« murmelte sie leise, dann sah sie nach meiner Hand, die wieder unverletzt und blaß war. »Unglaublich!« entfuhr es ihr. Aldare schien nicht so sehr von der plötzlichen Heilung beeindruckt, sondern vielmehr davon, daß ich tatsächlich der Blutsauger war, für den mich Bard und die Königsfamilie hielten.

»Du hast Mi nicht getötet?« fragte die Elfe noch einmal, um sich zu versichern. »Nein, Aldare. Das war Dhaman.« Sie nickte traurig. »Dann habe ich mich ja auf die richtige Seite gestellt!« »Ja, das hast du«, mischte sich Pad ein. »Und wir sind dir dafür sehr dankbar. Wie kommst du nur hierher?«

Aldare lächelte und schob eine Haarsträhne hinter das spitze Elfenohr. »Ich habe die offenstehenden Türen und die Luke im Keller entdeckt und bin hinterhergegangen. Dann habe ich Schreie gehört, viele Schreie. Ich mußte ihnen nur nachgehen, bis zu dem Eingang – da habe ich diesen Dolch gefunden«, sie präsentierte meinen Löwendolch und händigte ihn mir aus. »Ich habe Fion gesehen und dachte, ich müßte ihm helfen«, hier schlug sie die Augen nieder, »doch durch den Durchgang konnte ich ja schlecht kommen. Dann habe ich einen Spalt entdeckt, zwischen Mauer und Decke, und habe mich dort versteckt, bis der Moment günstig war. Es tut mir nur leid, daß ich nicht eher habe handeln können, es hat mich fast umgebracht, wie er dich gequält hat!« fügte sie entschuldigend hinzu. »Mich auch«, murmelte Pad. »Mich auch«, erwiderte ich lächelnd. Die beiden Frauen lachten ebenfalls erleichtert. Pads und meine Augen trafen sich, sie sah zu Fiannas Leiche und zu Aldare hinüber. Ich nickte dankbar. Die Elfe hatte offensichtlich nicht mitbekommen, daß ich es gewesen war, der Fianna getötet hatte. Pádraigín würde darüber schweigen.

Kapitel 16

Nächstes Jahr…

Der Gang zurück durch die Kanalisation zum *Esche und Kork* bereitete den drei so unterschiedlichen Gefährten wenig Mühe. Die Elfe entsann sich noch recht gut des Weges, den sie gekommen war, und übernahm deshalb die Führung, und abgesehen von den Ratten hatten sie keine unangenehmen Begegnungen mehr. Unter der Luke zu der Rumpelkammer legte Fion Fiannas Leichnam ab, den Pad später, wenn sie sicher sein konnte, daß niemand sie beobachtete, zum Palast bringen wollte. Durch den Keller des Gasthauses erreichten sie die Tür zum Hinterhof, durch die sie bereits Stimmen vernahmen.

Vorsichtig spähte Aldare aus dem Türspalt und zog den Kopf nach einigen Augenblicken wieder zurück. »Da draußen sind die Niederhöllen los!« zischte sie aufgeregt, den strafenden Blick Pádraigíns nicht bemerkend. »Es hat ein Feuer in der Scheune gegeben, da rauchen nur noch Trümmer! Und der ganze Hof ist voll mit Tieren und Menschen – ungesehen kommen wir da niemals heraus!« Sie musterte Pads und Fions zerrissene Kleider und fügte hinzu: »Besonders nicht so, wie ihr ausseht!« Sie lief zurück in die Rumpelkammer, klappte dort einen Truhendeckel auf und kramte ein paar Lumpen heraus.

Pad und Fion folgten ihr, die Baronin machte ein sehr nachdenkliches Gesicht.

»Fion, Dhamans Worte beunruhigen mich! Was sagte er? *›Bald schon werde ich deine lächerliche Familie unterwerfen und versklaven‹?* Er plant etwas, das ahne ich seit längerem, aber was genau, und wann?« Kopfschüttelnd zuckte Fion mit den Schultern.

Die Baronin fuhr fort. »Warum brauchte er Fianna ausgerechnet jetzt nicht mehr? Das kann nur bedeuten, daß er seine Pläne bald umsetzt. Aber was wird er unternehmen?«

»Ich werde jemanden fragen, der darauf vielleicht eine Antwort weiß. Treffe ich Euch morgen nacht hinter dem Stall des Palastes?« »Gut. Ich werde auch sehen, was ich herausfinde.«

»Ich hab' es!« Erwartungsvoll schauten Pad und Fion Aldare an, die verwirrt zurücklächelte und zaghaft ein altes Wollkleid hochhielt. »Das habe ich gesucht. Es wird Euch sicherlich passen, Hochgeboren. In den blutigen Fetzen könnt Ihr ja nicht nach draußen gehen!«

Die Morgendämmerung kündigte sich mit einem zarten silbernen Schleier am fernen östlichen Horizont bereits an, als sich die letzte Aufregung am *Esche und Kork* legte. Rhuad hatte gemeinsam mit Doto Runwald noch beim Aufräumen geholfen und Sulpiz versichert, daß man ihm den Schaden ersetzen würde, doch nun übermannte auch ihn die Müdigkeit.

Galahan hatte es brav auf seinem Platz ausgehalten, die Augen geschlossen, ein Hinterbein der Bequemlichkeit halber eingeknickt auf der Hufspitze ruhend. Als sich jedoch der Prinz näherte, zuckten die Ohren nach vorn, die Augen öffneten sich und der Körper des edlen Pferdes straffte sich in eine majestätische Haltung.

»Guter Brauner.« Rhuad tätschelte ihm den Hals. Mit einigen Handgriffen befestigte er die an einer Seite ausgeschnallte Gebißstange wieder an den Riemen. Der

Goldfelser Shadif, das mit vollem Namen »Flamme von Kuslik-Galahan« hieß, besaß jene seltene und hochbegehrte helle Goldbraunfärbung am Leib und die sehr viel dunkleren Schweif- und Mähnenhaare. Das Tier lag irgendwo zwischen der Fuchsfärbung und dem echten dunklen Braunen mit dem schwarzen Schweifhaar. Rhuad liebte den temperament- und kraftvollen Hengst sehr. Seine Schwester Invher hatte ihn ihm von einem Besuch bei ihrer Schwiegermutter, der Fürstin Kusmina von Kuslik-Galahan, als Geschenk mitgebracht.

»Nur gut, daß dir nichts geschehen ist, Brauner! Sonst wäre mein junges Leben zu einem raschen Ende verdammt gewesen... Invher hätte mich umgebracht!«

Eine Bewegung am Haus lenkte seine Aufmerksamkeit von dem Pferd ab: Ein schwarzer Rabe flog von der Kellertreppe auf, schwang sich hinauf in den noch dunklen Himmel und verschwand gen Westen, als flöhe er vor dem anbrechenden Tag.

»Wie seltsam«, dachte Rhuad. »Immer wieder kreuzt dieser Rabe meinen Weg! Ob das doch ein Zeichen des Dunklen Herrn ist?« Ein kalter Schauer lief ihm über den Rücken. Wenn es eines war, dann sicher kein gutes... Und was hatte dieser Vogel im Keller des *Esche und Kork* zu suchen? Doch damit nicht genug. Jetzt spazierten auch zwei ihm durchaus bekannte Personen, die er hier aber niemals erwartet hätte, die Treppe hinauf: Aldare und Pádraigín.

»Aldare! Du lebst!« Rhuad lief zu den Frauen hinüber, die einen schnellen Blick wechselten. Die Magd Sula mußte seinen Ruf gehört haben, denn ihre Stimme schallte über den Hof: »Onkel Sulpiz! Onkel Sulpiz! Aldare ist wieder da!«

»Pad, was, bei allen Niederhöllen, machst du hier? Stecken hier irgendwo vielleicht auch noch Vater und Mutter?« Der Prinz lächelte erfreut, als er die Halbschwester in den Arm nahm. »Und was für ein Kleid trägst du da, das ist ja nur noch ein Lumpen! Ich muß dir wohl mal ein neues schenken, wenn Vater das nicht tut!« »Rhuad, was ist hier nur geschehen? Die Scheune... was ist passiert? Bist du verletzt?« »Nein, mir geht es gut. Es gibt auch keine Verletzten. Das mit der Scheune war ein Unfall, man sollte verbieten, so viel Stroh in einem einzigen Gebäude aufzubewahren...« Er lächelte schelmisch.

»Rhuad? Aber... er heißt doch Brin, oder?« Aldare blickte verwirrt von einem zum anderen.

Die sonst so selbstsichere Pádraigín schlug eine Hand vor den Mund und errötete ein wenig. »Oh... ich – also ...«, stammelte sie.

Rhuad lächelte schief, doch da kamen glücklicherweise Thalionmel, Sula und Sulpiz herbeigelaufen, um die Vermißte zu begrüßen. Etwas weiter weg ging eine atemberaubend schöne Elfe, die dem Prinzen sofort bekannt vorkam... Ja, war das nicht Elodiron Kristallglanz, die Gewinnerin vieler kaiserlicher Bogenschußturniere, für die sie niemals den Preis beansprucht hatte und die zudem in der Galerie im Palast bei einem Jagdausflug mit seinem Großvater, Fürst Halman, abgebildet war? Man erzählte sich, daß die Elfe ihm zuliebe sogar an dem Maraskanfeldzug Kaiser Retos teilgenommen habe. Ihre bernsteinfarbenen Augen faszinierten ihn, als Elfe und Prinz sich gegenseitig musterten. Sie hatte ein leichtes, ungläubiges Lächeln auf ihren Lippen.

»Schwesterherz! Wir dachten schon, du seist tot! Erschrecke uns doch nicht so, wo bist du nur gewesen?« Das und ähnliches bekam Aldare zu hören, die jedoch ihrer Familie im ersten Moment kaum Beachtung schenkte – sie bedachte Rhuad mit einem langen, nachdenklichen Blick. Dann betrachtete sie Pad noch einen Wimpernschlag lang, zog den Vergleich zu ›Brin‹ wieder und lächelte geheimnisvoll, als sie sich von ihrem Ziehvater Sulpiz in die Arme schließen ließ.

»Was, Schwester, hast du mit Aldare in Freund Sulpiz' Weinkeller gemacht?« fragte der Prinz Pad leise, wobei er aber die noch immer etwas abseits stehende Elodiron im Auge behielt.

Die Baronin zwinkerte ihm zu, schüttelte leicht den Kopf und machte dazu: »Ts, ts, ts! Wer wird denn solche Fragen stellen?« Damit ging sie an der Gruppe um Aldare vorbei zum Schankraum.

Rhuad sah Pad noch einen Moment lang ungläubig hinterher, bis er seine eigenen Worte in den ihren wiedererkannte, wenn sie ihn nach Ereignissen von langen Nächten befragte...

»Warte, Pad! Hast du ein Pferd hier?« Die Baronin wandte sich um und schüttelte den Kopf.

»Möchtest du Galahan zum Palast reiten?« Ein Lächeln huschte über Pads Gesicht, als sie nickte.

»Kann er auch eine Last tragen?« fragte sie dann ernst.

Achselzuckend nickte der Prinz und drückte der Halbschwester die Zügel in die Hand. Dann wandte er sich zu Elodiron Kristallglanz um, die sein feines Lächeln warm erwiderte...

»Ich bin froh, daß es dir gutgeht, kleine Schwester aus der Stadt am großen Fluß, doch ich werde nun heute gehen. Mein Gruß hat den lachenden Kämpfer wieder erreicht, dessen bin ich gewiß.« Elodirons Gesicht trug noch immer die Trauer wie bei ihrer ersten Begegnung an der Brücke.

Die Mittagssonne schien hell durch die offenen Fenster. Aldare schluckte schwer. »Jetzt schon? Ich dachte... nun ich dachte, du bliebest noch ein bißchen, so daß ich noch Zeit hätte, es mir zu überlegen. Ich meine, ob ich dich begleite oder nicht!«

»Hast du das nicht schon längst, Alara'wê? Ich habe die Freude in deinen Augen gesehen, als du gestern deinen Ziehvater in den Arm geschlossen hast. Bleibe hier, bei den Deinen, denn nichts ist so wichtig wie deine Sippe, merke dir das. Doch du mußt entscheiden, wer diese Sippe ist – ob sie hier ist oder dort draußen in den Auen des Quillya. Du bist noch jung, Schwester, und wirst noch vieles erleben. Nutze dein Leben, wirf es nicht weg, wie die meisten Menschen es tun!«

»So lebe denn wohl, Schwester. Ich werde dich vermissen!« Aldare traten schon wieder die Tränen in die Augen, als sie die Firnelfe umarmte.

»Sag nicht Lebewohl. Sage Auf Wiedersehen! Nächstes Jahr komme ich wieder in die Stadt am Großen Fluß, dessen sei gewiß. Ich bin sicher, daß wir uns wieder auf jener großen Brücke finden werden.« Elodiron sann einen Augenblick vor sich hin, dann suchte sie Aldares Blick und hielt ihn lange, bis beide Frauen lächelten. »Siehst du, Alara'wê, so ist es besser. Willst du mir einen Gefallen tun, Schwester?« Aldare nickte stumm.

»So gehe zu Rhuad, dessen Vater ein Sohn des lachenden Kämpfers ist, und sage ihm, daß ich wiederkehre, wenn das Eis schmilzt und die Firnglöckchen wachsen. Und sage ihm, daß ich nicht allein kommen werde – das spüre ich bereits.«

Fragend schaute Aldare die Firnelfe an, als die ihr Bündel aufnahm und über die Schulter hängte, ihren Bogen griff und dann noch einmal innehielt. Sie zog an dem Lederband, das sie um den Hals trug, und brachte ihre Kristallflöte zum Vorschein, die sie Aldare in die Hände legte.

»Auf Wiedersehen!« sagte sie und verließ rasch den Schankraum.

Mit offenem Mund starrte Aldare ihr nach, blickte dann wieder auf die Flöte und ging zur Tür, um ihr nachzusehen. Sie glaubte, Elodirons Haar noch in der Menge zu erkennen – die Fürstenallee barst fast vor Passanten, die vermutlich auf dem Weg zum Mittagessen oder schon wieder zur Arbeit waren.

Glitzernd lag die Flöte aus Kristall in Aldares Hand. Sie setzte sie an den Mund und spielte einige wehmütige Töne darauf. Langsam fügten sich die Klänge zu einer traurigen Melodie, die den Verlust ausdrückte, den die Elfe gerade empfand. Die Klänge hallten durch den leeren Schankraum.

Bald setzte sie das Instrument nachdenklich wieder ab. Eigentlich hätte sie auf dem Hof beim Aufräumen helfen sollen, Sulpiz hatte extra die Taverne für diesen und die nächsten zwei Tage geschlossen. Aber was hatte die Firnelfe gemeint, als sie sagte: ›Sage Rhuad, daß ich nicht allein komme‹?

Natürlich hatte Aldare inzwischen verstanden, wer ›Brin‹ eigentlich war: nämlich kein anderer als Prinz Rhuad ui Bennain, so phantastisch das auch klang. Und sie hatte ebenfalls mitbekommen, daß Prinz Rhuad heute morgen, nach dem Brand, nicht sogleich nach Hause gegangen war, sondern, nachdem er mit Elodiron noch einige Augenblicke auf dem Hof gestanden hatte, recht rasch mit ihr auf dem Zimmer der Schnee-Elfe verschwunden war … Ob sie ihn bezaubert hatte? Oder er sie? Aldare selbst hatte ihm den Freundschaftsblick vor Jahren beigebracht.

»Du meine Güte, Aldare, du hast einen Prinzen das Zaubern gelehrt!« sagte sie zu sich selbst und schüttelte dabei wieder und wieder lächelnd den Kopf, so daß das schwarze seidige Haar nur so flog.

Aufgeregt dachte sie über die Geschehnisse der letzten Nacht nach, so vieles war passiert. Fion war also doch ein … Vampir, so nannten es die Menschen, doch seltsamerweise schien er mit der Baronin von Fairnhain auf der gleichen Seite zu stehen. Und dann die arme Fianna, die sie mit der Baronin zusammen auf das Pferd geladen hatte, als Thalionmel und Sulpiz schon ins Bett gegangen waren. Aldare hatte die freundliche Magd gemocht und würde sie in guter Erinnerung behalten … ja, gleich morgen würde sie Blüten für sie wachsen lassen und den Großen Fluß hinunterschicken.

Nun, zunächst aber wollte sie nachher zum Palast gehen und Brin, vielmehr Prinz Rhuad, Elodirons Botschaft bringen – ob sie sie nun verstand oder nicht. Und wenn die Firnelfe dann nächstes Jahr wiederkäme, dann ginge sie mit ihr in die weite Welt hinaus, dessen war sie gewiß. Und sie würde lernen, eine richtige Elfe zu sein!

Kapitel 17

Zweifel

Die Suche nach den Dieben der Kleinodien aus der Hesindekapelle blieb erfolglos, und Bard Cheannard kochte vor Wut, das sah Invher. Braucht er nun einen Sündenbock? dachte die Kronprinzessin, als ihr Blick zwischen dem Oberst und der jämmerlichen Gestalt an seiner Linken hin- und herwanderte. Cailyn ließ den Kopf und die Schultern hängen. Sie hatte zu den Ausführungen Cheannards noch keinen Ton verlauten lassen.

Man befand sich an diesem 29. Tsa des 26. Götterlaufes in Kaiser Hals Regierungszeit im Blauen Kabinett. Invher hatte hinter dem großen Schreibtisch Platz genommen, an der Seite saß Pádraigín, die Magd und der Oberst standen davor. Einige Zuschauer saßen weiter hinten im Raum, Rhuad, Bran als Zeuge, Prinzessin Dianasde und Prinz Efferdan und zu guter Letzt Coír, der Gesindevorsteher, dem die Erschütterung über den Tod seiner Tochter noch immer anzusehen war.

»Nun, Ihro Gnaden Bran haben gesehen, daß die Magd Cailyn die Kapelle betreten hat, und ausgesagt, daß sie dort ohne Aufsicht geblieben ist. Das Gesinde hat eigentlich sowieso nichts in den königlichen Kapellen zu suchen, wenn es keinen dringenden Grund gibt, doch sie suchte dort ja ganz offensichtlich nicht nach einem Priester. Es wäre einfach für sie gewesen, die Objekte verschwinden zu lassen und zu verstecken.«

»Habt Ihr sie gefunden?« Bard schwieg. »Ich fragte, ob Ihr die fehlenden Objekte bei der Magd Cailyn gefunden habt!« Nach einem Räuspern antwortete der Oberst: »Nein, Eure Allerprinzlichste Hoheit!« »Aha. Danke.«

Cailyn verschränkte die Arme über dem Unterleib, eine Geste, die man bei schwangeren Frauen häufig sah.

»Laß das, Weib!« fuhr der Oberst sie an und versetzte ihr einen Stoß in den Rücken, so daß sie nach vorne taumelte und gegen einen Sessel prallte.

Stöhnend erhob sich Cailyn wieder, fuhr schnell wie eine Schlange herum und spuckte Bard an. »Faß mich nicht an!« zischte sie. Ihre Augen loderten vor Haß.

»Oberst Bard Cheannard!« Invhers Stimme peitschte kalt und hart durch den Raum und ließ Bard mit zum Schlag erhobener Hand in der Bewegung erstarren.

Die Kronprinzessin erhob sich und schlug mit der flachen Hand knallend auf die Tischfläche. Auch Pad stand auf, sie ahnte genauso wie Invher Schreckliches…

»Diese harmlose Geste, die Cailyn da gerade ausgeführt hat, erschreckt Euch?« Invhers Stimme schmeichelte nun leise und gefährlich, so daß Pad ein kalter Schauer den Rücken hinunterlief. So hatte sie die Halbschwester noch niemals erlebt… »Die harmlose Geste einer Schwangeren, die ihr ungeborenes, Tsa anempfohlenes Kind spüren und zugleich beschützen will?« Langsam ging sie um den Tisch herum auf Bard zu, dem unter ihrem Adlerblick sichtlich unwohl wurde.

»Cailyn, Liebes –«, Invhers Stimme wurde sanft und mitfühlend, sie nahm die Hand der Magd und streichelte sie. »Geht es dir gut?« Die Magd nickte weinend.

»Ich möchte, daß du mir jetzt genau zuhörst und ehrlich antwortest, Cailyn. Das Kind ist nicht von Dialann, nicht wahr? Ich habe da vielmehr einen ganz anderen Verdacht.« Ein Raunen ging durch den Raum, als Cailyn mit gesenktem Kopf wiederum nickte.

»Wer ist der Vater, Cailyn? Ich möchte, daß du es mir sagst. Wer auch immer dir das angetan hat, wird keine Gelegenheit erhalten, sich an dir zu rächen, das verspreche ich dir. Ich möchte, daß jedermann in diesem Kabinett weiß, daß mir die Ehre einer Magd genausoviel bedeutet wie die einer Königin!« Invher ließ den Blick wieder durch den Raum schweifen und sah die Anwesenden scharf an. »Cailyn. Wer ist der Vater?«

Die Magd sah auf und sah der Prinzessin in die Augen; Invher vermeinte, ein Fünkchen des alten Stolzes in Cailyns Blick glimmen zu sehen. Dann sagte sie mit fester, laut vernehmlicher Stimme: »Bard Cheannard tat mir Gewalt an, als Strafe für ein ähnliches Verbrechen, das mein Sohn begangen haben soll. Das Kind ist Bards Kind.«

Bard schnaufte, sein Gesicht war hochrot – ob vor Zorn oder Scham, mochte Invher nicht entscheiden. »Du... Hure!« Wieder holte er mit der Hand zum Schlag aus, doch die Ohrfeige Invhers traf ihn schneller. Wie vom Donner gerührt blinzelte der Oberst ein-, zweimal, dann ließ er die Hand wieder sinken und tastete seine Wange ab, auf der sich deutlich fünf Finger abzeichneten. Die Prinzessin war eine kräftige Frau und hatte sich nicht zurückgehalten.

»Oberst Cheannard, Ihr steht lange in den Diensten meines Vaters. Deshalb und wegen Eurer großartigen Verdienste im Bürgerkrieg gegen die Verräterin Isora sehe ich von einer Verfolgung dieser Tat ab. Ihr werdet allerdings den Palast, und – wenn ich das empfehlen darf – Havena innerhalb der folgenden drei Tage verlassen. Eure Habe wird verkauft, der Erlös kommt Cailyn zugute.«

Gemurmel hub an, als Invher die Hand hob und Cheannard die Tür wies – wieder einmal nahm eine Untersuchung einen völlig anderen Verlauf, als es am

Anfang den Anschein gehabt hatte. Die Prinzessin sah in das harte Gesicht ihres Bruders, ihre Blicke trafen sich, sie konnte seine Verwirrung und seinen Zorn lesen, und, zum Erstaunen Invhers, Schuldbewußtsein.

Cheannard drehte sich langsam um und ging Schritt für Schritt auf die Tür zu, doch bevor er aus den Augen der Anwesenden entkommen konnte, erhob sich Dianasde Bennain, die greise Tante Cuanus, streckte ihre gebeugten Glieder und versetzte ihm ihrerseits noch eine Ohrfeige – lange nicht so kräftig, wie Invher, doch ebenso voller Verachtung.

Der ehemalige Oberst warf einen letzten leeren Blick auf die Kronprinzessin und die Stallmagd, öffnete die Tür und ging.

»Tsa wird es richten«, versuchte Invher Cailyn Trost zuzusprechen, strich ihr über die Wange und lächelte aufmunternd. Die Augen der Magd blickten nun klarer, nicht mehr gebrochen wie vorher. Es tat der Prinzessin gut zu sehen, daß die Frau sich wieder ein bißchen stolzer hielt, als sie nun schwach zurücklächelte.

Der Raum leerte sich. Invher mußte darüber nachdenken, was ihr Vater wohl dazu sagen würde, wenn er es erführe. Sie fragte sich auch, ob sie sich von ihrer Abneigung zu Bard zu sehr hatte leiten lassen. Nun, ihr Vater hatte es ihr am heutigen Tag überlassen, über diese Sache zu befinden, und er würde mit ihrer Entscheidung leben müssen.

Sie hörte gedämpfte Schritte auf dem Teppich und sah auf, doch nicht Pádraigín stand vor ihr, sondern Rhuad. »Rhuad. Ich habe dich nicht bemerkt, verzeih, ich muß über vieles nachdenken.«

»Ja, das glaube ich gerne. Ich beneide dich nicht um dieses Amt, Schwester, und laß es dir ja nicht einfallen, ohne Erben zu Boron zu fahren ...«, er lächelte ein wenig. »Ich stehe dir gerne zur Seite, aber die Mühsal der Königswürde ist mir zu hart. Doch deswegen möchte ich nicht mit dir sprechen. Es ist eine Art Beichte, die ich abzulegen habe, und ich bin froh, daß du mit dieser Angelegenheit betraut bist, nicht Vater. Ich überlasse es dir, ob du ihm davon berichten möchtest, bitte dich aber, es dir gut zu überlegen. Versprichst du mir das?«

Invher nickte zögernd, sie war von Rhuads ernstem Tonfall beunruhigt. »Sprich. Ich werde zuhören.«

Der Prinz holte tief Luft und setzte zum Sprechen an: »Bei der Verhandlung gegen Fion, der angeblich Maegwyn geschwängert hat, hast du ihm geglaubt, nicht wahr? Hat sich das nun, da wir über sein Wesen Bescheid wissen, geändert? Glaubst du, daß er es getan hat – ich meine, Maegwyn zu vergewaltigen?«

»Ich weiß es nicht. Damals *wußte* ich, daß er es nicht gewesen ist. Warum fragst du?«

Eigentlich wollte sie nicht, daß er weitersprach, zu sehr ahnte sie, was nun kommen würde, und tatsächlich sagte er: »Maegwyns Kind stammt von mir. Nicht daß du glaubst, ich hätte ihr Gewalt angetan, im Gegenteil, sie hat sich mir regelrecht an den Hals geworfen. Ich wußte damals nicht, daß sie eine Travienzeit gelobt hatte, und sie hat es mir auch nicht gesagt – ich war ja nur ein paar Tage hier, bevor ich mit Emer nach Gareth gereist bin. Maegwyn ist damit auch nicht zu mir gekommen, ich erfuhr erst davon, als sie Fion bereits angeklagt hatte, sie genötigt zu haben. Sieh mich bitte nicht so an, Invher«, bat er flehentlich. »Ich weiß, daß ich es dir viel früher hätte sagen müssen. Aber du hast Fion freigesprochen, und niemand anders mußte dafür büßen… dachte ich. Ich war zu feige, hatte Angst vor Vater…« Rhuad ließ sich in einen Sessel fallen und sah zu Boden. Seine Schwester antwortete nicht.

Mit grimmiger Miene fragte Invher nach langem Schweigen: »Stimmte denn die Geschichte, daß Fion Yantur umgebracht hat und daß er ein Vampir ist?«

»Ja«, die Stimme des Prinzen klang traurig. »Ich sehe sein Gesicht vor mir, mit den spitzen Zähnen... Und wie er Dialann überfiel – wie ein Tier.« Er legte die Stirn in Falten. »Aber warum, bei allen Zwölf, habe ich mich dann für die darauffolgende Nacht noch mit Fion verabredet, wenn er zuvor Dialann getötet hatte? Das macht doch keinen Sinn!«

»›Wenn der Mensch niemals fehlte, wäre er den Göttern gleich‹«, zitierte Invher Bran. »Doch fast wünschte ich, du hättest mir davon niemals erzählt. Meine Meinung von deinem Ehrempfinden und deiner Anständigkeit war schon höher.«

Mit einem schiefen, entschuldigenden Grinsen flachste Rhuad: »Ich kann es dir ja wieder aus dem Gedächtnis löschen, Schwester – nein, das war nur ein Scherz! Diesen Zauber beherrsche ich gar nicht.« Invher fuhr hoch und musterte ihren Bruder merkwürdig, sagte jedoch nichts.

»Und weil du bei der Sache mit dem Kind geschwiegen hast, hast du ihm dann für Maegwyns Tod ein Alibi verschafft?« fragte sie tonlos.

Ihr Bruder nickte. »Ich *wußte,* daß er es nicht getan haben konnte. Heute denke ich darüber ein bißchen anders, aber... Was wirst du nun tun? Wirst du Vater davon erzählen?«

Invher schüttelte sanft den Kopf. »Nein, Rhuad, das werde ich nicht tun. Ich stehe nach wie vor zu den Entscheidungen, die ich getroffen habe, und was vergangen ist, ist vergangen. Ich glaube nicht, daß das heute noch etwas ändern würde. Du hast dich mir anvertraut, und dafür danke ich dir, denn es hilft mir, all die Dinge besser zu verstehen. Ich möchte dein Vertrauen in mich nicht enttäuschen, Rhuad. Aber versprich mir, daß du von nun an die Suppen auslöffelst, die du dir einbrockst, und es nicht andere für dich tun läßt, ja?«

»Ja, das verspreche ich. Das habe ich mir schon damals vorgenommen. Fion hat mir, als er davon erfuhr, vorgeworfen, daß ich ihn wie ein Stück Dreck behandelt hätte, und da hatte er sogar recht, auch wenn ich mir dessen nicht bewußt war. Er meinte, wenn ich ihn gefragt hätte, ob er das auf seine Kappe nehmen würde, er hätte es vermutlich sogar getan. Aber nachher hat er trotzdem geschwiegen, obwohl ich ihn so übel behandelt habe…« Rhuad fühlte sich elend. Invher sprach schließlich aus, was seine Worte bedeuteten: »Dann hatte dieser Stallknecht sehr viel mehr Ehre im Leib als sein Prinz. Das sollte dir zu denken geben.« Und nach kurzem Nachdenken fügte sie mit fester Stimme hinzu: »Und mir auch!«

Invher lief, immer zwei Stufen auf einmal nehmend, die breite Treppe zum Erdgeschoß des Palastes hinunter, wandte sich nach links und betrat den Ostflügel, den sogenannten Geweihtentrakt. Es tat diesem Namen keinen Abbruch, daß hier auch noch andere Räume waren, wie zum Beispiel die Dhaman ui Mharfads und die Kammer von Königin Idras Fechtlehrer Aurentian von Bethana.

Überall putzten und polierten Bedienstete, Hoflieferanten schafften Wein oder Torten herbei, Boten huschten hinein oder hinaus, doch Invher ließ dieses hektische Treiben an sich vorbeiziehen. Schließlich stand sie in der Hesindekapelle, doch Bran war nicht hier. Also ging sie zu seinen Privatgemächern, die direkt anbei lagen. Noch während sie die Hand zum Klopfen hob, wurde ihr bewußt, daß sie eigentlich Bran in ihre Amtsstube hätte kommen lassen sollen. Nun, dafür war es jetzt zu spät, und so klopfte sie an.

»Herein!« erklang Brans Stimme, von drinnen hörte man Stuhlrücken.

Cereborn und Bran standen vom Tisch auf und schauten Invher erwartungsvoll entgegen. »Allerprinzlichste Hoheit!« Bran trat auf sie zu und verneigte sich ein wenig, sein Sohn tat es ihm gleich. »Kann ich Euch helfen?« »Ich bedarf geweihten Beistandes, Euer Gnaden!« erwiderte die Prinzessin und ließ ihren Blick zu dem Jungen schweifen, der auf eine Handbewegung seines Vaters hin den Raum verließ.

»Nehmt doch Platz, Hoheit! Ich will Euch helfen, so gut ich es vermag.« »Das weiß ich, Bran. Sonst wäre ich nicht gekommen.« Invher setzte sich und suchte den Blick des Geweihten. Dann begann sie: »Eure Göttin ist die Göttin der Magie. Auf diesem Gebiet kennt man sich hier in Havena nicht sehr gut aus, und auch Ehrwürden Domnall Dalpert vom Tempel der Hesinde weiß nicht so viel darüber wie über die Chronik Havenas und die Kräuterkunde. Seid ihr in den arkanen Lehren bewandert?«

Bran nickte. »Ich studierte in Gareth einige Sonnenläufe Theorie an der Akademie der Magischen Rüstung. Zudem gehört ein gesundes Grundwissen über die magischen Künste zur Pflicht eines jeden Dieners Hesindes. Ich werde also versuchen, Euch behilflich zu sein.«

»Gut. Wißt ihr, ob es Magie gibt, mit der man die Erinnerung eines Menschen manipulieren kann?«

»Nun ...« Bran erhob sich und ging zu einem der gut gefüllten Bücherregale, zog einen Band hervor, legte ihn vorsichtig auf den Tisch und blätterte darin. Viele Herzschläge lang hörte man nur den Atem der beiden und das leise Knistern umgeschlagener Pergamentseiten, dann trug Bran vor: »*Memorabia Falsifir,* recht machtvoller Spruch der Beherrschungsmagie, seine Anwendung ist durch den *Codex Albyricus* als Mittel zur Geistesheilung erlaubt, ansonsten unter schwerste Strafen gestellt. Im Volksmund bezeichnet man diese Art der Zauberei als *Schwarzmagie.*« Er sah fragend auf und wartete darauf, daß Invher fortfuhr. »Könnt Ihr erkennen, ob ein solcher Spruch einen Menschen beherrscht?« Bran nickte vorsichtig. »Nun, die Herrin gestattet es ihren Dienern, Magie zu erkennen und, wenn nötig, zu beenden. Ist Euer Verdacht ein dringender?«

Jetzt war es an Invher, Vermutungen zu äußern: »Ich habe einen Verdacht, bei dem es mir sehr wichtig erscheint herauszufinden, ob eine solche Magie vorliegt. Ist das der Fall, ist es von höchster Dringlichkeit, den Spruch zu brechen.«

»Um wen handelt es sich, Hoheit?«

»Um Prinz Rhuad. Unstimmigkeiten in seiner Erinnerung lassen mich mutmaßen, daß sein Gedächtnis manipuliert wurde. Wenn dem so ist, kann er uns vielleicht sagen, wer der wahre Mörder von Yantur, Maegwyn, Dialann und all den anderen ist. Ist das dringlich genug, Euer Gnaden?«

»Das ist es in der Tat. Wann soll ich ihn untersuchen?«

Invher hob beschwichtigend die Hand: »Bitte, Bran, tut es auf eine Weise, daß Rhuad davon nichts mitbekommt. Ich möchte keine Hoffnungen erwecken, die sich dann als falsch erweisen. Ist Euch das möglich?«

»Ich verstehe. Ja, es wird wohl gehen. Ich denke, ich werde es heute beim Abendessen versuchen. Doch wenn sich Euer Verdacht bestätigt, brauche ich Zeit und Vorbereitung, um den Zauber brechen zu können. Das liegt allein in der Göttin Hand.«

»Natürlich, Euer Gnaden. Ich bin Euch sehr dankbar. Gebt mir Bescheid, sobald Ihr Genaueres wißt, ja?« Die Prinzessin erhob sich und reichte dem Geweihten die Hand. Diese führte sie an seine Lippen und küßte sie förmlich. »Selbstverständlich, Hoheit. Wollen wir hoffen, daß niemand eine derartige Dreistigkeit besaß. Auf heute abend!«

Kapitel 18

Kein Herz schlägt mehr in deiner Brust

Was konnte eine Elfe nur von ihm wollen? War es Elodiron? Sie hatte gesagt, sie wolle noch am Mittag aufbrechen, und nun war die Nacht bereits wieder hereingebrochen.

Rhuad schritt beschwingt den Kiesweg entlang, um der Elfe entgegenzugehen, da sie sicherlich nicht gerne ins Haus kommen würde. Er war glücklich, Invher endlich die Wahrheit gesagt zu haben – er hätte es ihr schon viel eher sagen müssen. Das milderte seine Schuld Fion gegenüber zwar nicht – dem alten Fion, denn dieser Kreatur, zu der der Knecht nun geworden war, schuldete er nichts mehr.

Seine Gedanken wanderten zu Elodiron... Sie war eine so wunderschöne Elfe, die ihn seit langem zum ersten Mal wieder zum Lachen gebracht hatte. Sie strahlte eine Aura des Friedens aus, die ihn eingehüllt und ganz ruhig und glücklich hatte werden lassen. In ihren Armen hatte er sogar weinen können und all jene Dinge bedauern können, die er unterlassen, getan oder verschwiegen hatte. Er war sich sicher, daß er es der Firnelfe verdankte, Invher endlich die Wahrheit über Maegwyn gesagt zu haben. Seltsam – sie hatten nicht viele Worte gewechselt, und doch war beiden klar gewesen, daß sie in den Armen des anderen Trost und Vergessen suchten, Wärme und Nähe, und all das hatten sie gefunden.

Fast hatte Rhuad das Tor erreicht, als er Aldare schon erkannte, die neben der Wache stand und winkte. Also nicht Elodiron? Fast bedauerte er, daß nicht die Schnee-Elfe gekommen war. Was mochte Aldare auf dem Herzen haben? Der Prinz unterdrückte ein Grinsen – die Auelfe hatte sein Versteckspiel leider durchschaut und wußte um seine wahre Identität, aber das machte eigentlich nichts. Diese Mitwisserin gefiel ihm, und sie würde sicherlich nichts verraten.

»Komm nur herein, liebe Aldare.« Die Elfe gehorchte scheu und trat durch das Tor. Rhuad empfing sie mit seinem unwiderstehlichen Lächeln und nahm ihren Arm, um sie durch den Garten zu führen.

»Kann ich dir behilflich sein, Aldare? Ich muß gestehen, daß ich eigentlich eine andere Elfe erwartet hatte!«

»Elodiron hat die Stadt verlassen. Sie bat mich, Euch eine Nachricht zu übermitteln.« Unwillkürlich hatte Aldare zu dem förmlichen ›Euch‹ gewechselt.

Rhuad verbesserte sie: »Im *Esche und Kork* duzt du mich aber wieder, ja? Zudem heiße ich dort Brin!«

Die Elfe erwiderte sein Lächeln. »Ich will Euch den Spaß sicherlich nicht verderben, Hoheit. Bei mir ist Euer Geheimnis sicher! Nun, aber Elodiron läßt Euch mitteilen, daß sie in einem Jahr wiederkäme, und daß sie noch jemanden mitbrächte. Wißt Ihr, wen sie meint?« Rhuad schüttelte den Kopf. »Nein, keine Ahnung. Es könnte höchstens sein, daß sie ein Kind hat ... Sie hat meinen Großvater geliebt, mußt du wissen, Fürst Halman. Vielleicht habe ich ja eine halbelfische ...«, er rechnete ein wenig, »... Tante? Ja, ich glaube, das wäre eine Tante.«

Aldare blieb abrupt stehen und schlug sich mit der Hand an den Kopf. »Ich Dummkopf! Ich weiß nicht, ob ihr eine Tante habt, Hoheit. Aber ich glaube eher, daß sie von Euch ein Kind erwartet. Sie sagte, das begreife ich erst jetzt: ›Sage ihm, daß ich nicht allein kommen werde, das spüre ich schon jetzt‹. Ich glaube, das war ihr Wortlaut. Sie ist schwanger!«

Mit festem Griff packte Rhuad die Elfe bei den Schultern. »Bist du dir sicher? Wie kann sie das jetzt schon wissen? Wir haben doch gerade erst letzte Nacht... Nun, Elfen sind schon etwas seltsam. Ein Kind...« Da kam ihm ein Gedanke. »Sag einmal, Aldare, ihr Elfen versprecht aber nicht bisweilen, für eine gewisse Zeit enthaltsam zu sein und haltet Euch dann nicht daran?«

Aldare starrte ihn verwirrt an. »Nicht daß ich wüßte.«

»Fein!« Rhuads Laune schien sich wieder zu heben. »Ich wollte nur sichergehen. Ein Kind! Das ist ein schöner Gedanke, besonders von einer so schönen Mutter wie Elodiron. Ich hoffe nur, daß es ihr in diesem Jahr gut ergeht.« Er sah nach Osten, und seine Stirn umwölkte sich vor Sorge.

Auch Aldare folgte seinem Blick, ihr Gesicht spiegelte ihre Zerrissenheit wider. »Vielleicht sollte ich ihr doch folgen... Vielleicht finde ich sie noch. Sie wollte mich lehren, was es heißt, eine Elfe zu sein, mich zu anderen Brüdern und Schwestern führen und bei ihnen wohnen lassen. Sie sagte, daß alle Elfen eine Melodie in sich tragen die, wenn sie sie gemeinsam singen, ihre Geister miteinander vereint. Vielleicht...« Sehnsüchtig trat sie einen Schritt vor.

Dann fuhr sie herum. »Verzeiht, Hoheit, ich habe es schrecklich eilig, wenn ich sie noch einholen möchte! Ihr versteht?« und schon lief sie den Weg zum Tor zurück und an dem verblüfften Gardisten vorbei, der sie auf Rhuads Wink passieren ließ.

Einen Augenblick noch sah der Prinz ihr lächelnd hinterher, dann wandte er sich gen Stall, um vor dem Abendessen noch einmal nach Galahan zu sehen.

Bard konnte das Geschehene nicht begreifen. Sein Leben lang hatte er dem Fürsten, dem späteren König von Albernia, treu gedient, und nun warf ihn dieses Küken einfach hinaus, ohne ihm eine Gelegenheit zu geben, sich zu rechtfertigen, und das für eine verrückte Leibeigene! Er stand zu dem, was er getan hatte, es war zu dieser Zeit eine notwendige Maßnahme gewesen, um diesem hochmütigen Stallburschen zu zeigen, was er Maegwyn und Yantur eigentlich angetan hatte. Und war er nicht im Recht gewesen? War nicht Fion der Mörder? Selbst Prinz Rhuad hatte das irgendwann zugeben müssen.

Der Nachtwind blies kühl. Bard sah sich im Hof des Palastes um. Wie viele Jahre hatte er hier verbracht, wie bekannt ihm all das war! Er schritt von der Remise zum Stallgebäude und ließ die Gedanken in die Vergangenheit schweifen. Cailyn hätte ihn heiraten sollen, damals. Er hätte ihr ein anständiges Leben bieten können und sich ihrer nicht geschämt, wie dieser Narr Dialann. Doch aus Liebe war mit der Zeit Haß geworden, sie hatte sich selbst zuzuschreiben, was geschehen war.

Ein Rabe ließ sich vom Stalldach hinuntergleiten und verschwand hinter dem Gebäude. Bard trat einen Schritt vor und erschauerte. Bedeutete dies seinen Tod? Der Alte Gott sandte seine Diener nicht zum Spaß aus! Erniedrigung, Entehrung und Verbannung – kam da der Tod nicht gerade recht? Langsam ging Bard um das Stallgebäude herum, dorthin, wo der Rabe verschwunden war.

Er liebte diese Stadt. Er liebte sein Land und seinen König. Hier und nicht in der Fremde wollte er begraben sein.

Kaum war der Rabe hinter der Holzwand gelandet, wandelte sich auch schon seine Gestalt. Fion sah durch die geschlossenen Fensterläden der Stallkammer seiner Mutter Licht scheinen.

»Arme Cailyn!« dachte er. »Sie ist die wahre Verliererin in diesem üblen Spiel, dabei trifft sie nicht die geringste Schuld.«

Pádraigín ließ auf sich warten, es dauerte eine Weile, bis sich langsame Schritte näherten. Fion erachtete die Baronin als eine ganz besondere Frau: Sie war nicht nur mutig und klug, sondern auch verständnisvoll. Als Geweihte des Phex betrachtete man die Welt ja ohnehin auf eine andere Weise als etwa ein Praiosgeweihter. Pad urteilte nicht nach dem Äußeren oder der Geburt, sondern nach den Werten und dem Glauben.

»Du!« Bards Stimme schnitt plötzlich zischend durch die nächtliche Stille. »Ich wußte, daß ich dich irgendwann kriege. Du Eitergeschwür auf dem Leib Sumus, du namenlose Kreatur! Ich werde dich vernichten, und wenn es das Letzte ist, was ich in diesem Leben tue!« Damit zog er sein Schwert.

Fion wich zurück – die haßerfüllt brennenden Augen des Oberst machten jeden Gedanken an eine friedvolle Einigung zunichte. Einer von ihnen beiden würde den Kampfplatz nicht mehr lebend verlassen.

»Mich kannst du nicht von hinten meucheln, und ich bin auch kein schwacher Schreiberling! Mir wirst du dich Auge in Auge stellen müssen, Unhold!« Bard holte aus und schlug zu. Erst als er schon zur Seite gewichen war, erkannte Fion, daß der Hieb eine Finte gewesen war. Das Schwert traf ihn hart in die Seite. Fion stöhnte vor Schmerz und sprang zurück. Die Verletzung schloß sich wieder. Ungläubig hielt der ehemalige Oberst inne und starrte auf die sich zusammenfügenden Wundränder. Dann setzte er nach und traf den Vampir, der nur nachlässig auswich, am Oberschenkel. Wieder schloß sich der Schnitt nach einem kurzen Augenblick.

Vielleicht ließ sich der Oberst davon überzeugen, daß er diesen Kampf nicht gewinnen konnte … Fion verzichtete auf einen Angriff. »Gib auf und geh deines Weges! Ich bin nicht die namenlose Kreatur, für die du mich …«

Bard nahm das Schwert in beide Hände, sprang vorwärts und knurrte: »Der Kopf wird dir ja wohl nicht wieder anwachsen, Dämon!«

Fion duckte sich unter dem Schlag, sprang zurück und zog den Dolch. Wenn das so weiterging, hatte Bard ihn bald aus den schützenden Schatten herausgetrieben. Er führte auch zwei schnelle Stiche, von denen nur einer den Oberst am Arm traf. Doch dann befanden sich die Kämpfer wieder im Schatten des Stallgebäudes.

Wieso rief Bard nicht nach Verstärkung? Fion verstand das nicht, er mußte doch sehen, daß er allein kaum eine Chance gegen ihn hatte! Doch dem Oberst war aus irgendeinem Grund an einem Zweikampf gelegen. Bard schlug wieder und wieder nach dem Hals des Vampirs, aber Fion gelang es auszuweichen, wenn auch meist erst im letzten Moment. Fion verfluchte, daß er sich früher nie im Kampf geübt hatte. Seine Kräfte waren zwar gewachsen, doch mit dem Dolch verstand er kaum umzugehen.

Das Keuchen und Stampfen der beiden Männer drang durch die Nacht, es war kaum zu glauben, daß die Wachen des Königs taub genug sein sollten, den Lärm zu überhören ... Doch Fions feine Ohren nahmen mehr wahr als die eines Menschen.

Das Krächzen eines einzelnen Raben wehte klagend von der Mauerkrone. Fion lief bei diesem Geräusch ein Schauer den Rücken hinunter. Wessen Tod ließ der Dunkle Gott hier verkünden?

»Du wirst das Blut, das an deinen Händen klebt, teuer mit dem eigenen bezahlen!« fauchte Bard, er klang schon ein wenig atemlos. »Ich werde dir die Arme und die Beine abschlagen und deinen Rumpf an den Bergfried hängen – mit Blick gen Rahja, daß du den Sonnenaufgang genießen kannst!« Tatsächlich zielte seine Attacke auf Fions Waffenarm. Der Stahl glitt schmerzhaft ins Fleisch, trennte das Glied jedoch nicht vom Leibe.

Fion wirbelte herum und tauchte geschickt unter dem Langschwert des Gegners hindurch, um ihm den Dolch in die Schulter zu rammen. Warmes Blut strömte ihm über die Finger, als er versuchte, die Klinge wieder herauszuziehen, doch Bard taumelte stöhnend zurück und der feuchte Griff des Dolches entglitt Fions Hand.

Der Geruch des Blutes an seinen Händen erregte den jungen Vampir. Rasch leckte er einige Male darüber, um es zu kosten. Unwillkürlich schweifte sein Blick zu dem rasch größer werdenden dunklen Fleck auf Cheannards Uniform. Er sog den Duft tief ein und erschauerte.

Die Ablenkung seines Gegners wohl nutzend, landete Bard einen Treffer gegen Fions Bein. Dieser versuchte zurückzuweichen, strauchelte aber über einen kindskopfgroßen Stein und verlor, von dem Treffer zur Seite geschleudert, das Gleichgewicht.

»Jetzt habe ich dich!« zischte Cheannard und holte weit mit dem Schwert zu einem letzten Schlag aus. Verzweifelt rollte sich Fion beiseite, und die Klinge fuhr neben seinem Kopf tief ins Gras. Der Vampir schnellte hoch, noch ehe der Mann die Waffe wieder aus der Erde ziehen konnte, und erwischte ihn am Kragen seiner Uniform. Von der Wucht seines eigenen Schlages und dem Gewicht des Gegners wurde Bard zu Boden gerissen, so daß die beiden Gegner nun miteinander um die Oberhand rangen.

Auf ihm sitzend zwang der Oberst schließlich keuchend Fions Arme nieder und preßte sie triumphierend auf die Erde. Er schob sie näher aneinander, bis er beide mit einer Hand festhalten konnte. Bard mußte alle Gewalt aufbringen, um den starken Gegner unter Kontrolle halten zu können. Fion bäumte sich gegen Bards Gewicht auf und wand sich unter dem Griff. Kaum hatte jedoch der Oberst eine Hand frei, holte er unter dem Wams ein rundes goldenes Amulett hervor – ein Abbild der Praiosscheibe, dessen Anblick den Vampir an den Boden nagelte, seine Gegenwehr erlahmen ließ und ihm stechende Schmerzen zufügte.

Lachend nahm der Oberst nun auch die zweite Hand weg, blieb aber auf seinem Gegner sitzen und drückte ihn mit seiner beachtlichen Körpermasse nieder. Dabei ließ er das Praiosamulett bedenklich nahe vor Fions Gesicht pendeln.

»Unheilig!« stieß Bard hervor. »Das Zeichen des Herrn Praios beraubt dich deiner Macht. Sein Symbol vor Augen, werde ich dich dorthin schicken, wo du hingehörst und eigentlich schon lange hättest sein sollen: in die Niederhöllen! Und dieser Triumph wird schwerer wiegen als der Vorwurf einer Leibeigenen, einer Hure, die behauptet, ich hätte ihr widerrechtlich ein Kind gemacht! Widerrechtlich! Das hatte sie sich selbst zuzuschreiben – sie hätte anders wählen können!« Damit zog er mit der Rechten Fions Löwendolch aus seiner Schulter. Ein kräftiger Strahl Blut schoß daraus hervor und traf das Gesicht des ehemaligen Stallknechtes.

Bards Stimme hallte höhnisch ihn Fions Kopf wider, sein Lachen bohrte sich schmerzhafter als jede Waffe in sein Gehirn, zertrümmerte Gnade und Selbstbeherrschung und entrang ihm ein gequältes Stöhnen. Was in Fions Verstand blieb, waren Haß und blanke Mordlust, der ewig gegenwärtige Durst nach Blut, nach dem Blut desjenigen, der ihm und seiner Mutter so viel Leid zugefügt hatte.

Mit gewaltiger Willensanstrengung griff Fion zu, schloß seine Hand um das Praiosamulett und riß es dem Oberst vom Hals. Mit gebleckten Zähnen und wütendem Fauchen rollte er Bard von sich herunter. Er warf ihn auf den Rücken, hielt ihn mit seinem Gewicht und all seiner Kraft nieder und schlug seine Fänge tief in den Hals des verhaßten Mannes. Mit einem letzten, erstickten Schrei brach Bard Cheannards Gegenwehr zusammen und versiegte in einem tiefen Gurgeln: Die Zähne seines Gegners hatten seine Kehle zerrissen.

Wie besinnungslos suhlte sich Fion in dem hervorspritzenden Blut, trank es gierig, biß sich tiefer und tiefer in den zerfetzten Hals und hielt erst inne, als sich der Mann nicht mehr rührte und der Lebensstrom versiegt war.

Keuchend schmeckte der Vampir dem Geschmack des Blutes nach, der auf seiner Zunge lag, und betrachtete die übel zugerichtete Leiche. Eine merkwürdige Leere breitete sich dort aus, wo sich sonst sein Mitleid und Selbstverachtung meldeten, wenn er getötet hatte. Das Fehlen jener Regungen ängstigte ihn nicht minder.

Die Kehle Cheannards war eine einzige blutige Wunde, Blut lief auch Fions Kinn herab. Plötzlich sah er vor seinem geistigen Auge eine andere Leiche: Maegwyn, die Magd, die Dhaman ermordet hatte, und deren Hals ganz genau so ausgesehen hatte wie der von Bard jetzt.

Mit einem Stöhnen ließ sich Fion vornüberkippen und wischte wie von Sinnen mit dem Ärmel über sein Gesicht, um das Blut fortzureiben. Gab es zwischen Dhaman und ihm also doch keinen Unterschied? Haß, Mord und Rache – war er noch zu anderen Gefühlen fähig?

Eine Klinge glitt klirrend aus einer Scheide. Fion fuhr herum, er kniete noch immer über der Leiche. Keine zwei Schritte weit neben ihm stand Rhuad, mit blassem Gesicht und zusammengekniffenen Lippen, und starrte ihn an, sein Florett blank in der Hand.

Mit tonloser Stimme befahl der Prinz: »Geh da weg, Fion.« Der Vampir gehorchte, erhob sich langsam und trat ein, zwei Schritte zurück, löste dabei allerdings keinen Blick von Rhuads Augen. Doch dieser sah ihn niemals direkt an, als er nun auf Bards Leichnam zuging, sich wachsam daneben niederkniete und die

Wunde untersuchte. Dann schloß er Bard die aufgerissenen Augen und verharrte mit gebeugtem Haupt.

»Ich habe dir vertraut.« Die Worte drangen selbst für Fions Ohren kaum hörbar herüber, sie klangen müde, leidenschaftslos. »Du hattest mir geschworen, daß du Berthol damals nicht getötet hast, doch du hast gelogen. Sein Hals sah genauso aus wie Bards hier.« Die Klinge ruhte inzwischen auf der Erde, auch wenn Rhuad den Griff noch locker in der Hand hielt: Es war keine Position der Verteidigung oder des Angriffs, sondern fast eine der Muße. Traurig blickte er in den Nachthimmel, an dem sich dünne Wolkenvliese immer wieder vor das halbsichelförmige Madamal schoben, es nicht vollständig verdunkelten, doch genügend abdeckten, so daß ein zufälliger Beobachter die drei Gestalten zwischen Mauer und Stallrückwand nicht sofort wahrgenommen hätte.

Dann sah Rhuad auf, das Gesicht ernst, traurig und entschlossen. »Das Blut wie vieler Menschen lastet nun schon auf deiner Seele, Fion? Seit wann bist du, was du bist? Und belüge mich nicht! Ich kann das nicht mehr ertragen.« Scharf musterte er Fion.

»Rhuad, ich kann dir keinen Schwur leisten, dem du vertrauen würdest, die Namen der Götter erscheinen dir aus meinem Munde wie Hohn, nicht wahr? Doch auch ich huldige ihnen, werfe mich vor ihnen auf die Knie und flehe um Nachsicht für meine Sünden. Und derer sind viele, da irrst du nicht.« Der Vampir hielt inne, doch Rhuad verriet seine Gefühle mit keiner Regung.

»Ja, ich bin ein Vampir, ich trinke das Blut der Lebenden. Doch ich habe dich nicht belogen, ich habe dein Vertrauen nicht mißbraucht! Maegwyn, Berthol, Dialann und Yantur starben nicht durch meine Hand! Damals schlug mein Herz noch genauso wie das deine! Erst nach meiner Flucht wurde ich zu einem *Kind der Nacht*. Ich versuche Boron zu dienen« – er deutete hilflos auf den Leichnam und fuhr etwas leiser fort – »doch nun lastet ein weiteres Menschenleben auf meinem Gewissen. Rhuad, du mußt mir glauben«, beschwor er den Prinzen eindringlich, der ihn jedoch nur ungläubig anstarrte, »ich habe jene Morde nicht begangen, und ich habe dich niemals überfallen oder dir Schaden zugefügt!« Fion verstummte unter Rhuads leerem Blick. Er drang nicht einmal bis zu ihm vor! Der Prinz hörte ihn gar nicht. Wie sollte er Fion auch Glauben schenken, wenn ihm seine Erinnerung und Bards Leiche hier und jetzt das Gegenteil bewiesen?

Langsam erhob sich der Prinz. Er starrte Fion jetzt direkt in die Augen, hob das Florett am langen Arm ausgestreckt hoch und ging auf den ehemaligen Freund zu, bis die Spitze der Waffe dessen Brust berührte. Fion rührte sich nicht vom Fleck.

»Du lügst«, stellte Rhuad ausdruckslos fest. »Ich habe dich gewarnt. Ich will keine Lügen mehr! Jede Geschichte klingt anders, keine stimmt wirklich, alles wirbelt durcheinander ... Ich glaube, ich werde wahnsinnig ...« Mit einem Stöhnen kniff Rhuad krampfhaft die Augen zusammen, öffnete sie dann wieder mühsam, um Fion zu beobachten, der ihn mitleidig betrachtete.

»Sieh mich nicht so an! Ich will deine Lügen nicht mehr!« fauchte der Prinz.

»Ich lüge nicht. Aber du hast recht – es reicht. Du willst keine Lügen mehr, und ich will nicht mehr angeklagt werden, nicht mehr weglaufen müssen. Ich will nicht mehr kämpfen. Auch meine Kraft versiegt irgendwann. Du glaubst, daß ich der Mörder bin, den du suchst? Ich habe vor deinen Augen Bard Cheannard umgebracht. So töte mich also, mach diesem Trauerspiel ein Ende! Du bist der Prinz und ich der Mörder, was zögerst du noch? Töte mich, deine Waffe ist magisch und wird mich ebenso verletzen wie dich. Dann haben wir es hinter uns, deine Zweifel und mein

Kampf sind beendet. Was ist dies alles noch wert, wenn du mich für einen Dämon hältst?«

Rhuads Hand verkrampfte sich um den Griff des Floretts, seine dunkelblauen Augen entließen Fion keinen Wimpernschlag. Die Spitze der Klinge zitterte leicht über Fions linker Brustseite, direkt über dem Herzen.

»Kein Herz schlägt mehr in deiner Brust!« flüsterte Rhuad wie zu sich selbst. »Was weißt du schon von Leid und Liebe?« Tränen rollten seine Wangen hinunter, die Waffe zitterte stärker.

»Mein Herz ist tot, ja. Ich gab es, um all den Toten einen Sinn zu geben, damit Vater nicht umsonst gestorben war … Leid und Liebe? Die kenne ich noch genau wie du.« Fions Blick bettelte um Verständnis, auch wenn sein Gesicht sonst wenig von dem verriet, was er fühlte. »Die Liebe ließ mich den Kampf ertragen. Nimmst du sie von mir, bleibt nur das Leid. Doch auch das kannst du mit deiner Klinge beenden.« Fion schwieg, während Rhuad seinen eigenen Kampf mit den in ihm widerstreitenden Gefühlen focht.

Klirrend fiel das Florett zwischen ihnen zu Boden. Rhuad holte tief Luft und sprach zitternd: »Ich muß wahrhaft wahnsinnig sein! Aber das ist meine Sache. Geh, Fion, geh mir aus den Augen! Dein Platz ist nicht mehr hier! Vielleicht ist er in den Niederhöllen, vielleicht nirgendwo, doch töten kann ich dich nicht. Ist es nicht ein Hohn, das über einer frischen Leiche zu sagen? Scher dich fort und verkrieche dich in der Dunkelheit, daß man dich nicht findet. Andere Leute mögen nicht so dumm sein wie ich. Doch tritt mir nie wieder unter die Augen, denn später mag ich mich anders besonnen haben!«

Rasch hob der Prinz das Florett auf, blickte ehrerbietig auf die Leiche und schlug das Boronsrad darüber. *»Alas audivit«* murmelte er den alten Segensspruch der Boroni, *»mare transgredit.«* Dann sah er ein letztes Mal zu Fion zurück und sprach verbittert: »Dir können allein die Götter verzeihen!« Damit verließ der schöne Prinz nahezu fluchtartig den Platz hinter dem Stall.

Fion sank auf die Knie. Er hatte gehofft, der Prinz bringe den Mut auf, ihm die Klinge in die Brust zu rammen, dann wäre es zu Ende gewesen. So aber ging die Schlacht mit Dhaman weiter. Ein letztes Fünkchen Hoffnung regte sich in Fion. Vielleicht hatte Rhuad zu sehr an seiner Schuld gezweifelt, als daß er ihn guten Gewissens hätte töten können. Doch vorbei war vorbei – die Vergangenheit kam nicht zurück.

Bard Cheannards Körper lag verkrümmt am Boden. Fion ertappte sich dabei, daß ihn der Tod des Oberst befriedigte. Seine Mutter war nun gerächt. Hier wimmelte es sicherlich bald von Gardisten, das Treffen mit Pádraigín müßte andernorts stattfinden – wenn sie ihn überhaupt noch sehen wollte. Vorsichtshalber wollte er sich in der Nähe aufhalten und sonst morgen nacht wiederkommen.

Die Baronin mußte tagsüber in das Zimmer des *Kindes der Finsternis* eindringen, um einen Anhaltspunkt dafür zu finden, was der Edle beabsichtigte. Die Zeit des Wartens war vorüber. Fion ahnte, daß er und Dhaman bald wieder aufeinandertreffen würden. Dann erst würde sich zeigen, ob Fianna, Dialann und all die anderen nicht umsonst gestorben waren und ob in Fions und Dhamans Adern zweierlei Blut floß – das eine boronisch, das andere namenlos.

Fion verwandelte sich in seine Rabengestalt und schwang sich auf das Stalldach. Er blickte dem Prinzen traurig nach, der durch die Seitentür in den Geweihtentrakt verschwand.

Was auch immer noch geschehen würde, *dieser* Kampf war bereits verloren.

Kapitel 19

Füchschen in der Grube

Weder Rhuad noch Dhaman nahmen am Abend des 29. Tsa am Abendessen teil, eine Tatsache, die sowohl Pádraigín als auch Invher und Bran aus verschiedenen Gründen beunruhigte.

Pad stand mehrmals kurz davor, König Cuanu beiseite zu ziehen und ihm ihr Wissen über Dhaman mitzuteilen, doch jedes Mal zögerte sie und unterließ es schließlich – den ›Edlen‹ zu unterschätzen hieße, endgültig zu verlieren. Bekam er die Möglichkeit, Cuanu mit seiner Zauberkraft zu beherrschen, konnte man ihm wieder kaum etwas anhaben. Beweise und Auskünfte brauchte sie. Dhaman mußte mit *einem* Schlag vernichtet werden! Und das rasch, bevor er seinen Plan in die Tat umsetzen konnte, die Bennains unter seine Herrschaft zu bringen … Doch wann und vor allem *wie* beabsichtigte er das? Hatte Bards Tod damit etwas zu tun? Die Baronin kam nicht einmal auf den Gedanken, daß jemand anderer als Dhaman den Oberst ermordet haben könnte.

Während Pads Anspannung sich in verschärfter Aufmerksamkeit zeigte, schien Invher nachdenklich, Bran dagegen unruhig. Die Kronprinzessin versuchte, den Mord an Maegwyn und den an Bard Cheannard in Zusammenhang zu bringen. Ihr königlicher Vater hatte sie in dieser Entscheidung bestärkt und es ihr überlassen, einen neuen Gardeobristen zu bestallen. Dieser würde ja vermutlich mehr Zeit in ihren Diensten als in den seinen verbringen. Doch sie hatte sich noch nicht für einen Nachfolger entschieden, als die Nachricht von Bards Tod eintraf. Zuerst hatte sie befürchtet, er habe sich selbst entleibt, doch die gräßliche Wunde an seinem Hals sprach eine deutliche Sprache: Fion war wieder da, und eine weitere Leiche lag neben der Fiannas in der Hesindekapelle.

Rhuad, der ihr noch vor wenigen Stunden die Umstände von Maegwyns Schwangerschaft gebeichtet hatte, verließ seit dem Fund der Leiche sein Gemach nicht mehr. Er weigerte sich, mit irgend jemandem zu sprechen und aß nichts mehr.

Die Stimmung am Tisch war gedrückt. Die Mitglieder der königlichen Familie hingen ihren Gedanken nach, von denen die meisten um die turbulenten Ereignisse des Tages kreisten.

»Sagt, Vater« – Pad fiel noch etwas ein, was sie den König schon lange fragen wollte – »eine Maire von Dela kennt Ihr wohl auch nicht? Tochter eines gewissen Glarik von Dela. Ich fand die Namen in der Chronik und wunderte mich darüber, daß Dhaman Verwandtschaft hat.«

Der König schüttelte nachdenklich den Kopf. »Nein, Maire von Dela kenne ich nicht. Sie steht in der Chronik? An den alten Glarik erinnere ich mich wohl noch, ein feiner Kerl. Er starb früh – ja, gemeinsam mit seiner Frau. Orken, sagt man. Sie hatten ein kleines Mädchen, aber was mit dem geschehen ist, weiß ich nicht – wird wohl ebenfalls tot sein.«

»Könnte es nicht unsere Maire sein? Die Gardistin, meine ich?« Pádraigín wußte, daß das nicht sehr wahrscheinlich war, aber es war für sie wichtig.

»Du kannst sie ja einmal fragen, ob sie sich an ihre Eltern erinnert. Warte mal, ich glaube, das Mädchen müßte etwa sechs oder sieben gewesen sein, als Glarik und Selma starben. Wer weiß, vielleicht hast du ja recht! Auch wenn das eine seltsame Fügung wäre!« Er vertiefte sich wieder in seine Gedanken, und Pad nahm sich vor, seinen Vorschlag aufzugreifen und Maire aufzusuchen.

Invher mischte sich kurz in das Gespräch ein: »Vater, Maire wäre auch meine Wahl, um den Posten als Gardeobristin neu zu besetzen. Sie ist sehr pflichtbewußt und versteht es, Leute zu befehlen. Sie ist zudem eine gute Kriegerin.«

»Ja, Maire ist eine gute Wahl, Invher. Ich hätte sie dir vorgeschlagen, wollte deine Entscheidung aber nicht beeinflussen. Sie würde vermutlich ein wenig feinsinniger sein, als Bard es gewesen ist.«

»Sie will Giall in den Borontempel geben.«

Pádraigín verschluckte sich und rang nach Luft. »Borontempel? Wie erstaunlich! Das Kind ist sehr begabt, daran gibt es keinen Zweifel – aber muß es gleich der Borontempel sein?«

Invher zuckte mit den Schultern. »Sagarta, die Hohegeweihte von der Boroninsel, hat die beiden aufgesucht und um Maires Zustimmung nachgesucht. Zu ihrem achten Tsatag soll Giall die Novizenschaft beginnen!«

Wieder wurde es still am Tisch – über Boron und die Toten sprach man besser nicht zu ausgiebig.

So dauerte es auch nicht mehr lange, bis Großtante Dianasde sich als erste entschuldigte. Invher und Bran schlossen sich rasch an und verließen den Speisesaal.

»Bitte versucht noch einmal mit Rhuad zu sprechen, Euer Gnaden«, bat die Prinzessin. »Ihr versteht Euch doch recht gut mit ihm.« »Ich will mein Bestes tun, Hoheit, aber ich sehe schwarz – als ich vorhin versuchte, ihn zum Essen abzuholen, hat er außer einem ›Danke, nein‹ nichts verlauten lassen. Ich glaube nicht, daß sich das jetzt geändert hat.« Damit ging er den Gang hinunter.

Invher sah ihm nach und wandte sich dann Pádraigín zu, die ebenfalls den Tisch verließ. Die Prinzessin blickte sie erwartungsvoll an und fragte leise: »Pad, Liebste, gibt es etwas Neues, was du mir berichten könntest?«

Die Baronin blickte nachdenklich, doch ihre einzige Antwort war: »Morgen vielleicht.« Dann erwiderte sie besorgt: »Was ist mit Rhuad?«

Kopfschüttelnd zuckte Invher mit den Schultern. »Ich weiß es nicht genau, Pad. Ich habe ihn selbst nicht zu Gesicht bekommen. Es hat irgendwie mit Bards Tod zu tun, denn heute nachmittag habe ich mich noch mit ihm unterhalten … Vielleicht erinnert es ihn daran, was Fion wirklich ist.«

Pádraigíns Augen weiteten sich entsetzt, sie stürmte an der verblüfften Invher vorbei in ihr Zimmer.

Dort wartete tatsächlich ein Rabe vor dem Fenster. Pad öffnete die Butzenscheiben und ließ ihn ein. Wenige Augenblicke später stand Fion vor ihr und ging leise zur Tür, um den Schlüssel im Schloß umzudrehen.

Mit vor Entsetzen geweiteten Augen nahm Pádraigín sein blutbesudeltes Hemd wahr, die rotverschmierten Spuren an Hals und Händen, den traurigen Blick.

»Ja, ich war es.«

Die Baronin sank in ihren Sessel und verbarg das Gesicht in den Händen, ihr braunes Haar umgab sie wie ein weicher Schleier. Dann atmete sie tief ein und sah wieder auf, sie wirkte mühsam beherrscht. »Ich vertraue der Göttin. Wenn ich ihren Willen falsch deute, muß ich damit leben. Aber ich möchte gar nicht erst wissen, was geschehen ist. Nur eines: Hat Rhuad dich gesehen?«

Fion nickte stumm.

»Deshalb also. Er hat sich in seinem Zimmer eingesperrt.« Sie seufzte. »Wie gehen wir nun vor?«

Fion setzte sich auf das Chaiselongue gegenüber dem Sessel und starrte auf seine Hände. »Ihr müßt tagsüber in sein Zimmer eindringen. Vielleicht findet Ihr Hinweise darauf, wie er seine Pläne durchzusetzen gedenkt. Da er …«, hier stockte seine leise Stimme ein wenig, »da er Fianna nicht mehr brauchte, geschieht es wohl recht bald.«

»Vielleicht auf dem Ball morgen abend? Die ganze Familie wird anwesend sein, dazu der Hoch- und Niederadel Albernias. Er will uns unterwerfen … Wird er es auf die gleiche Weise tun, wie er es bei Fianna getan hat? Sie hatte sich so verändert, ihr ganzes Wesen war ins Gegenteil umgeschlagen. Was vorher freundlich und hilfsbereit war, war plötzlich hinterlistig und selbstsüchtig … Wie ist das geschehen?« Sie drehte ihr Madamalamulett zwischen den Fingern hin und her.

Fion sah aus dem Fenster und erklärte: »Ich habe meine … Herrin gefragt, die sich mit Dhamans Dasein schon etwas länger befaßt. Sie meinte, wenn ein lebender Sterblicher das Blut eines Vampirs trinke, entstehe eine Verbindung zwischen den beiden. Der Vampir weiß, wo er sich befindet, wie es ihm geht, und manchmal kann er sogar die Gedanken desjenigen lesen. Dafür gehorcht der Sterbliche dem Vampir unabdingbar. Das Blut der *Kinder der Finsternis* trüge den Fluch des Namenlosen, sagte sie, und verderbe den Geist des Betroffenen … Fianna konnte nicht einmal etwas dafür, wißt Ihr das? Wäre ich damals geblieben, vielleicht hätte ich es verhindern können …« Jetzt barg Fion das Gesicht in den Händen.

»Dann wäre Rhuad nun tot.« Pads Stimme klang fest, doch im Innern bangte sie genauso wie der ehemalige Stallknecht, ob die Entscheidungen, die sie in der Vision Hesindes herbeigeführt hatte, die rechten gewesen waren. Rhuad war gerettet, Fianna verloren.

»Ja. Doch die Situation jetzt treibt ihn in den Wahnsinn. Er weiß nicht mehr, ob er seinen Gefühlen und seinem Verstand noch trauen kann, da Dhaman seine Sache nicht sehr gut gemacht hat. Die falsche Erinnerung paßt nicht zu den Ereignissen der Tage davor, weil Dhaman nichts von dem wußte, was geschehen war. Rhuad traute mir nach seinen jetzigen Erinnerungen, obwohl ich angeblich Berthol getötet habe – ein Widerspruch, den er nicht zu lösen versteht. Man muß diesen Zauber brechen! Aber ich vermag es nicht.«

»Ich werde mit Bran sprechen. Es ist sicherlich im Sinne seiner Göttin, diese Last von Rhuads Schultern zu nehmen. Gut«, schloß sie, erhob sich und wanderte zum offenstehenden Fenster, die Arme frierend um den Körper geschlungen. »Dann werde ich also morgen einmal sehen, was Dhaman zu verbergen hat. Am Abend ist der Ball, doch ich will sehen, daß ich dich draußen treffen kann. Aber Fion«, sie drehte sich um und blickte dem *Kind der Nacht* hart in die Augen, »wenn es noch weitere Tote geben sollte, die nicht von Dhamans Hand stammen, dann muß ich noch einmal überlegen, welcher von euch beiden eigentlich der gefährlichere ist.«

Fion nickte. »Ich habe es nicht gewollt. Der Haß war stärker. Aber das ist keine Entschuldigung. Gute Nacht«, sagte er und trat auf das Fenster zu, um Augenblicke später als wachsamer Rabe über dem Palast zu kreisen.

Das Zimmerschloß stellte kein großes Hindernis dar, der Raum hinter der Tür war menschenleer. Das Bett schien nicht häufig benutzt zu werden, da sich auf dem Rahmen schon Staub angesammelt hatte, doch im Schrank hingen Kleidungsstücke, in denen Pad Dhaman schon gesehen hatte. Im Schreibtisch fanden sich keinerlei Hinweise oder Spuren, auch kaum Notizen irgendeiner Art – alles in allem sah das Gemach sehr unbenutzt aus.

Durch eine knarrende Diele erinnerte sich Pad der Geheimgänge unterhalb des Fürstenpalastes. Dhaman mußte irgendwie vom Palast zum *Esche und Kork* gekommen sein. Wenn er nicht geflogen war wie Fion, dann nahm er sicherlich die Kanäle, in denen er sich ja äußerst gut zurechtzufinden schien. Es dauerte tatsächlich nicht lange, bis die Baronin die Geheimtür unter dem Teppich entdeckt hatte. Sie zog die Kerze aus der Gewandtasche und entflammte sie.

Unten folgte ein dunkler, staubiger Gang, in dessen Mitte eine breite Spur freigetreten worden war. Vorsichtig folgte Pad ihr – sie wußte schließlich nicht, was hier alles lauerte. Fiepend floh ein kleiner huschender Schatten aus dem Schein der Kerze, dann noch einer und wieder einer, bis es in dem gesamten Gang ununterbrochen zuckte und raschelte.

Pad leuchtete hinein und prallte entsetzt zurück: Das, was sie im Dunkeln für den Boden gehalten hatte, war in Wirklichkeit ein Meer von Ratten… Hunderte winziger Augen glitzerten im Schein der Kerze, es gab hier keinen Fingerbreit, der nicht von den kleinen Leibern ausgefüllt war! Verwesungsgestank drang aus dem Gangstück, so daß Pad sich lebhaft vorstellen konnte, was der längliche Hügel unter den Ratten sein konnte.

»Boron sei deiner Seele gnädig!« murmelte sie, wich dann würgend zurück, doch die Tiere machten keine Anstalten, ihr zu folgen. Mit dem Madamalamulett in der vorgestreckten Hand trat Pad wiederum auf den Gang zu, doch zeigte das geweihte Kleinod hier, wie bei anderen normalen Tieren, keinerlei Wirkung. Vorsichtig setzte sie einen Fuß vor den anderen, in der Hoffnung, daß die scheuen Kreaturen vor ihr und dem Feuer der Kerze zurückwichen. Doch sobald sie eine Ratte mit der Schuhspitze beiseite geschubst hatte, um vorwärts zu gehen, huschten viele kleine Körper um ihre Beine, sprangen an ihr hoch, fiepten, bleckten die scharfen Zähne und drangen auf sie ein, so daß sie hastig wieder zurückwich. Die Kerze flackerte bedenklich. Pad ermahnte sich, vorsichtiger zu sein. Wenn sie hier ohne Licht stünde, würde sie vielleicht nicht mehr zurückfinden.

Bei den Ratten gab es also kein Durchkommen – die blitzenden Zähne reichten ihr als Warnung. Schließlich gab es hier Hunderte von ihnen, und so machte sie sich enttäuscht wieder auf den Rückweg zu Dhamans Zimmer.

Bei der Treppe angekommen, stutzte Pádraigín. Über den Gestank der Ratten hinweg drang ein anderer, feinerer Duft an ihre Nase, ein geradezu wohlriechender, der hier nicht hingehörte. Sie leuchtete die Wände und den Boden ab und stieß schließlich auf kleine, kümmelähnliche Körner auf den Stufen. Sie las eines davon auf und rieb es zwischen Daumen und Zeigefinger vorsichtig unter der Nase, bis sie dem Duft auf die Spur kam: Anis? Ja, sie kannte diesen Duft, das war bestimmt Anis, ein Gewürz, das in Aranien wuchs. Sie steckte das Korn zwischen die Zähne und zerbiß es, so daß sich der süßliche, aromatische Geschmack auf ihrer Zunge ausbreitete. Seltsam, ein Küchengewürz hätte sie hier am wenigsten erwartet! Aber wenn das alles blieb, was sie bei ihrem Einbruch herausfand, war die Ausbeute nicht groß. Sie stieg enttäuscht wieder aus den Geheimgängen heraus, da sie sich ja auch noch für den Abend vorbereiten mußte.

Heute nacht würde der Ball stattfinden.

Kapitel 20

Tag der Erneuerung

Karossen, Kutschen, Reitpferde und sogar eine bornische Kaleschka waren nacheinander durch die festlich geschmückte Stadt, in deren Straßen das Volk feierte, bis vor den hell erleuchteten Palast gefahren und von den Pagen und Bediensteten empfangen worden. Edelste Damen und Herren in prachtvollen Gewändern gaben sich die Ehre zu diesem alljährlich stattfindenden Ball. Wer von Ferne kam, hatte sich vielleicht schon Tage zuvor auf dem Palast oder unweit davon im Hotel *Palastgarten* eingefunden.

Pádraigín ni Bennain lief die Stufen der weißen Freitreppe hinab, das prachtvolle grüne Seidenkleid rauschte und raschelte. Sie flog in die Arme eines Mannes ihrer Größe, der in elegantes Grau gekleidet war, eine weiße Seidenschleife um den Hals trug und sein braunes Haar im Nacken mit einer Schleife zusammengenommen hatte. Ein dunkelgrauer Umhang hing über seinen Schultern, er hielt einen schwarzen Federhut in der Hand und taumelte scherzhaft einige Schritte rückwärts. Er hielt Pad fest in die Arme geschlossen.

»Schwesterherz! Prachtvoll siehst du aus!« Er drehte sich einmal im Kreis, so daß Pad den Halt verlor und im Kreis herumgewirbelt wurde.

»Pádraig! Wie froh bin ich, dich zu sehen. Du kommst spät, wir hatten schon befürchtet, dir wäre etwas dazwischengekommen!«

Pádraigíns Zwillingsbruder zwinkerte mit einem Auge und klopfte leicht auf den Degen an seiner Seite. Er war seiner Schwester wie aus dem Gesicht geschnitten, seine grauen Augen blitzten schelmisch. »Tja ... *dazwischengekommen* würde ich das nicht nennen ... Unten in Honingen meinte ein Dreistling, eine ehrenhafte Dame beim Boltanspielen des Betruges bezichtigen zu müssen, und das konnte ich natürlich nicht auf ihr sitzen lassen ... Du kennst mich ja: Ich ertrage es nicht, wenn man die Ehre einer Dame beleidigt – besonders, wenn es meine eigene Frau ist ...« Sie lachten herzlich.

»Das ist aber lange her, daß jemand Rianod auf die Schliche gekommen ist ... War es ein Elf?« Pádraigín schmunzelte noch immer. Man brauchte schon Elfenaugen, um die flinken Finger von Pádraigs Frau beobachten zu können.

»Nein, ein Spieler – aus Mengbilla, glaube ich. Leider konnte er mit dem Degen nicht so gut umgehen wie mit vier Wahrsagerinnen auf der Hand ... Bevor du fragst: Ja, Rianod ist entsetzlich niedergeschlagen! Ah, da ist sie ja! Tändelt mal wieder mit ihrem Schwager!«

Pads Lächeln erstarb, als sie zu dem Paar auf dem Kiesweg hinübersah. Neben Rhuad stand Rianod, die atemberaubend schöne Frau ihres Zwillingsbruders. Ihr perlendes Lachen drang zu ihnen hinüber. Sie trug ihr feuerrotes lockiges Haar offen und ungebändigt, das fröhliche, herzförmige Gesicht strahlte Übermut und Lebensfreude aus. Auch sie trug ein weit schwingendes grünes Kleid aus feinster Seide, das zu ihrem Haar einen geradezu hinreißenden Kontrast bildete.

Traurig schweiften Pads Gedanken zu Raidri Conchobair – er würde wohl heute nicht mehr kommen. Kurz und schmerzhaft schlug ihr Herz schneller – was, wenn er längst tot war? Doch nein, schnell verwarf sie diesen Gedanken. Wäre er tot, hätte sie es gefühlt, dessen war sie gewiß. Doch wenn er stürbe... sie wüßte nicht, was sie dann tun würde. Hätte ihr Leben dann noch einen Sinn?

Das Glück ihres Bruders freute sie für ihn und Rianod, doch nicht jedem war es vergönnt, glücklich zu sein. Es gab Menschen, die sich nicht binden ließen, denen das Wort ›Stetigkeit‹ fremd war, die nicht einmal erkannten, wenn sie wahrhaft geliebt wurden...

»Raidri wird wohl nicht kommen, wie?« fragte Pádraig mitfühlend, der wie immer die Gedanken seiner Schwester erriet. Sie schluckte Trauer und Sorgen hinunter und versuchte ein kleines Lächeln, während sie den Kopf schüttelte. Pádraig hob ihr Kinn mit dem Zeigefinger, so daß sie ihm in die grauen Augen – Spiegelbild ihrer eigenen – sah, und flüsterte: »Nicht traurig sein, Füchschen! Eine bestimmte Art von Menschen bekommt man nicht so schnell klein!«

Sie nickte dankbar. Sie tupfte einige Tränen in ihrem Augenwinkel mit dem Finger weg und hoffte, daß der tulamidische Kohlestift nicht verwischt war. Wieder nahm Pádraig ihr Kinn, dieses Mal zwischen Daumen und Zeigefinger, und drehte ihren Kopf hin und her, um sie von beiden Seiten zu begutachten. »Wunderbar!« meinte er dann. »Wie schade, daß ich schon im Traviabund stehe...«

Die beiden Geschwister lachten fröhlich – Pádraig besaß eine unwiderstehliche Art, sie aufzuheitern! Pádraigin umarmte den Bruder noch einmal schnell und führte ihn dann in die Eingangshalle des Palastes. »Vater wartet sicher schon sehnlich darauf, dich und Rianod zu begrüßen!«

»Nein, *sehnsüchtig* wartet er darauf, Rianod zu begrüßen, mich *erwartet* er nur, der alte Charmeur! Weib, begrüße deinen Schwiegervater, aber unterstehe dich, wieder einen so tiefen Hofknicks wie beim letzten Mal zu machen, sonst überwache ich dich fortan beim Anpassen der Kleider!«

Rianod und Rhuad traten heran, die Gemahlin des Barons von Fairnhain lachte leise mit einer äußerst angenehmen, rauhen Stimme. »Wie bedauerlich nur, daß ich den Prinzen hier an meiner Seite niemals mit einem Hofknicks begrüßen muß! Aber er ist ja ein vorbildlicher Kavalier!« Mit diesen Worten ließ sie ihr Spitzentüchlein fallen und bückte sich gleichzeitig mit Rhuad danach, so daß er einen hervorragenden Einblick in ihr ausgeschnittenes Dekolleté erhielt.

»Für dich lohnte sich sogar die Mühe der Königswürde, Schwägerin, wenn du dich dann immer artig vor mir verbeugst!« lächelte Rhuad und reichte ihr das Tüchlein zurück. Rianod bedankte sich mit einem koketten Knicks und ließ sich von ihrem Gemahl durch das Portal schieben.

Pádraigín folgte als letzte, sie spähte besorgt in den Nachthimmel. Und tatsächlich schwebte über dem Hof ein schwarzer Rabe, der nun einmal krächzte und über das Dach verschwand. Die Baronin schritt in die Vorhalle und wisperte ihrem Zwillingsbruder leise zu: »Wartet nicht auf mich, ich bin bald wieder da!« Dann raffte sie die Röcke und eilte die Treppenstufen zu ihrem Gemach hinauf, wo sie schnell den Schlüssel im Schloß drehte und das Fenster öffnete. Sie mußte Fion von ihren wenigen Entdeckungen berichten, denn sie war überzeugt, Dhaman würde seinen Plan heute nacht in die Tat umsetzen.

Fion hörte sich ihren Bericht von ihrem Ausflug in die Gänge unterhalb des Palastes interessiert an. »Ihr habt also gar nichts gefunden? Nun, die Geheimgänge sind ja schon einmal etwas, nun kann ich mir gut vorstellen, wohin der Leichnam meines Vaters verschwunden ist! Vielleicht gibt es sogar in der Hesindekapelle einen Einstieg in die Gänge! Aber ich wünschte, wir wüßten, was er plant.«

»Könntest du ihn denn besiegen, wenn es zu einem Kampf käme? Seine körperlichen und magischen Kräfte sind groß.« Pad sah besorgt aus. »Wir müssen ihn finden, bevor er noch mehr Schaden anrichten kann!« Fion schüttelte den Kopf. »Besiegen? Nein, ich denke nicht, daß ich das kann. Zumindestens nicht im direkten Kampf. Man müßte wissen, ob er verwundbar ist, ob er irgendwelche Schwächen hat...« »Mit was für einem Zauber hat Aldare ihn in den Kanälen außer Gefecht gesetzt?«

»Das war, glaube ich, ein *Fulminictus Donnerkeil*. Meine Herrin berichtete mir davon: Es ist ein Kampfzauber, der im Geist des Opfers Schaden anrichtet. Man kann ihn, im Gegensatz zu einer Feuerlanze, nicht sehen, aber er soll recht wirksam sein. Ich beherrsche ihn nicht – ich bin nicht besonders gut in der Zauberei.«

Pádraigín überlegte. »Dhaman kann das offensichtlich sehr viel besser. Vielleicht ist er schon sehr alt. Oder er war ein menschlicher Magier, bevor er ein Vampir wurde.«

»Das ist gut möglich. Bei mir haben sich die magischen Kräfte erst später entwickelt, aber warum sollte er nicht vorher bereits welche gehabt haben?«

Pad strich ihr Kleid glatt und grübelte: »Er hat besondere magische Macht, aber vielleicht schaden ihm Zauber dadurch ja auch mehr? Immerhin bedient er sich der Gabe Hesindes, die es nicht leidet, wenn ihre Kraft für namenlose Zwecke mißbraucht wird.« »Auch das ist möglich. Pádraigín, Ihr müßt hinunter. Ich glaube, der Ball wird bald eröffnet. Was auch immer Ihr tut, seid vorsichtig dabei, ja? Dieses Land wäre ärmer, wenn es Euch nicht mehr gäbe.«

Die Baronin lächelte warm. »Und was immer du tust, Fion, gib ebenfalls auf dich acht. Ich würde dich vermissen.«

Damit verließ sie das Zimmer, während Fion wieder seine Rabengestalt annahm, um das Fest von oben zu beobachten.

Mit glitzernden Steinen bestickte Stoffbahnen in allen Regenbogenfarben schmückten die Wände des Ballsaals, die von bunten Windlichtern aus feinstem gefärbtem Glas und prachtvollen Kronleuchtern zum Glühen und Funkeln gebracht wurden. Eine albernische Kapelle, bestehend aus mehreren Harfen, verschiedenen Flöten in unterschiedlichen Tonhöhen und einem hölzernen Glockenspiel, bot zur Eröffnung des Balles jene Musik dar, für die die Provinz am Meer der Sieben Winde und am Großen Fluß so bekannt war: weiche, plätschernde Harfenläufe, begleitet von den warmen Flöten, tanzbar nur durch den Rhythmus des Glockenspiels. Und getanzt wurde heute abend viel und gerne, fröhliche Schreittänze ohne die Gestelztheit der liebfeldischen Bälle. Häufig wurden die Partner gewechselt, gemeinsam gedreht und gewirbelt, man lachte und schwatzte unentwegt.

Bunt gaben sich auch die Gäste: Regenbogenfarbene Kleider tauchten allerorten auf, doch man begegnete auch einfarbigen Gewandungen. Der Baron Seánín ui Channon von Ylvidoch, ein vierzig Götterläufe zählender alteingesessener Albernier, und seine Gemahlin Cristín ni Channon gaben sich auch die Ehre. Sie war mit ihren kupferroten Haaren, den blitzenden grünen Augen und einem gelbgrün changierenden Ballkleid sicherlich eine der schönsten Erscheinungen auf diesem Fest. Als begeisterte und begnadete Tänzer kamen sie kaum zur Ruhe, und tatsächlich hatten sie dem Königspaar ihre in der ganzen Provinz bekannte Harfnerin ›entliehen‹: Cuanna ni Shea, eine Kusine der Baronin.

Dhaman ui Mharfad, der Edle von Dela, kam seltsamerweise ganz unpassend in schwarz zu einem solchen Fest. Das entsprach zwar seiner etwas düsteren Ausstrahlung, war zu einem Fest der Tsa jedoch unangebracht – er stach dunkel aus der farbenfrohen Menge heraus.

Das Klirren von Bosparanjergläsern mischte sich mit der wellengleich wogenden Musik und dem Lachen der Gäste zu einem Crescendo der Lebenslust, dem sich nur wenige der Anwesenden verschlossen. Seltsamerweise stammten fast alle dieser eher zurückhaltenden Personen aus der Königsfamilie. Rhuad gab sich zwar Mühe, seine Bedrücktheit zu überspielen, doch den aufmerksamen Augen seiner Schwägerin Rianod entging sie ebensowenig wie Pádraig die Unruhe seiner Zwillingsschwester, die mit dem Voranschreiten des Abends noch wuchs. Tatsächlich nahm Pad kaum am Geschehen teil, hatte sie doch mit Fion verabredet, Dhaman nicht einen Wimpernschlag aus den Augen zu lassen. Glücklicherweise fiel ihr das nicht sonderlich schwer, da der Edle weder den Ballsaal verließ noch einen Hehl daraus machte, daß er sich über Pads Aufmerksamkeit köstlich amüsierte. So forderte er eine Dame nach der anderen zum Tanz auf – eine Einladung, die man kaum ablehnen konnte, ohne unhöflich zu sein –, und schwang gut gelaunt das Tanzbein. Gerade hatte es die Baronin Rahjalyn Herlogan von Niederhoningen getroffen – eine Verwandte des Marktvogtes Ardach Herlogan, die beide bereits seit ihrer Ankunft wie Hund und Katze umeinander herumschlichen und große Umwege auf sich nahmen, um nicht zufällig in die Nähe des anderen zu geraten. Auch Rahjalyns großzügig gewelltes Haar wies das in Albernia vorherrschende Rot auf, allerdings gemahnte es an das kostbare rötlich-braune Mahagoni aus dem mohischen Dschungel. Ihre dunkelbraunen Augen mit den bernsteinfarbenen Sprenkeln und die ausgeprägten Wangenknochen ließen den Betrachter schnell auf elfisches Blut schließen, ebenso der hochgewachsene, schlanke Körperbau. Sie war in ein nachtschattenblaues Seidenkleid gehüllt.

Als der Tanz zu Ende war, verneigte sie sich artig vor dem Edlen und kehrte zu ihrer Begleiterin zurück, einer tulamidisch anmutenden Dame mit großen, geheimnisvollen dunklen Augen, die ihr recht nahe zu stehen schien, im Moment jedoch gerade versuchte, den grimmig dreinschauenden Aneirin, Baron von Windehag, in ein Gespräch zu verwickeln. Der Krieger jedoch stellte sich als harte Nuß heraus. Auch seine Kleidung zeugte von seiner Unnahbarkeit: Das Dunkelblau von Brokatwams und Samthose wurde kaum durch das weiße Rüschenhemd aufgeheitert, das nur an Ärmel und Kragen herauslugte. Passend dazu blieb sein herbes, unebenes Gesicht trotz des charmanten Geplauders der Dame finster.

Dhaman schritt nach einer Verschnaufpause von zwei, drei Musikstücken auf Rianod zu, die schnell Rhuads Arm ergriff und ihn hinaus in die Vorhalle und in den Garten führte, wobei sie tief durchatmete. »Das ging ja gerade noch gut«, meinte sie, als sie über den Kiesweg schlenderten, »einen Tanz mit dem Edlen von Dela erspare ich mir lieber!«

Sanft legte sie auch die zweite Hand auf den Arm des Prinzen. »Rhuad«, begann sie leise in ihrem bezaubernden Alt. »Irgend etwas bedrückt dich doch. Ich will mich nicht in Dinge einmischen, die mich nichts angehen, doch wenn ich dir helfen kann, möchte ich das gerne tun!« Die ehemalige Gauklerin scheute sich nicht, den Prinzen aus altem Geschlecht derartig anzusprechen, hatte sich doch längst eine gewisse Verbundenheit zwischen ihnen entwickelt.

»Das ist lieb, Rianod, aber ich fürchte, das kannst du nicht. Mir kann im Moment niemand helfen. Mag sein, daß ich in ein paar Monden ins Noionitenkloster gehen muß, aber was ich mir selbst nicht zu erklären in der Lage bin, wird mir auch kein anderer darlegen können.« Seine sonst so fröhliche und melodische Stimme klang müde.

Rianod nickte, hakte sich bei dem Prinzen unter und spazierte mit ihm stumm durch die kühle Nacht.

Manchmal bedeutete Schweigen mehr als tausend Worte. Eine Gardistin patrouillierte an ihnen vorbei. »Man sollte meinen, daß man es bei all diesen Recken, die bei uns zu Besuch sind, gar nicht nötig hätte, solch schwere Bewachung aufzustellen«, meinte Rhuad. »Hat man dir schon berichtet, daß Maire jetzt die Gardeobristin wird? Sie hat den Posten eigentlich schon inne, aber Invher möchte noch bis morgen warten, bevor sie es offiziell bekannt gibt. Tatsächlich hat Invher auch herausgefunden, daß Maire eben jene Maire von Dela ist, über die Pad kürzlich einmal beim Abendessen sprach – also ist sie sogar von Adel! Und Invher hat eine Ausrede, warum sie die Wachfrau zur Obristin macht ...«

Rianod lächelte schelmisch. »Ich weiß nicht, ob ich es als so angenehm empfände, mit Dhaman von Dela verwandt zu sein ...«

»Sag das nicht, Schwägerin. Er hat mir immerhin das Leben gerettet.« Rhuad schwieg.

Vom Palast wehten Harfenläufe herüber, und nach einer Weile schmunzelte Rianod: »Cuanna gibt wieder einmal ihr Bestes ... Ich glaube, sie versucht dieses Mal, euren neuen Hesindegeweihten zu beeindrucken. Er ist ein schöner Mann und sehr gefällig, wie mir scheint.«

»Ja, sehr klug und verständnisvoll. Ein Prachtkerl.« Rhuad lächelte versonnen und fuhr fort: »Und sein Sohn ist mindestens ebenso klug. Ein wirklich aufgeweckter und wißbegieriger Bursche – er bringt tatsächlich den Lehrmeister in mir zum Vorschein!«

»Schau, da ist ja sein Vater. Er versteht sich gut mit Invher?«

Die Kronprinzessin begleitete den Priester auf seinem Spaziergang und hielt nun auf Rhuad und Rianod zu, die sich bereits wieder dem Palast zuwandten. Invher nickte dem Baron Muiradh von Niamor-Jasalin und seiner Gemahlin Laille zu, die gerade zurück in den Ballsaal schlenderten. Sie recht zielstrebig, er, der mit seinen weißen Haaren und violetten Augen eine unheimliche Erscheinung bot, eher widerwillig.

»Eine wundervolle Nacht, nicht wahr?« Rianod sog begeistert die Luft ein, auch wenn sich auf ihren bloßen Armen eine Gänsehaut gebildet hatte. »Oh, eine Kette aus Blättern, Euer Gnaden? Sieht irgendwie… mohisch aus, möchte ich meinen!« Sie wies auf die Kette aus miteinander verflochtenen Blättern, die auf der grün-gelben Robe des Geweihten lag.

Bran erwiderte in ironisch-belehrendem Tonfall: »Das sind die Blätter der Blutulme, Hochgeboren, des heiligen Baumes der Hesinde. Wenn die Mohas sie tragen würden, kann ich das nur gutheißen, denn das hieße ja, daß diese Ungläubigen doch auf dem rechten Pfade der Erkenntnis sind…« Ernster fuhr er fort: »Tatsächlich wohnen ihnen bestimmte Kräfte inne, mit denen ich Euch nun allerdings nicht langweilen möchte.« Sein Blick richtete sich auf Rhuad und löste sich lange nicht von ihm.

Invher blickte Bran kurz an, dann plauderte sie im schönsten Salonstil über die Feierlichkeit: »Mutter hat sich selbst übertroffen, nicht wahr, Rhuad? So perfekt habe ich den Ballsaal selten geschmückt gesehen. Besonders die auf den Stoff aufgenähten geschliffenen Halbedelsteine in den Farben des Tuches gefallen mir – sie glitzern im Licht so schön…« Dann musterte sie Rhuad eindringlich. »Geht es dir wieder besser, kleiner Bruder?« Sie fragte absichtlich nicht nach dem Grund für seine gestrige Verstimmung, konnte sie sich doch ausmalen, daß er mit Bards Tod zusammenhing.

»Danke, Invher, ihr seid alle so liebevoll um mein Wohl besorgt, daß es mir eigentlich gar nicht schlecht gehen kann!« Etwas verwirrt bemerkte er, daß Bran ihn unverwandt anstarrte. »Wir sollten besser fragen, ob es Bran gutgeht, er sieht ja aus, als habe er schwarzen Lotos geschluckt… Bran, ist alles in Ordnung?«

Invher antwortete hastig: »Oh, Bran meinte vorhin, er sei gerade mit einem alten, urtulamidischen Gedicht beschäftigt, das ihm immer wieder in den Sinn käme. Vielleicht brütet er darüber!« Ein schnelles, listiges Lächeln huschte über ihr Gesicht: »Du weißt doch, wie entrückt Dialann immer dreinsah, wenn er Ibn Salaan zitierte … Diese Hesindegeweihten sind doch alle gleich!«

Die drei lachten. Bran zuckte zusammen, blinzelte ein paar Mal und fragte verwirrt: »Entschuldigung, habe ich gerade einen Scherz verpaßt?« »Ja, Euer Gnaden, aber das macht gar nichts. Ihr habt nicht zufällig gerade über Ibn Salaans *Nächtliche Verse* nachgedacht? Nicht? Macht nichts. Nun, mir wird ein wenig kühl – ich finde, wir sollten wieder hineingehen. Rhuad, Rianod – amüsiert euch noch schön!« Damit führte Invher Bran zum Palast zurück und ließ ihre verblüfften Verwandten ratlos zurück.

»Habt Ihr etwas bemerkt?« fragte die Kronprinzessin Bran, sobald sie außer Hörweite waren.

Bran sah unglücklich drein. »Ich fürchte ja, Hoheit. Hesinde offenbarte mir einen mächtigen Beherrschungszauber, dessen Zentrum sich an seinem Kopf befindet. Ich bin mir sicher, daß ihm jemand eine falsche Erinnerung eingepflanzt hat. Aber um diese Magie zu brechen, bedarf es eines direkten Eingriffs der Göttin.« Invher nickte und verfluchte den Zauberer, der ihrem Bruder das angetan hatte. Sie fluchte auf *Albernaigh,* der alten Sprache der Provinz, von der man behauptete, sie sei aus einer Vermischung der bosparanischen Sprache mit der Feensprache entstanden. »Entschuldigung. Eigentlich ist diese Sprache zu schön zum Fluchen!«

Bran schaute sie fragend an, schüttelte dann aber den Kopf. »Die Göttin wird sicher Gnade walten lassen. Die Wahrheit zu verschleiern ist nicht in ihrem Sinn. Gleich morgen werde ich mit Rhuad sprechen und versuchen, den Zauber zu brechen. Ich würde mich darauf lieber noch besser vorbereiten!« Unwillkürlich griff er zu der Kette aus geflochtenen Blutulmenblättern, die er trug, seit gestern die Leiche des Oberst Cheannard mit zerbissener Kehle gefunden worden war. Wenn hier Vampire herumlungerten, wollte er lieber gewappnet sein.

»Das ist alles, was ich von Euch erbitte, Euer Gnaden. Versucht es.« Invher nickte ihm dankbar zu, drehte sich um und betrat wieder den Ballsaal. Der goldbraune Stoff ihres Gewandes – rechtzeitig fertiggestellt von Madame Raidrighe – rauschte dabei leise.

Invher prallte unsanft mit jemandem zusammen und sah auf. Sie war schon bereit, sich für ihre Unachtsamkeit zu entschuldigen, doch Dhaman ui Mharfad kam ihr zuvor. »Allerprinzlichste Hoheit, verzeiht, wie dumm von mir! Nur gut, daß ich keinen Rotwein trinke, sonst hätte ich noch Euer bezauberndes neues Kleid besudelt! Darf ich Euch – sozusagen als Entschuldigung – zu diesem Tanz bitten? Es wäre mir eine überaus große Ehre!« Die Augen des Edlen glitzerten gierig.

»Natürlich, *Wohlgeboren.*« Die Prinzessin betonte den Titel leicht ironisch, denn so förmlich ging es unter den Bewohnern des Fürstenpalastes sonst selten zu. »Auch mir ist es eine große Ehre. Schließlich seid Ihr ein umworbener Tänzer!« Sie ließ sich bereitwillig auf das Parkett führen und verneigte sich leicht zum Auftakt des Stückes. Sodann reichten sie einander die jeweils linke Hand, sahen sich dabei in die Augen und schritten umeinander herum.

»Ein gelungenes Fest, Hoheit. Eure Frau Mutter hat es wieder einmal sehr schön ausgerichtet. Ich bin sicher, der Abend hält noch einige Überraschungen bereit!«

»Nun, ob es das Hylailer Feuerwerk, das auf Pádraigíns Weisung letztes Jahr veranstaltet wurde, übertrifft, glaube ich nicht. Es war einfach wunderbar!« »Nun, das würde ich nicht sagen. Jedes Jahr geschieht etwas Einzigartiges. Allein der Saal ist schon prächtig anzuschauen ...« Invher wunderte sich ein wenig über Dhamans Anspielungen. Was erhoffte er sich denn von einem Tag der Erneuerung, der im Schatten zweier Tode, Fiannas und Bards, stand? Königin Idra hatte verkündet, dieses Jahr solle deshalb schlichter gefeiert werden als sonst – nur der Saalschmuck war bereits fertiggestellt gewesen.

»Ich freue mich bereits auf den Mitternachtspunsch, Hoheit, er ist etwas ganz Besonderes an diesem Feiertag. Müßte ich an einem 30. Tsa auf ihn verzichten, es wäre nicht das gleiche!«

»Da stimme ich Euch zu, Dhaman, eine Köstlichkeit sondergleichen. Ich wußte nicht, daß er Euch ebenso mundet?« Obwohl Invher ein wenig über die letzten Götterläufe nachdachte, an ein besonderes Lob Dhamans für diesen Trunk konnte sie sich nicht entsinnen. Aber das war ja nicht wichtig, vielleicht wollte er auch einfach nur höflich sein.

Kapitel 21

Falke und Rabe

Die Mitternacht des 30. Tsa rückte immer näher, bis sich schließlich alle Anwesenden um den mit Speisen und Getränken gedeckten Tisch versammelten, um gemeinsam auf das Glockenspiel vom Praiostempel zu warten.

Iola, der Leibpage des Königspaares, schenkte den Mitternachtspunsch aus, der aus bestem Almadaner Rotwein – *Yaquirblut* genannt – und eingemachten Früchten bestand. Mit exotischen Kräutern gewürzt, gewann das süffige Getränk seinen eigenen, unvergleichlichen Geschmack. Das Rezept galt als eines der bestgehüteten Geheimnisse von Ysilt, der königlichen Hofköchin.

Pádraigín, Pádraig, Rianod, Invher und Rhuad standen gemeinsam mit allen noch so entfernt verwandten Mitgliedern der Bennains, wie der fröhlichen Baronin Efferlill ni Bennain von Bockshag, Baron Aillif ui Bennain von Wallersrein, dem Burggrafen Niamad ui Bennain von Abagund, Vogt Cethern ui Bennain von Baumwassern, und wie sie alle hießen, hinter dem Königspaar versammelt. Man wartete selbstverständlich, bis ein jeder eines der geschliffenen Kristallgläser in Händen hielt. Cuanu selbst reichte den beiden ebenfalls in nächster Nähe stehenden Geweihten, der Efferdpriesterin Niamh Flutseherin und dem Hesindegeweihten Bran, ihre Gläser.

Schließlich trat er vor und erhob die volltönende Stimme: »Ihr Hohen und Hehren des Reiches! Wie jeden Götterlauf gilt es dieses Fest, den Tag der Erneuerung der jungen Göttin Tsa, als einen besonderen Tag zu begehen. Die Mitternacht ist nah, jener Augenblick, den sich Phex und Tsa teilen, die Göttin des Lebens und Er, der Listige, der den Lebenden auch so nahe steht. Der Same des Neubeginns ist gepflanzt, möge er wachsen und gedeihen, denn ein neuer Zyklus des Wachsens und Vergehens ist angebrochen. Wie der Frühling jedes Jahr wiederkehrt, kehren auch der Mond Tsas und dieses Fest wieder – nichts von alledem möchte ich missen!«

Cuanu hob das Glas grüßend in die Luft, wie um mit allen Anwesenden gleichzeitig anzustoßen, eine Geste, die die wohl fünfzig Gäste ihm gleichtaten.

Auch Pádraigín vollzog die Bewegung, ihr Blick haftete auf Dhamans Gesicht. Glitzerte da nicht der Hauch eines Triumphes in seinen Augen? Was bedeutete das gefährliche Lächeln auf seinen Lippen? Pad hörte den Klang der Worte, des Trinkspruches Cuanus wohl, doch sie verstand den Sinn nicht. Ein Duft drang an ihre Nase, süß und exotisch, den sie in den letzten Tagen schon irgendwo gerochen hatte. War es in der Küche der Hoftortenbäckerei gewesen, als sie die Speisen besichtigt hatte? Oder beim Essen hier im Palast? Nein, das war es nicht. Unwillkürlich schnupperte sie an ihrem Glas. Ihr Vater, der König, setzte seines an die Lippen.

Anis! schoß es Pad durch den Kopf. Sie spürte den Geschmack des Aniskornes fast wieder auf ihrer Zunge. Anis, jenes starke Gewürz, das den Geschmack anderer Essenzen gut verbarg, zum Beispiel den von Vampirblut …

»Nein!« Pádraigíns Glas zerschellte noch krachend auf dem dunklen Parkett des Ballsaals, als ihre Hand König Cuanu bereits das seine aus der Hand schlug.

Durch die Stille gellte das Echo ihres Schreis, dann zerbarst auch das zweite Gefäß. Blutrote Flüssigkeit perlte zwischen den Scherben und ergoß sich auf das Holz.

Alle Augen richteten sich auf Pádraigín, die schwer atmend und blaß auf ihren Vater starrte, der wie in der Bewegung erstarrt schien: Die leere Hand verharrte kurz vor dem Mund, die Lippen waren leicht geöffnet, die Augen vor Erstaunen geweitet.

»Mein König«, begann Pad mit vor Erleichterung und Zorn zitternder Stimme, »verzeiht mein Benehmen. Doch trinkt Ihr von jenem Gebräu, werdet Ihr nicht mehr derselbe sein wie zuvor, nicht mehr der König, den Euer Volk liebt und braucht. Eine namenlose Kreatur, frevlerisch in Tun und Denken, hat ein Elixier hineingemischt, das Euch und uns alle«, sie deutete mit einer Handbewegung auf die versammelte Familie Bennain, »versklaven und verderben sollte. Derselbe, der die Toten zu verschulden hat, die in den letzten Monden an diesem Hof zu betrauern waren, hat diesen üblen Anschlag geplant.« Pad begegnete dem festen Blick Cuanus offen und direkt – und hörte ein Klirren: Pádraig, ihr Bruder, hatte ebenfalls sein Glas fallen lassen, sein Gesicht war voll Abscheu über eine solche Tat. Invhers, Rianods und Rhuads Gläser folgten, bis schließlich kein Bennain mehr eines in der Hand hielt.

Invher erhob die Stimme: »Verzeiht die Einmischung, Herr Vater, aber ich vermute, daß der, der das getan hat, derselbe ist, der Eurem Sohn und meinem Bruder, Prinz Rhuad, das Gedächtnis verzauberte, damit er gezwungenermaßen falsche Anschuldigungen erhebt und ihn, den wahren Mörder, deckt. Ihro Gnaden Bran Juce wird meine Worte bestätigen.« Der Erwähnte nickte ernst.

Cuanu schloß die noch immer erhobene Hand und senkte sie langsam. Er sah dabei von einer Tochter zur anderen, dann zu Rhuad. »Wer, in Efferds Namen, würde Derartiges tun? Wer, wenn nicht der bereits gesuchte Mörder, vermag solche Dinge zu vollbringen?«

Pádraigíns lang ausgestreckter Arm wies unmißverständlich auf Dhaman ui Mharfad, der nahebei stand und dessen eben noch haßverzerrtes Gesicht sich nun zu einem ungläubigen Lächeln verzog.

»Verzeiht, königliche Majestät, aber die Damen Eurer Familie gehen in den letzten Tagen sehr leichtfertig mit Anschuldigungen und Vorwürfen um. Habt Ihr Beweise, wenn ich fragen darf, Baronin von Fairnhain? Etwas Handfestes, so daß Seine Majestät Euch glauben kann? Oder bestätigt Ihr, Prinz Rhuad, diese Vorwürfe?«

Sein Blick ruhte auf Pad, die zornig die Fäuste ballte und ihn anfunkelte, jedoch schwieg. Nichts, was sie wußte und vortragen könnte, ließ sich beweisen, das stimmte.

Rhuad sah verwirrt von einem zum anderen, blinzelte mühsam, doch schließlich schüttelte er den Kopf. »Nein.«

Dhaman lächelte charmant: »Nun steht Euer Wort gegen das meine, Hochgeboren, doch ich bin sicher, daß Seine Königliche Majestät ohne Rücksicht auf Familienbande urteilen wird. Seine Gerechtigkeit ist im Lande bekannt!«

»Ist sie das?« Der König musterte Dhaman nachdenklich, wie auch alle anderen Anwesenden den Edlen nicht aus den Augen ließen. Kjaskar Knallfaust, Baron zu Jannendoch, ein Thorwaler, der in die geckenhafte Gewandung eines Höflings gekleidet war, rief laut dazwischen: »König Cuanu, den wirst du doch nicht kneifen lassen! Sklaverei – so weit kommt das noch! Nicht in unserem schönen Albernia!« Eifrig nickend stimmte der Junker Yendan von Langwitz zu, ein geselliger und braver Mann, der Dhaman nicht aus den Augen ließ. Yendans Hand ruhte an dem Gürtel mit dem Dolch.

Zustimmend fielen immer mehr Anwesende in die Rede Kjaskars ein, und die Menge rückte näher um Dhaman zusammen.

»Eure königliche Majestät!« erklang Brans Stimme. »Jemand hat das Gedächtnis Eures Sohnes vermittels Zauberei verändert. Macht über die astralen Kräfte aber ist eine Gabe der Hesinde, die sich entschließen kann, sie auch wieder zu nehmen. Da Eure Tochter, Prinzessin Invher, ahnte, was geschehen ist, habe ich mich auf den Fall aller Fälle vorbereitet, Hesindes Gnade zu erflehen und sie zu bitten, den Zauber aufzuheben. Wollt Ihr mir das gestatten?«

Cuanu sah Bran ernst an, bevor er erwiderte: »Es ist nicht an mir, Euch diese Erlaubnis zu geben. *Ihr* seid der Diener der Göttlichen Schlange. Zudem ist es Rhuads Gedächtnis.«

Bran schaute Rhuad fragend an, der schlicht nickte. Zweifel und Verwirrung standen ihm ins Gesicht geschrieben. Bald schon klang ein schlichter Gesang in hellem Tenor, der die Aufmerksamkeit der Edlen Albernias in seinen Bann zog: Seine Gnaden Bran hatte die Hände über den Kopf erhoben und die Augen geschlossen. Er ergriff die Kette aus Blutulmenblättern, die er sich für einen solchen Notfall am Abend angefertigt hatte, und nahm sie von seinem Hals. Er führte sie noch immer singend an die Lippen und schritt auf Rhuad zu. Baronin Efferlill wich langsam zurück, um ihm Platz zu gewähren. Bei dem Prinzen angekommen, führte Bran ihm die grünen Blätter zunächst ebenfalls an die Lippen, dann legte er ihm die Kette um den Hals. Sein Gesang ebbte zu einem leisen Flüstern ab, bis er schließlich das Zeichen Hesindes vor Rhuads Brust schlug.

Der Prinz keuchte entsetzt und faßte sich an die schweißbedeckte Stirn. Er schloß mühsam die Augen. »Ich … erinnere mich …! Nicht Fion war es, Vater, es … es war Dhaman! Dhaman hat Yantur getötet und mich angefallen – es war nicht Fion!« Schrecken, bebender Zorn und unendliche Erleichterung ließen seine Stimme zittern, er schwankte, doch Pádraig und Rianod boten ihm rechts und links Halt.

Wütendes Gemurmel und Rufe erklangen aus der Menge der Adligen, Dolche wurden gezogen, Dhaman sah sich von Kriegern umzingelt. Schnell sprang er vor und griff die am nächsten stehende Baronin Rahjalyn Herlogan von Niederhoningen am roten Haar. Er riß sie zu sich heran und legte ihr einen Dolch an die Kehle. »Keinen Schritt weiter! Macht dort Platz!« Man gehorchte. Langsam schob er sich mit der Geisel durch die sich rasch bildende Gasse gen Portal. Die Augen der Baronin waren schreckgeweitet, die Lippen zitterten kaum merklich. Sie war blaß.

Cuanu trat zornesbleich einige Schritte nach vorn, Idra, Invher und Rhuad hinter sich, und folgte dem Zurückweichenden in gebührendem Abstand, um die Frau nicht zu gefährden. »Nimm dich in acht, Dhaman!« sagte er leise und beherrscht. Er klang gefährlich. »Du wirst mir nicht entkommen!« »Oh, doch, *Bennain*«, Dhaman spuckte den Namen aus wie eine Beleidigung, »das werde ich. Doch wenn ihr alle längst im Grabe liegt, dann kehre ich zurück und unterwerfe eure Kinder und Kindeskinder … Die Zeit steht auf meiner Seite.«

Cuanu wollte etwas entgegnen, doch sein Blick fiel auf einen dunklen Schatten oberhalb des Ausgangsportals: Ein Rabe saß dort auf der Stange des Vorhanges und blickte herab. Der König hörte Rhuad neben sich scharf einatmen und sah kurz hinüber – auf dem Gesicht seines Sohnes lag ein verstehendes, ungläubiges Lächeln. Auch er beobachtete den Raben.

Mit einem leisen Lachen hielt Dhaman noch einmal inne, bedrohte Rahjalyn nur mit dem Dolch, mit der anderen Hand malte er ein Zeichen in die Luft. Dazu sprach er fremdartige Worte, bei deren Klang Bran ein gequältes Stöhnen von sich gab.

Augenblicke später huschte ein eisigkalter Hauch durch den Raum, und aus dem Boden im Kreis um Dhaman und Rahjalyn herum brachen Dutzende zukkende, schleimige Tentakel, Krallenhände und geifernde Mäuler der Niederhöllen, bei deren Anblick so mancher im Saal zurückwich.

»Ein hübsches Mädchen«, Dhaman ergriff wieder die roten Locken von Rahjalyn. »So lieblich, so wunderschön. Sie wird sicherlich eine ebenso schöne Leiche abgeben«, beendete er böse seine Rede und zog den Dolch langsam und genüßlich über ihre Kehle, so daß Blut hervorsprudelte.

Rhuad sprang vorwärts, als er den Raben hinabstürzen sah. Im Fall wandelte sich die Vogelgestalt gedankenschnell in den jungen schwarzgekleideten Burschen mit dem weißblonden Schopf, der am Fürstenpalast so bekannt war. Fion landete auf Dhamans Rükken und schlug ihm die Klinge aus der Hand. Der Edle behielt sein Gleichgewicht, taumelte aber vorwärts und stieß dabei die Baronin von Niederhoningen mitten in die niederhöllischen Tentakel, die sich rasch um ihren Leib schlangen. Pádraig, Kjaskar Knallfaust und Yendan von Langwitz stürzten ihr mit gezückten Dolchen zu Hilfe, um sich einen Weg durch die Mäuler und Dämonenkrallen zu bahnen.

Fion sammelte seine Kräfte und schlug Dhaman seine Faust ins Gesicht, wurde jedoch seinerseits im nächsten Moment von den Füßen gerissen. Der Edle kam auf ihm zu liegen und packte mit Krallenhänden nach Fions Schultern. Schmerz durchzuckte den ehemaligen Stallknecht, als sich die Klauen tief in sein Fleisch bohrten. Die Kräfte des *Kindes der Finsternis* waren gewaltig – zu stark für ihn. Er konnte sich nicht aus Dhamans Griff lösen. Unter größten Anstrengungen gelang es Fion, an seinen Dolch zu kommen, jenen

Dolch, den Raidri Conchobair ihm geschenkt hatte und mit dem er schon zwei Vampire vernichtet hatte: Antiarna und Dialann, seinen Vater. Er hieb ihn Dhaman in die Seite. Der Edle schrie auf. Fion zog ihn wieder heraus, und schon schloß sich die Faust seines Gegners um sein Handgelenk und drückte zu. Schmerz durchzuckte Fions Arm, er versuchte verzweifelt, die Waffe festzuhalten, doch mit einem schnellen Ruck hieb Dhaman seine Hand krachend auf das Parkett, so daß der Dolch mitten zwischen die Mäuler des Pandämoniums rutschte, die sich fast angewidert davor zurückzogen.

»Fulminictus Donnerkeil!« brüllte Rhuad von außerhalb des Kreises zuckender Tentakel durch den Saal, seine Faust schoß vor, und Dhaman taumelte beiseite, als habe ihn ein gewaltiger Schlag getroffen. Der Vampir schrie schmerzgepeinigt auf. Fion rappelte sich mühsam auf und stürzte sich selbst auf den Edlen von Dela, so daß sie gemeinsam auf die dämonischen Fratzen zurollten.

Rahjalyn von Niederhoningen war inzwischen von dem Gewürm befreit worden, ihr wunderschönes nachtschattenblaues Kleid hing in Fetzen an ihrem zerschundenen Körper herunter. Königin Idra kniete neben ihr und legte der Schwerverletzten die Hände auf den Körper.

Fion wurde von etwas am Bein ergriffen, das ihn auf eines der stinkenden Mäuler zuzog. Verzweifelt klammerte er sich an Dhaman fest, der seinen Griff mit langsamer Gewalt aufbrach. Fions Finger rutschten von Dhamans Schulter, krallten sich in den Stoff und rissen ihn auf, als er immer weiter auf das Maul zurutschte.

»Fulminictus Donnerkeil!«

Fions Bein kam wieder frei, sprang aus seiner liegenden Position vor und stürzte sich auf den überraschten, siegessicheren Dhaman. Fion schlug dem Gegner die Zähne in den Hals – vermutlich war das die einzige Möglichkeit, ihn wirklich zu besiegen! Doch der Edle riß seinen Kopf zurück und stieß Fion von sich, setzte nach und preßte ihn mit seinem Gewicht auf den Boden. »Ich habe dir gesagt, du sollst verschwinden! Ich habe dir sogar angeboten, auf meine Seite zu wechseln und mit mir zu herrschen! Wer so unsagbar dumm ist, hat nichts anderes verdient, Narr!« Damit schlug er Fion seinerseits die Zähne in den Hals und trank in gierigen, genüßlichen Zügen sein Blut. So sehr Fion sich dagegen wehrte, der Griff des anderen war zu übermächtig.

Rhuad fühlte seine Kräfte schwinden. Gedanken rasten noch immer wirr durch seinen Geist, Freude, Angst, Haß, Verwirrung. Fion war zurückgekehrt, doch unter welchen Umständen!

Ohne darüber nachzudenken, hatte Rhuad ihm bereits zweimal mit dem *Fulminictus* den Rücken freigehalten, nun sah es so aus, als könne er Dhaman überwinden. Doch nein! Der Edle schleuderte den ehemaligen Stallknecht auf den Rücken und biß ihm tief in den Hals. Fion wehrte sich kaum noch dagegen, er wirkte immer matter.

Die Glieder zitterten Rhuad bereits, als er zum dritten Mal seine Hand hob, um den Kampfzauber, der Dhaman schon geschwächt zu haben schien, zu wirken. Doch seine Kräfte ließen nach, und der Prinz fürchtete sich vor dem Punkt, an dem sie gänzlich versiegen würden, vor der Dunkelheit in seinem Innern, die er schon einmal gespürt hatte. Seit seiner Kindheit fürchtete er sich vor diesem Augenblick. Fions Hand fiel von der Schulter seines Gegners herab, kraftlos und schlaff.

Rhuad brüllte zum dritten Mal: *»Fulminictus Donnerkeil!«*

Dhaman bäumte sich auf Fion sitzend auf und schrie vor Zorn und Schmerz, wobei er seine Vampirzähne entblößte. Rhuad sah noch, wie Fion sich matt halb aufrichtete und versuchte, den Gegner von sich herunterzuschieben, doch der Freund trug selbst entsetzliche Wunden am Körper.

Dann brach Dhaman über Fion zusammen. Sein Schrei hallte noch immer in dem Saal nach. Rhuad taumelte, fühlte sich von Pádraig gestützt, doch er wandte seine Augen nicht von der Szene ab: Dhamans Leib, eben noch kraftvoll und gesund, begann innerhalb weniger Wimpernschläge zu altern, als holten die Jahrhunderte sich zurück, was ihnen verwehrt worden war. Runzeln und Risse bildeten sich auf der Haut, sie trocknete aus, spannte sich über dem Totenschädel, platzte auf und zerfiel mitsamt der Knochen zu Staub, der auf dem immer noch schwach in der Mitte des Dämonenkreises liegenden Fion zurückblieb.

Stille lag über dem Ballsaal. Niemand regte sich, bis der Schrei des vernichteten Vampirs in den Ohren der Anwesenden verklungen war. Die einzigen Laute waren das vereinzelte Klacken eines Dämonenmaules oder das Klatschen eines Tentakels auf dem Parkett.

Fion lag noch immer inmitten dieser Entsetzlichkeiten und rührte sich nicht. Rhuad machte sich von Pádraig los und taumelte an die unheiligen Kreaturen heran.

»Fion?« Seine Stimme klang rauh und leise. Er versuchte es lauter: »Fion?«

Hinter ihm half Königin Idra der geheilten Rahjalyn beim Aufstehen, die Baronin klammerte sich ganz gegen die Etikette an der Königin fest, die schützend einen Arm um sie gelegt hatte.

Rhuad schnürte es die Kehle zu – warum nur lähmte ihn der Gedanke, daß Fion – tot? vernichtet? – sein könnte, auf einmal so sehr? Am gestrigen Tage noch hätte er ihn selbst fast getötet! Doch nun, da seine Erinnerungen zurückgekehrt waren, wußte er, daß Fion ihm niemals etwas hatte zuleide tun wollen, daß er ihn und seine Familie nicht bedroht, sondern geschützt hatte und daß er die vielen Toten im Boronmond nicht zu verantworten hatte.

»Fion!« Rhuad flüsterte den Namen mehr, als daß er ihn rief. Er klang unsagbar traurig und mitleidig.

Ein Arm regte sich, der Verletzte versuchte sich aufzustützen. Rhuad schlug das Herz heftiger. Langsam und mühselig zog sich Fion in eine halb sitzende Haltung hoch, er schwankte. Wie auf einen geheimen Befehl hin traten auch die anderen Edlen näher, um besser sehen zu können. Ein Kreis zog sich so eng wie möglich um das niederhöllische Gespinst auf dem Boden herum, das noch immer dort lauerte.

Fion kam auf die Knie, er war blaß, Brust, Arme und Beine waren von schweren Wunden bedeckt, die jedoch kaum bluteten. Am Hals sah man noch immer die Bißmale von Dhamans Zähnen. Das erste, was Fion tat, war, sich die Überreste des vernichteten Gegners halbherzig von der Kleidung zu wischen.

Dann erhob er sich schwankend und sah sich um. Neben Rhuad drängten sich nun König Cuanu, Prinzessin Invher und Baronin Pádraigín nach vorne. Letztere ergriff den Arm ihres Bruders.

Fion musterte sie einen nach dem anderen, Pad dankbar und fast mit einem Lächeln, Invhers und Cuanus Blicken begegnete er fest und ernst. Als er in Rhuads Augen sah, keimte die alte Sehnsucht und Traurigkeit darin auf. Der Prinz schenkte dem ehemaligen Geliebten ein Lächeln.

Mit einem letzten Blick über die Menge sah Fion ein letztes Mal Rhuad in die Augen. Dann verschwamm und schrumpfte seine Gestalt, bis er schließlich als Rabe auf dem Boden hockte.

Mühsam stakste der Vogel hin und her, breitete die Flügel aus und erhob sich schwerfällig und taumelnd in die Luft, bevor er unter den Blicken der verblüfften Gäste durch das Portal flog.

Wie von Geisterhand verschwand von einem Moment auf den anderen auch das niederhöllische Dämonengezücht. Zurück blieb an jener Stelle nur ein Fleck, als hätte hier jemand eine ätzende Flüssigkeit verschüttet.

Rhuad seufzte traurig und tief. »Nun erinnere ich mich zwar an jene Nacht, in der Fion verschwand, aber ich verstehe trotzdem nichts!« Pádraigín löste sich von ihrem Zwillingsbruder und trat zu dem Prinzen hinüber. Sie legte ihm eine Hand auf die Schulter und sagte lächelnd: »Ich glaube, ich habe dir einiges zu erklären, Bruder!« König Cuanu schüttelte ebenfalls verwirrt den Kopf. »Uns allen, Pad. Uns allen.«

Dann nahm er die Baronin fest in den Arm und fuhr mit einem schelmischen Lächeln fort: »Es steckt also doch mehr vom alten Halman in dir, als man auf den ersten Blick so sieht!«

Und so endete der Tag der Erneuerung doch noch den Göttern Tsa und Phex gefällig. Der Namenlose hingegen blieb heulend und kreischend an sein Gefängnis im Sternenwall des Zwölfkreises geschmiedet. Ein Versuch, seine finsteren Scharen zu Macht und Herrschaft kommen zu lassen, war gescheitert.

Prinz Rhuad allerdings sah noch häufig gen Efferd, während sein Vater ihn mit dem Rest der engeren Familie Bennain in das Blaue Kabinett schob, um darüber zu reden, was hier in den letzten Monden genau geschehen war. Rhuad hoffte für Fion, daß er sich von seinen Verletzungen wieder erholte, auch wenn er nicht wußte, ob das bei einem Vampir möglich war. Doch er mußte ihn noch einmal wiedersehen, mit ihm sprechen, herausfinden, wie das alles geschehen war und warum er der Familie geholfen hatte, obwohl er in der letzten Zeit doch kaum Gutes von ihr erfahren hatte.

Fions Worte fielen ihm ein, die er über Bards frischer Leiche gesagt hatte: *»Leid und Liebe? Die kenne ich noch genau wie du. Die Liebe ließ mich den Kampf ertragen. Nimmst du sie von mir, bleibt nur das Leid.«*

Nun wußte Rhuad, daß er diese Liebe nicht von ihm genommen hatte, und daß Fion den Kampf auch seinetwegen gefochten hatte. Er lächelte fast schon wieder so charmant wie früher, denn nun war es keine Frage mehr, daß er Fion wiedersehen würde. Er wußte es gewiß. Vielleicht nicht morgen, auch nicht übermorgen, aber irgendwann.

»Rhuad?« Invher musterte ihren Bruder lächelnd.

»Ja?« »Du lächelst.« Der Prinz tat erschreckt. »Oh – entschuldige bitte! Darf ich das nicht?« »Doch, schon – du hast es nur schon lange nicht mehr getan.«

»Ich werde mich bessern. Schließlich habe ich jetzt wieder einen Grund!« Invher nickte. »Ja. *Dieser* Alptraum hat ein Ende.«

Anhang

Erklärung aventurischer Begriffe

Die Götter und Monate

1. Praios = Gott der Sonne und des Gesetzes – entspricht Juli
2. Rondra = Göttin des Krieges und des Sturmes – entspricht August
3. Efferd = Gott des Wassers, des Windes und der Seefahrt – entspricht September
4. Travia = Göttin des Herdfeuers, der Gastfreundschaft und der ehelichen Liebe – entspricht Oktober
5. Boron = Gott des Todes und des Schlafes – entspricht November
6. Hesinde = Göttin der Gelehrsamkeit, der Künste und der Magie – entspricht Dezember
7. Firun = Gott des Winters und der Jagd – entspricht Januar
8. Tsa = Göttin der Geburt und der Erneuerung – entspricht Februar
9. Phex = Gott der Diebe und Händler – entspricht März
10. Peraine = Göttin des Ackerbaus und der Heilkunde – entspricht April
11. Ingerimm = Gott des Feuers und des Handwerks – entspricht Mai
12. Rahja = Göttin des Weines, des Rausches und der Liebe – entspricht Juni

Die Zwölf = die Gesamtheit der Götter
Der Namenlose = der Widersacher der Zwölf

Maße, Gewichte und Münzen

Meile = 1 km
Schritt = 1 m
Spann = 20 cm
Finger = 2 cm
Dukat (Goldstück) = 50 DM*
Silbertaler (Taler, Silberstück) = 5 DM*
Heller = 0,5 DM*
Kreuzer = 0,05 DM*
Maravedi = 20 Silbertaler
Unze = 25 g
Stein = 1 kg
Quader = 1 t

Himmelsrichtungen

Osten (Rahja), Süden (Praios), Westen (Efferd), Norden (Firun)

Begriffe, Namen, Orte

Akademie der Geistigen Kraft zu Lowangen = Schwarze Magierakademie, spezialisiert auf Beherrschung
Al'Anfa = Stadt und Imperium im Süden Aventuriens, berüchtigt für Sklaven- und Rauschkrauthandel
Alas audivit – mare transgredit = Boronischer Segensspruch, um die Seele eines Toten zu geleiten: *Er hat die Schwingen gehört – er hat das (Nirgend-)Meer überquert.*
Albernaigh = Alte Sprache Albernias, die starke Einflüsse der Feensprache aufweist
Albernia = Westliches Königreich im Mittelreich
Amene von Vinsalt = Auch Amene-Horas, Kaiserin des Horasreiches
Boronanger = Friedhof

---

* Neue DSA-Regeln sehen einen realistischeren Umrechnungsfaktor vor. Hiernach ist der Dukat ca. DM 250,– wert. Auch die anderen Münzen sind entsprechend anzuheben.

Boroninsel = Insel im Herzen Havenas, auf dem Borontempel und -anger liegen
Brin von Gareth = Sohn Kaiser Hals, Reichsbehüter des Mittelreiches
Buch der Schlange = Lebenswerk eines jeden Hesindegeweihten, in das er seine Erkenntnisse und Forschungen niederschreibt
Cereborn = Hesindeheiliger der handwerklichen Künste
Dela = Albernisches Dörfchen am Großen Fluß
Dere, Derescheibe = Die Welt
Dschinn = Mächtiger Elementargeist, bestehend aus einem der sechs Elemente Feuer, Wasser, Luft, Stein, Humus und Eis, meist sehr eigen und unberechenbar
Efferdsfeuer = Auch Gwen Petryl, efferdheiliger Stein, angeblich Splitter der Zitadelle Alveran
Elodiron Kristallglanz = Legendäre Bogenschützin aus dem Elfenvolk, ehemalige Gefährtin Fürst Halman ui Bennains
Emer ni Bennain von Gareth = Tochter des Königs von Albernia, Reichsbehüterin des Mittelreiches
Feldmark = Bäuerlicher südlicher Stadtteil Havenas
Fest der Erleuchtung = Höchster Hesindefeiertag
Fischerort = Westlicher Stadtteil Havenas
Gratenfelser Schwefelquell = Alchimistische Ingredienz
Große Seebeben = See- und Erdbeben 291 v. H., das den alten westlichen Teil Havenas zerstörte und unter Wasser setzte, viele tausend Bürger starben bei der Katastrophe. Die überfluteten Viertel sind heute als ›Unterstadt‹ bekannt.
Hal I. von Gareth = Verschollener Kaiser des Mittelreiches
Halman ui Bennain = Vater Cuanus, angeblich Vater vieler unehelicher Kinder
Havena = Hauptstadt Albernias, am Mündungsdelta des Großen Flusses gelegen
Havena-Bullen = Immanmannschaft Havenas
Ifirnsglöckchen = Frühlingsblumen mit weißer glockenartiger Blüte
Kinder der Finsternis = Angeblich namenlose Vampire
Kinder der Nacht = Angeblich von Boron geduldete Vampire
Krakeninsel = Stadtteil Havenas, wegen des Traditionsbewußtseins der Bewohner berüchtigt

Magieverbot = Nach blutiger Magokratie in Havena von den Priesterkaisern erlassen, seitdem bestehend und nur wenig gelockert
Madamal = Der aventurische Mond
Marbo = Halbgöttin, gnadenreiche Tochter Borons mit dem Symboltier der weißen Taube
Marschen = Stadtteil Havenas, Handwerkerviertel
Muhrsape = Tödliche Moorlandschaft südlich von Havena, Delta des Großen Flusses
Nahema von Dela = Ehemalige Beraterin von mindestens zwei Albernischen Fürsten der Vergangenheit. Ihr Turm ist das einzige Überbleibsel des versunkenen Fürstenpalastes
Nalleshof = Stadtteil im Herzen Havenas, Hafen- und Handwerkerviertel
Der Namenlose = Gefallener Gott, Widersacher der Zwölf
Necker = Menschenähnliche Unterwasserkreaturen
Nostria = Unabhängiges, streitbares Königreich im Norden Albernias
Oberfluren = Stadtteil Havenas, bewohnt von den Reichen
Orakel von Balträa = Praiosheiliges Orakel auf den Zyklopeninseln
Orazal = Zähes und sehr effektives pflanzliches Klebemittel
Orkendorf = Stadtteil Havenas, Überbleibsel von der Zeit vor dem Großen Beben, Armenviertel
Praiosrad, Praiosscheibe = Sonne
Prinzessin-Emer-Brücke = Erste Brücke, unter der Flußschiffe in voller Takelage durchfahren können
Salzarele = Plattfisch, Wappentier der Herrscherfamilie Nostrias
Schattenlöwe = Seltener Löwe aus dem Regengebirge, dessen Fell blauschwarz schimmert
Südhafen = Stadtteil Havenas, sehr nahe an der Unterstadt gelegen
Tag der Erneuerungen = Religiöses Fest zu Ehren Tsas
Thorwaler = Rauflustiges seefahrendes Volk aus dem Norden Aventuriens
Unterfluren = Stadtteil Havenas
Unterstadt = Überfluteter Teil Havenas, der beim Großen Beben versank, bewohnt von gefährlichen (Wasser-)Kreaturen und lichtscheuem Gesindel

Terry Pratchett

Kultig, witzig, geistreich – »Terry Pratchett ist der Douglas Adams der Fantasy.«

The Guardian

Der Zauberhut
Die Farben der Magie
Zwei Scheibenweltromane
23/117

Trucker/Wühler/Flügel
Die Nomen-Trilogie – ungekürzt!
23/129

Das Licht der Phantasie
06/4583

Das Erbe des Zauberers
06/4584

Die dunkle Seite der Sonne
06/4639

Gevatter Tod
06/4706

Der Zauberhut
06/4715

Pyramiden
06/4764

Wachen! Wachen!
06/4805

Macbest
06/4863

Die Farben der Magie
06/4912

Eric
06/4953

Trucker
06/4970

Wühler
06/4971

Flügel
06/4972

Die Scheibenwelt
2 Romane in einem Band
06/5123

Die Teppichvölker
06/5124

Heyne-Taschenbücher